btb

Aus Freude am Lesen

btb

Buch

Milena Jesenská (1896–1944) sind Liebesbriefe gewidmet, die zu den schönsten und beeindruckendsten Zeugnissen dieses Genres zählen. Die Beziehung zwischen dem Verfasser dieser Briefe, Franz Kafka, und der Adressatin, ist von Literaturwissenschaftlern bis ins kleinste Detail seziert worden. Dies war die einzige Beachtung, die Milena Jesenská erfuhr. Dabei war sie eine bedeutende Journalistin und öffentliche Person ihrer Zeit und hat Hunderte von Feuilletons, Artikeln und Reportagen geschrieben. In Milena Jesenskás frühen Feuilletons spürt man ihren Sinn für Schönheit und den subtilen Blick für die Vielfalt des Lebens. In ihren späteren Reportagen erweist sie sich als sensible Kommentatorin der herannahenden europäischen Katastrophe. Darüber hinaus erzählen ihre Texte vom reichen und stürmischen Leben der Autorin im Wien und Prag der Zwischenkriegszeit.

»Milena Jesenskás Reportagen über die Verhältnisse in Nordböhmen in der Zeit des Henlein-Terrors gegen die Verteidiger der Republik, ob tschechischer oder deutscher Sprache, die Mobilisierung der CSR-Armee, die Münchner Verträge und den Einzug der Wehrmacht in Prag sind heute historische Dokumente ersten Ranges.« *Peter Demetz, FAZ*

Autorin

Milena Jesenská wurde 1896 in Prag geboren. Sie lebte lange Zeit in Wien, wo sie zu schreiben begann. Nach ihrer Rückkehr nach Prag in den späten zwanziger Jahren engagierte sie sich auch politisch. Milena Jesenská war eine widerstandsbereite Frau, die zur Hilfe für die Juden und die deutschen Antifaschisten aufrief. Wegen ihrer politischen Aktivität wurde sie verhaftet und ins Konzentrationslager Ravensbrück gebracht, wo sie 1944 im Alter von 48 Jahren an einer Nierenkrankheit gestorben ist.

Milena Jesenská

Alles ist Leben

Feuilletons und Reportagen 1919–1938

Herausgegeben und mit einer biographischen Skizze versehen von Dorothea Rein

btb

Aus dem Tschechischen von Reinhard Fischer (Erster Teil) / Lisette Buchholz (Lynchjustiz in Europa; Prag, am Morgen des 15. März 1939) / Eva Hoffmann (Es wird keinen Anschluss geben I und II; Drei Tage im Querschnitt; Adieu, Jules Romains!) / Wilma Löwenbach (Gestrandete Menschen; Es geht über unsere Kräfte; Im Niemandsland; Guter Rat ist Goldes wert)

Bildnachweis:
Jaroslava Vondráčková (Bildseiten 2, 4, 5, 8, 12 oben);
Archiv Klaus Wagenbach (3, 12 unten, 13 unten, 16);
Stasa Fleischmann (9 oben, 10, 14);
Archiv Neue Kritik (1, 6, 7, 9 unten, 11, 13 oben, 15).

Umwelthinweis:
Alle bedruckten Materialien dieses Taschenbuches sind chlorfrei und umweltschonend.

btb Taschenbücher erscheinen im Goldmann Verlag, einem Unternehmen der Verlagsgruppe Bertelsmann.

1. Auflage
Genehmigte Taschenbuchausgabe Juli 1999

Umschlaggestaltung: Design Team München
Umschlagfoto: Archiv Neue Kritik
Satz: IBV Satz- und Datentechnik GmbH, Berlin
RK · Herstellung: Augustin Wiesbeck
Made in Germany
ISBN 3-442-72499-6

Inhalt

Vorbemerkung

Milena Jesenská sind Liebesbriefe gewidmet, die zu den schönsten und bedrückendsten Zeugnissen dieses Genres zählen. Die Beziehung zwischen dem Verfasser dieser Briefe, Franz Kafka, und der Adressatin – meist vertraulich beim Vornamen genannt – ist von Literaturwissenschaftlern bis ins kleinste Detail seziert worden. Sie selbst jedoch kam in den seltensten Fällen zu Wort.

Dabei war Milena Jesenská zwanzig Jahre lang als Journalistin tätig und hat Hunderte von Feuilletons, Artikeln und Reportagen verfaßt. Sie begann in Wien nach dem ersten Weltkrieg zu schreiben und mußte ihre Tätigkeit einstellen, nachdem Nazi-Deutschland die Tschechoslowakei besetzt hatte. Daß sie in einer illegalen Widerstandszeitung fortfuhr, ihre Meinung zu äußern, kostete sie schließlich das Leben.

Milena Jesenská hat in Dutzenden von Zeitungen unter zahlreichen Namen veröffentlicht. Aus über 400 Artikeln der Autorin wurden 41 ausgewählt. Kriterium war dabei nicht so sehr, eine repräsentative Auswahl ihrer Schriften vorzulegen, als vielmehr Qualität und Vielfalt ihres Schreibens aufzuzeigen. Auf ihre weitere journalistische Arbeit wird in der biographischen Skizze eingegangen.

Herzlichen Dank an dieser Stelle an Milena Petak und Eva Hoffmann in Frankfurt sowie Marie Jirásková und Jaroslava Vondráčková (1894–1986) in Prag. Ohne ihre tatkräftige Hilfe wäre der Band nicht zustande gekommen. D.R.

I.

»Die alte Zeit schleicht durch die neue«

Feuilletons 1919–1933

Wien

Wien, den 27. Dezember

Am besten unters Federbett kriechen, sich bis zu den Ohren zudecken und erst nach den Feiertagen hervorkommen. Auf diese Weise gedachte ich Weihnachten zu feiern! Und merkwürdig: Was in Prag, in Berlin, in jeder anderen Stadt schon monatelang eine Katastrophe wäre, was anderswo Demonstrationen, Geschrei, Proteste und vielleicht sogar eine Revolution auslösen würde – das erträgt man hier in völliger Ruhe, mit halb stumpfer, halb humorvoller Resignation. Spricht ein Wiener davon, macht schon seine Sprache über alles Witze, jedes Wort kullert leicht und komisch über die Lippen, auch wenn er schimpft, droht oder zürnt; letztlich ist alles einfach nicht ernst gemeint.

Es gibt kein Brennmaterial, keine Kohle, kein Holz, keinen Koks. Die Züge fahren im ganzen Land nicht, die Fabriken stehen jeden Augenblick still, die Geschäfte schließen um fünf Uhr, in den Restaurants und Kaffeehäusern brennt ab acht Uhr ein flackerndes Karbidlämpchen. Bald soll der elektrische Strom für den privaten Verbrauch gesperrt werden, so daß wir mit Kerzen leuchten müssen, die nicht zu haben sind! Zum Heizen gibt es nichts, zum Essen gibt es nichts. Tausende gehen täglich in den Wienerwald nach Holz und bringen nasse Äste heim, die im Ofen wortwörtlich kochen und natürlich keine Wärme geben. An den Endstationen der Trambahn in den Vororten warten geduldig Menschenscharen mit Taschen,

Säcken und Rucksäcken voller Holz; Frauen, Greise, Kinder, mit schweren Lasten. Im Dunkeln wirkt diese Menge grotesk bis zum Erschaudern, wie ein sich geheimnisvoll bewegender Wald. Unter der Holzlast sind die Menschen kaum zu sehen. Alle zwängen sich einer nach dem anderen mit Eselsgeduld in die Elektrische, die Hände froststarr, die Glieder zerschlagen und zerschunden, der Fahrer erträgt mit der gleichen Geduld die Püffe und die Unbilden, denen er durch die Äste auf den Rücken ausgesetzt ist. Nach zwei Minuten sieht der Wagen aus, als wäre er mit Holz vollgestopft. Natürlich wird dabei geschrien und geschimpft, man erbost sich, beschwert sich, aber das ist alles nicht so schlimm, das ist nicht so gemeint, das ist so nachbarlich harmlos und dumm und stumpf – hier gibt es gar keinen Protest, man begleitet nur die tägliche Prozedur mit Worten, als singe man bei der Arbeit, damit alles fröhlicher von der Hand geht.

Die andere Hälfte der Bevölkerung verkauft das Holz weiter. Für zwei Kronen das Kilo. An den Bahnhöfen stehen junge Burschen mit Handwagen und Säcken. Auf den Straßen fahren Wagen mit Holz. Willst du heizen, begib dich auf die Straße, halte das erstbeste Wägelchen an und zahle, feilsche, zahle und zahle. Das Holz ist freilich ungeschnitten, ungehackt. Für das Zerkleinern zahle nochmals. Für das Herauftragen zahle wiederum. Ehe das Holz in die Wohnung gelangt, ist es zur Hälfte zusammengeschrumpft. Dann gib ein hohes Trinkgeld, spendiere ein Glas Wein, schüttle dem guten Mann die Hand und bedanke dich. Und sei froh, daß du überhaupt etwas hast.

Mit dem Essen ist es ebenso. Was man wöchentlich erhält, reicht bei größter Bescheidenheit – quantitativ und qualitativ – für ein einziges ärmliches Abendessen. Pro Person gibt es einen Laib Brot (ein Laberl), und obwohl ich hier eine zweijährige Schule der Not durchgemacht habe, ist es mir nicht gelungen, diese gelbe, harte, alte, schimmlige »Gottesgabe« hinunterzuschlucken. Es bleibt nichts übrig, als sich Lebensmittel beim Schleichhandel zu besorgen, der hier vielleicht mehr als anderswo blüht. In der Stadt unten gibt es Delikatessengeschäfte, wo hinter dem Schaufenster ein paar Äpfel oder etwas Johannisbrot liegen – anstandshalber. Der Ladentisch ist leer, die Körbe und Fässer sind leer, und trotzdem ist das Geschäft voller Leute. Diese Leute gehen jedoch nicht zum Ladentisch und verlangen, wie das in einem Geschäft üblich ist: Geben Sie mir das und das! Vielmehr flüstern sie dem Verkäufer etwas zu, dieser flüstert zurück, nach einer Weile Gewisper holt er ein Päckchen, nimmt das schon abgezählte Geld entgegen, und der Kunde geht. Ein Unbekannter bekommt nichts. Ein Vertrauter bekommt hier Likör, Wein, Schokolade, Fleisch, Schinken, Geflügel, Wurst, alles, was er möchte. Aber frage nicht nach dem Preis! Nimm das Päckchen, der Preis wird geflüstert, zahle und sieh zu, daß du verschwindest.

Unlängst begab ich mich auf Pilgerschaft nach Brot. Zu allen Krämern, Bäckern, Milchhändlern, Kellnern – völlig vergeblich. Bis mir eine Frau riet, ich solle auf die Brotbörse zum Gürtel gehen. Bei der angegebenen Adresse fand ich ein Weinstübchen, das völlig von blauem Rauch vernebelt war, so daß ich fast nichts sehen konnte. Der Raum ist voller Menschen. Alle stehen. Ab und zu geht jemand von einem zum anderen. Alle reden und schreien, alle handeln. Hier bekommt man alles. Hier bekommt man Brot – freilich einen! Laib übelriechendes, schimmliges Brot für 50 K.! Ein kg Mehl kostet 50 K., ein kg Reis 80 K., ein Ei 8 K., eine Kerze 8 K., ein kg Butter 200 K., ein kg Fleisch 150–250 K., eine Gans 1000 K.! Kohle, Holz, Lebensmittel, Stoffe, alles zu Wahnsinnspreisen. Und das Bemerkenswerteste ist: Alle, die hier verkaufen, sind ausnahmslos Arbeiter. Ich stand mitten im Raum, erstaunt darüber, daß sich die Welt nicht einmal, sondern dreimal umgekehrt hat, und eigentlich niemand mehr weiß, wo oben und wo unten ist! Die ganze Welt dreht sich um die Arbeiterschaft, alle Zeitungen, alle Versammlungen, alle Vorträge. Alle rufen nach Hilfe, nach Hilfe für das Proletariat, nach Hilfe für die rachitischen Kinder, die zu fünft, zu acht in einem Zimmer mit zwei Betten vegetieren, nach Hilfe für die durch Not verschuldete Prostitution! Wir alle, fast alle, sind einverstanden, begeistert, hilfsbereit – und hier sind Arbeiter, die einen Haufen Geld haben, die begehrte Dinge zu höchsten, schamlosesten Preisen verkaufen; es sind Hunderte und Tausende; nirgendwo eine Spur von Not. Sie haben Pelze. Sie haben gute Schuhe, haben freie Zeit, haben Geld. Ich kenne mehrere Familien, darunter eine dreizehnköpfige. In ihren drei jeden Tag geheizten Zimmern ist es viel wärmer als in meinem einzigen, und niemals würde es zum Abendessen das geben, was ich koche – einfach, weil sie damit nicht zufrieden wären. Zum Frühstück trinken sie Milchkaffee und essen weiße Semmeln, und alle dreizehn haben rote, volle Gesichter, von Unterernährung ist nicht das geringste zu merken. Der Wiener Arbeiterschaft geht es nicht schlecht, wahrhaftig nicht! Es sei ihr gegönnt. Schlimmer steht es um die Staatsdiener, um die Menschen mit kläglichen Gehältern und zahlreichen Familien, die Postbeamten usw. – hier findet man vielleicht die größte Not, wenn sie auch nicht sichtbar ist! Dann die vielen, die keine Arbeiter sind, die vielen Witwen, Krüppel, Straßenkehrer, Briefträger, kleinen Handwerker – diese Familien vegetieren wirklich in Favoriten und Ottakring in muffigen Zimmern mit Wäscheleinen voller Lumpen. Dort herrscht angstvolle, nackte Not! Dabei spielen in Wien fünfzehn Theater, die trotz der enormen Preise täglich ausverkauft sind. (Eine Loge zur Strauss-Premiere »Die Frau ohne Schatten« kostet 1000 K., für einen Parkettplatz in der Oper zahlt man bei der einfachsten Vorstellung 60 K.) Zwanzig Kabaretts, zwanzig Bars, viele Restaurants, in denen man nicht unter 200 K. zu Abend speisen kann, alles voll. Auf der Straße schreiend bunte Reklame für Vergnügungsstätten aller Art. Kinos und Kaffeehäuser, die es in jeder Straße gibt, überfüllt. Die Modegeschäfte in der Kärntnerstraße voller Menschen. Pelze, Kleider, Stoffe, Hüte, Schuhe. Ein Paar Schuhe 1200 K.! Horrende Preise für Wäsche, Kleidung, Handschuhe. Und dabei wird ständig hektischer und gieriger gekauft. Es gibt Leute, denen nichts teuer, modern und neu genug ist. Wien praßt, Wien tanzt, Wien amüsiert sich, Wien singt und spielt Walzer und unsinnigere Operetten als je zuvor. Und dasselbe Wien siecht dahin, stirbt, ist voller Reparationskommissionen, und seine politischen Führer reisen in der ganzen Welt herum, um Hilfe zu erbitten. Die Züge fahren nicht, die Bevölkerung hat kein Brot, kein Mehl, keine Kartoffeln, Post, Telefon, Telegraph, alles funktioniert mit Müh und Not, unglaublich langsam, in Krankenhäusern und Kliniken liegen die Patienten in zerrissener Wäsche, und in den Gefängnissen brüllen die armen Verbrecher vor Hunger und Kälte so laut, daß die Menschen, die in der Nähe wohnen, nicht schlafen können!

Dabei sind Lokale und Spielbanken, wo Hunderttausende verdient werden, bis zum Morgen geöffnet, dabei werden an der Börse erstaunliche Geschäfte mit Valuten gemacht. Tausend Kronen bedeuten nichts. Weder für einen Geschäftsmann noch für einen Neureichen, einen Restaurateur, einen Kaffeehausbesitzer, einen Kunden oder einen Dieb. Für tausend Kronen bekommt man eine Bluse, ein Paar Schuhe, fünf Kilogramm Speck. Noch voriges Jahr konnte man mit einem Tausender im Monat auskommen, heutzutage reicht er nicht für eine Woche.

Wien ist toll – oder ist die Welt toll? Wien liegt in den letzten Zügen seines Ruhms, und was diese Stadt noch am Leben hält, ist die alte Tradition einer Großstadt, ist der Umstand, daß schon jahrelang alles in Betrieb ist, daß öffentliche Gebäude, Hotels, Restaurants, Bars und Theater vorhanden sind, daß der ganze Mechanismus auch dort funktioniert, wo Leerlauf herrscht. Aber am schlechtesten geht es hier uns, uns Tschechen. In Böhmen ist unsere Heimat, und hier sind wir gezwungen, die Last anderer mitzutragen, ohne daß uns die Unsrigen ein bißchen beistehen könnten! Wäre es nicht möglich, für Angehörige der tschechischen Republik die Grenzen ein wenig zu öffnen oder Post und Verkehr zu erlauben? Wir durften aus der Heimat nicht einmal ein Stück Striezel, ein paar Krümel Mehl zum Fest bekommen. Mir blieb also nichts übrig, als Weihnachten wie ein Murmeltier unter dem Federbett zu verschlafen.

(M.P., *Tribuna,* 30. Dezember 1919)

Kino

Stets wundere ich mich, wenn ich irgendwo lese, daß man das Kino mit dem Theater vergleicht, das Spiel verdammt oder verteidigt, eines gegen das andere abwägt, vom Künstlerischen oder Unkünstlerischen des Kinos redet. Über das Kino ließe sich viel Interessantes sagen – z.B. über seine sexuelle Wirkung auf die Massen (viel mehr als über seine ethische oder ästhetische Wirkung), seine propagandistische Funktion oder über Geschmack und Dekorationen, unter Umständen auch über die technische, in vielen Punkten äußerst reizvolle Seite – aber das Herausstellen der Konkurrenz zum Theater erscheint mir einfach überflüssig – vielleicht auch oberflächlich?

Wenn es eine Konkurrenz gibt, ist sie gewiß ganz äußerlich: Man kann auf die Eintrittspreise verweisen, auf die Länge und Mannigfaltigkeit der Programme, auf geheizte Räume, auf niedrige oder hohe Kosten für Unterhaltung, die dem Niveau des Publikums entspricht, auf das Milieu, auf hundert andere äußerliche Dinge. Aber eine innere und künstlerische Konkurrenz entfällt, da beim Kino das Künstlerische in sehr beschränkten Möglichkeiten vorhanden ist, die mit dem Theater keinen einzigen Berührungspunkt haben. Geht es beim Theater um Kunst, dann spricht man über den Autor, das Dramatische, die Sprache, das Problem, die Tiefe der Idee, ihre Beziehung zum Leben. Spricht man beim Kino von Kunst, kann man von der technischen Leistung reden, die vortrefflich sein mag – sei es die des Photographen, des Regisseurs, der Schauspieler oder des Sujets –, aber stets in rein reproduktivem Sinne; im Theater vergnügen wir uns nicht, im Theater lauschen, vergleichen, lernen und schauen wir. Schlimmstenfalls sind wir interessiert. Im Kino? Das ist es ja gerade: Was machen wir im Kino?

Ich kenne Leute, die täglich von mittags bis nachts im Kaffeehaus sitzen. Nicht etwa, weil sie keine warme Wohnung besäßen, dort nichts zu essen hätten, nicht kochen könnten oder keinen ruhigen Platz fänden. All diese Ausreden der heutigen Zeit gelten nicht für die Menschen, die ich meine. Sie saßen vor dem Krieg im Kaffeehaus (mit dem Unterschied, daß sie länger dort saßen, weil länger geöffnet war), sie sitzen auch nach dem Kriege dort. Ich meine auch nicht die Lungerer und Müßiggänger, im allgemeinen wertlose Menschen in jeder Hinsicht. Viele Kaffeehausgäste sind hervorragende Künstler, die täglich Ideen und Einfälle mit ihren Mitteln gestalten. Viele gehen ihrer bürgerlichen Arbeit nach, und den Rest des Tages verbringen sie im Kaffeehaus. Das ist kein unordentliches Leben. Es ist die Suche nach einem neutralen Milieu. Die Möglichkeit zu vergessen – nicht an sich zu denken. Die Notwendigkeit, möglichst wenig als privates Ich zu existieren. Eine Lebenserleichterung.

Nun ja! Ich kenne Menschen, die täglich im Kino sein können. Nicht, daß sie nicht arbeiten wollten oder nichts zu tun hätten. Sondern deshalb, weil es für die Seele so bequem ist, im Kino zu sitzen.

Alles, was man sieht, ist scheinbar das Leben. Und dennoch, welch ein gewaltiger – und welch ein bequemer Unterschied. Hier geht es um Liebe und Haß, um Gut und Böse, um Ehrlichkeit und Niedertracht. Hier tritt ein Intrigant auf, rollt die Augen, ballt die Fäuste. Jeder weiß mit Gewißheit, daß dieser Mann am Ende ergriffen wird, und daß dem unschuldigen Mädchen, das mit Inbrunst einen armen Burschen liebt, bestimmt nichts Übles widerfährt. Der arme Bursche ist ihr treu und macht sozusagen rein zufälligerweise eine Karriere. Ist das nicht schön? Dem Mädchen kann nichts geschehen, sonst wäre es nicht sittlich, sonst wäre der Film nicht von der Zensur zugelassen worden. Hier gibt es schlechte Frauen, die rauchen, im Negligé auf der Ottomane liegen, und gute Frauen, die Wäsche nähen, Bücher lesen, Klavier spielen oder lockenköpfige Kindchen herzen. Man weiß einfach mit Sicherheit, daß sie gut sind und daß es gänzlich unmöglich wäre, in ihrer Seele etwas Schlechtes zu entdecken, und von den Bösen weiß man, daß sie böse sind und somit unsere Verachtung und keinerlei Mitleid verdienen. Man braucht gar nicht zu befürchten, ihnen Unrecht anzutun, und kann sich darauf verlassen, daß sie bestraft werden, bevor man das Kino verläßt, und daß die Strafe gerecht sein wird. Hier wagen heldenhafte, ehrliche Männer ihr Leben für die geliebte Frau, sie riskieren Ehre, Besitz, Gesundheit, Existenz. Während die anderen, die eine Frau nur einfach haben wollen, sich ihr von hinten nähern und sie mit teuflischer Miene um die Schulter fassen – werden sie abgewiesen, neigen sie elegant den Kopf, werden sie es nicht, sitzen sie »danach« im Lehnstuhl, aber in jedem Falle rauchen sie ihre Zigarette im Mundwinkel, was sehr zynisch wirkt, sie haben einen Pyjama und schwarzes Haar, man erkennt sie augenblicklich und verachtet sie voller Abscheu.

Wirklich, wie schön wäre die Welt, wenn sie so wäre. Wie bequem wäre es, wenn ein Mensch entweder garantiert gut oder böse wäre, wenn die Frauen schlecht oder edel, treu oder untreu, verführbar oder ehrbar, gutherzig oder frevelhaft wären!

Wie liebenswürdig, wie barmherzig ist diese Welt im Kino, wo in reiner Form einfache Größen vorkommen, die wir im Leben niemals erblicken, niemals fassen, niemals ergründen. In unserer Welt sind die Menschen zugleich gut und böse, treu und untreu, geschmäht und stolz. Jedes Herz ist kompliziert, jedes Leben schwer und ungelöst, das Glück ist launisch, unabhängig von guten und bösen Taten. Alles ist tausendfach anders, als wir selber wissen. Wir können nicht in letzter Minute durch das Fensterchen eines hohen Turms an einem hundert Meter langen Strick flüchten, den wir aus unserem eigenen Hemd gedreht haben, wir können nicht glücklich, falls wir gut sind, oder unglücklich, falls wir böse sind, über Dächer fahrender Züge springen und uns von Brücken ins Wasser stürzen, auf unsere Hinterlassenschaft warten keine Bösewichter, die unsere rechtmäßigen Erben in unterirdische Gewölbe einmauern, und die Dirnen, denen wir begegnen, sind keine dämonischen Weiber, auch nicht Frauen mit einem tragischen Geschick, die unser Herz durch ihr verzweifeltes Lachen aufwühlen; unsere Ehemänner betrügen uns, ohne Abschaum der menschlichen Gesellschaft zu sein, und unsere Liebhaber sind ganz gewöhnliche Beamte, Kaufleute, Minister, Schauspieler, keine verführerischen und unwiderstehlichen Schurken.

Wir rätseln über den Sinn unseres Daseins. Und siehe, im Kino ist das Rätsel gelöst, und zwar mit aller Falschheit unserer Vorstellungen vom Leben! So angenehm! So liebenswürdig! So bequem! Wie süß ist es, eine Weile mit dem Hirn der Leinwandhelden zu denken, von den Problemen des eigenen Lebens auszuruhen und ein klares, selbstverständliches Leben von Lichtphantomen zu sehen, große Leidenschaften mit den starken, unproblematischen, unkomplizierten Herzen von Gestalten zu fühlen, die in schönen Toiletten daherschreiten (auch wenn es nichts zu essen gibt), bestrahlt vom Glanz einer herrlichen Szenerie und begleitet von Walzermelodien, die das Orchester fiedelt.

Kino ist etwas anderes als Unterhaltung. Kino kann man mit dem Alkohol eines Trinkers vergleichen, dem Opium eines Süchtigen – es ist etwas, was vergessen läßt, angenehm kitzelt, in den Schlummer wiegt. Kino ist etwas, dem wir Feiglinge uns so gern hingeben, um das Leben besser auszuhalten, etwas leichter zu ertragen, da wir ohnmächtig angesichts eines verunstalteten Lebens sind.

(M.P., *Tribuna,* 15. Januar 1920)

Briefe bedeutender Leute

Die Frage, ob man Briefe bedeutender Menschen veröffentlichen darf, lasse ich vorläufig beiseite, weil sie nicht wesentlich ist. Es geht weniger darum, ob wir das Recht besitzen, ins Private bedeutender Menschen zu schauen oder nicht, zuerst geht es darum, welchen Wert vertrauliche Nachrichten und Äußerungen für uns haben. Erst dann kann die andere, untergeordnete Frage beantwortet werden.

Sehr oft hört man die Phrase: Die persönliche Bekanntschaft mit einem Künstler ist gefährlich, man wird oft enttäuscht. Jemand, der mit seiner Musik, seinen Gedichten, seinen Gemälden andere Menschen begeistert hat, sei ein äußerst seltsamer Mann und besitze unverständliche Eigenschaften, er sei zum Beispiel habgierig wie ein Hamster, ängstlich wie ein Hase, grob wie ein Floßknecht, schmutzig und unrasiert, ja geradezu speckig, trage eine Nachtmütze oder liebe inbrünstig seinen Papagei.

Derselbe Mann, der ein so leidenschaftliches Verhältnis zur Ewigkeit, zur Wahrheit, zur Tat hat, trägt eine Nachtmütze? Ja, teures Fräulein. Künstler sehen nicht immer aus wie Waldemar Psilander[1], leider Gottes oder Gott sei Dank. Und wenn Sie von einem Künstler enttäuscht sind, einem Künstler als Menschen, einem Künstler, über dessen Rang unwiderlegbare Zeugnisse seines Schaffens vorhanden sind, dann

1 Norwegisches Stummfilmidol

ist das allein Ihre Schuld und die Schuld Ihrer konventionellen Sicht, da Sie den Künstler wie einen Bankangestellten betrachten und nicht wissen, daß der Unterschied zwischen Künstler und Nichtkünstler nicht im Menschlichen liegt, sondern auf dem Besitz beruht. Ein Nichtkünstler besitzt nur das, was er eben hat: zehntausend Kronen, Aktien, eine hübsche Nase, zwei gesunde Hände. Dagegen besitzt ein Künstler auch das, was er gerade weniger hat. Ein Künstler hat als Material für sein Schaffen auch seine Sehnsüchte, Wünsche und Vorstellungen, die ganze Welt. Wenn Sie von einem Künstler enttäuscht sind, teures Fräulein, dann nur deshalb, weil Sie es nicht verstanden haben, ihn zu finden, und nicht wissen, wie grotesk merkwürdig die menschliche Seele ist.

Oder ist es etwa nicht grotesk, daß der große Moralist der »menschlichen Komödie«, Balzac, der so viel von Schönheit und Eleganz verstand, ein untersetzter, häßlicher Dickwanst war, stets nachlässig, sogar verwahrlost gekleidet, ein Mann, auf den seine Freunde unablässig achten mußten, damit er nicht etwas Dummes, Unsinniges, Peinliches anstellte? Oder daß unser süßer, verträumter Dvořák ein Dorfsohn von robuster Natur und durchaus nicht träumerischen Sitten war? Oder daß Maupassant ein griesgrämiger, verzweifelter und mißtrauischer Einzelgänger war, der sich dreißig Jahre lang mit Minderwertigkeitsgefühlen quälte und dreißig Jahre lang alle seine Novellen verbrannte, weil er sie nicht für vollkommen hielt? Oder daß Napoleon, der schreckliche, tapfere Napoleon, der Herr der Welt, ein kleines, schwächliches, garstiges Männlein war, das sich im Dunkeln fürchtete?

Und so weiter, man könnte beliebig fortfahren. Daher das Interesse am Privatleben bedeutender Menschen: Uns genügt nicht nur das Werk, nicht nur das Schaffen. Wir wollen wissen, woher es entspringt, wir wollen den inneren Akt erklären, der dem Schöpferischen vorausgeht. Um so mehr, als jeder große künstlerische Akt schon an sich unbegreiflich und neu ist, denn ein Künstler sagt nicht, *was ist, sondern er sagt, was nicht ist – und indem er es sagt, wird es.*

Seit Shakespeare den Hamlet geschrieben hat, kennt die Welt den unentschlossenen Menschen, der sich nicht zwischen Sein und Nichtsein entscheiden kann. Seit Dostojewski die Figur des Myschkin geschaffen hat, kennt die Welt den edlen, unbeholfenen, aber vollkommen guten Menschen, den wunderbaren Menschen, den Idioten und Menschenretter. Seit Božena Némcovás »Großmutter« kennen wir die kluge, strahlende, dörfliche Seele einer alten Frau. Seit Zolas Nana wissen wir, was eine Dirne der Pariser Halbwelt ist. Natürlich existierte auch vor Shakespeare ein Hamlet und vor Dostojewski ein Myschkin, und vor Galilei hat sich die Erde gedreht, und vor Galvani gab es elektrischen Strom. Aber die Welt hat das nicht gewußt, die Welt hat keinen Strom gekannt, sie war ohne ihn. Sie hat damit nicht gerechnet und hat nicht vermutet, daß es ihn gibt. Ebenso wie sie vor Shakespeare keinen Hamlet und vor Puschkin keinen Onegin gekannt hat. Das ist der Besitz des Künstlers: seine ausschließliche Weltsicht. Seine Fähigkeit, etwas *zum ersten Male* zu sehen, etwas neu zu sehen.

Freilich fragen wir uns: Mein Gott, so einfach, warum habe ich das nicht vorher gewußt? Wie und wodurch hat gerade er das entdeckt? Und wir greifen begierig nach den Briefen, entblößen das Menschliche, verschlingen die Seiten: Wie hat er das entdeckt? durch welchen Schmerz? welchen Wunsch? welche Krankheit? welche Spannung? Die Briefe ergänzen das Werk, wie eine Landkarte die Welt vervollständigt. Wir, die Ungläubigen, denen ein Wunder nicht genügt und die eine greifbare Erklärung brauchen, suchen in den Briefen Begründungen, logische Hinweise.

Biographien sind etwas völlig anderes. Ganz anders interessant. Stendhals Napoleon-Biographie enthält eher die Gedanken des Verfassers über Napoleon, als daß sie ein Bild dieses Mannes zeichnet. Sie ist ein Kunstwerk an sich. Von Briefen erwarten wir keine Kunst, von Briefen erwarten wir *Menschliches.*

Die Vorstellungen Bedeutender über Bedeutende sind freilich höchst wissenswert und wertvoll. Aber ein reines Mißverständnis, was intime Blicke in das Leben großer Menschen bedeuten, sind Berichte »ohne Anspruch auf künstlerischen Wert«, die unter der Voraussetzung verfaßt wurden, die Welt zu interessieren. Die Welt *darf* sich nicht für Frl. Lola Šetelikovà interessieren, die es für passend erachtet, genau aufzuschreiben, was Milan Štefanik[2] tat, wohin er ging, warum er nicht heiratete und was er sagte, wenn er jemanden besuchte. Diese reinen Tatsachen müssen uninteressant sein, wenn dabei ein tiefer Blick ins Innere, eine Begründung und Erklärung fehlen. Es geht nicht darum, der Welt etwas zu verraten, sondern darum, den einzelnen durch Verständnis zu bereichern. Es geht um den logischen Zusammenhang zwischen der Welt des Unbedeutenden und der Welt des Auserwählten.

Dazu gibt es ein Recht, solange wir nicht so vollkommen sind, daß uns die Äußerung allein zum Glauben und Verständnis genügt, und solange wir wie Thomas die Finger in die Wunden legen müssen, um uns zu überzeugen, daß sie vorhanden sind und daß sie tief sind.

(M.J., *Tribuna,* 15. August 1920)

2 Milan Štefanik (1884–1919), Politiker der Ersten Tschechoslowakischen Republik, der bei einem Flugzeugabsturz ums Leben kam.

Meine Freundin

Nur solange ein Mensch ganz jung ist, besitzt er die Fähigkeit zur Freundschaft. Haben Sie das auch schon beobachtet? Später, wenn er altert, oder sagen wir, reift, wird er sehr schwer und mühsam, ja ungern und gereizt Freundschaften schließen, und gewiß keine dauerhaften. Aber manchmal wird jemandem eine solche Freundschaft vom Leben aufgezwungen, eine zuweilen sehr merkwürdige Freundschaft, die bei genauer Betrachtung gar keine ist. Beethovens Freundin war angeblich ein alter, breiter geschnitzter Schrank, der in einer Zimmerecke stand. Meine Freundin ist meine Hausbesorgerin, Frau Kohler, die jeden Morgen um sieben Uhr mit zärtlicher Miene vor meinem Bett steht, einen Besen in der Hand hält, in ihren löchrigen Hausschuhen von einem Bein aufs andere tritt und mitleidvoll wartet, bis ich das Zimmer verlasse, damit sie aufräumen kann.

Glauben Sie, ich will eine Humoreske schreiben? Durchaus nicht. Ich schreibe gerührt und mit Tränen in den Augen. Diese Frau aus dem Volke, ein urwüchsiger, ungebildeter, proletarischer Trampel der vorigen Generation, hat das beste Herz der Welt, und ich empfinde für sie eine tiefe, innige Zuneigung. Wenn ich an sie denke, werde ich immer sentimental. Verzeihen Sie, bitte, sollte ich mich ungewöhnlich rührselig ausdrücken. Der Gedanke an ihr rundes Mondgesicht, in dessen genau geometrischer Mitte als kleiner Punkt das Näschen sitzt und darunter der breite Mund mit spärlichen Zähnen, ein Gesicht, das ständig aus merkwürdiger Befangenheit schwitzt, stimmt mich immer weichherzig. Es dauerte lange, bis ich erkannte, welches Mienenspiel Freude und welches Schmerz und Zorn ausdrückt, aber mit der Zeit prägte ich mir die untrüglichen Kennzeichen ihrer Stimmungen ein: Freut sie sich, stülpt sie ihre kräftige Oberlippe drohend vor, und ist sie traurig, werden ihre Äuglein violett, als wollte sie weinen, und die Nase bläht sich zu ungeahnten Ausmaßen auf. Wenn sie etwas will, läuft sie geschäftig um mich herum, wischt dreimal hintereinander mein Tintenfaß ab und erinnert sich von selber daran, daß sie Mehl holen muß, und sie heizt ein, ohne die Fenster sperrangelweit offenstehn zu lassen, was selten vorkommt. Ist jedoch etwas Schlimmes passiert, wird ihr Gesicht wirklich schreckensbleich und starr, wie tot, und die ganze Gestalt scheint sich um ihre Achse gedreht zu haben, als hätte sie von oben, direkt von oben einen Schlag mit einer Keule bekommen. Bei diesem Gesichtsausdruck erschaudere ich in tiefster Seele: er ist immer gerechtfertigt.

Das Angenehmste an ihr ist die Regelmäßigkeit ihrer Verrichtungen. Ich kann mich mit Bestimmtheit, pünktlich auf die Minute, darauf verlassen, daß sie alles eine Stunde später macht als angeordnet. Das ist wirklich eine gute Eigenschaft, wenn sie zu einem unverrückbaren Grundsatz geworden ist. Möchte ich, daß sie um sechs einheizt, bitte ich sie, um fünf einzuheizen, und um halb sieben habe ich es warm im Zimmer. Übrigens gilt diese Regelmäßigkeit stets und für alles. Ich weiß ganz sicher, daß sie mir im Jahr nur vier Paar Strümpfe stiehlt, für jede Jahreszeit ein Paar, womit sie völlig auskommt. Mehr als fünf Würfel Zucker verschwinden nie auf einmal aus meiner Dose. Mehr als eine Scheibe Butter ist nie von dem Stück abgeschnitten, das im Eisschrank liegt, und in der Büchse Kondensmilch fehlen täglich höchstens zwei

Kaffeelöffel. Sie nimmt niemals mehr, als sie braucht, und sie braucht wenig. Vor einem Jahr, als ich für Veredelung, Verbrüderung und Gleichheit schwärmte, schlug ich ihr vor, sie solle nicht mehr stehlen, sondern ich würde ihr das, was sie regelmäßig stiehlt, lieber geben. Ich erschreckte sie zu Tode, die arme Seele. Weil sie in meinem Gesicht keine Arglist entdecken konnte, wagte sie nicht zu behaupten, daß sie nicht stehle, und sie wußte nicht genau, was sie davon halten sollte. Ihre ängstlichen Augen blickten mich erst vorwurfsvoll, dann entrüstet an. Ich merkte, daß sie voll und ganz recht hatte, und seitdem ist alles beim alten geblieben.

Es ist nicht gerade wenig, was wir gemeinsam erlebt haben. In den drei Jahren, die ich in dieser verfluchten Stadt sitze, war sie mein Trost. Ich weiß, daß ihre Liebe zu mir ebenso groß ist wie meine Liebe zu ihr und daß ich mich jederzeit auf sie verlassen kann. Das wußte ich jedoch nicht immer. Damals, als ich den dummen Einfall hatte – wer hätte nie einen solchen Einfall gehabt? – mich zu vergiften, ahnte ich das nicht. Als ich eine Woche lang halb bewußtlos in der leeren Wohnung lag, ohne eine Menschenseele zu kennen, erwachte ich jeden Mittag durch das kräftige Schütteln, mit dem mich Frau Kohler ins Leben rief. In meinem Dämmerzustand sah ich verschwommen ein verheultes rundes Gesicht, und Hände, die nach Petroleum rochen, stopften mir einen großen schwarzen Knödel in den Mund. Die Knödel hatte sie mir in einer sentimentalen Vorstellung von böhmischen Knödeln, von denen ich immer lauthals geträumt hatte, eigenhändig gekocht. Diese Prozedur wiederholte sie so lange, bis ich Kraft genug hatte, die schwarze Kugel zu erbrechen. Ich denke, daß ich mich nie mehr vergiften werde. Nicht aus Furcht vor dem Tode, sondern weil ich mir schwer vorstellen kann, daß wir uns trennen, also, um aufrichtig zu sein: aus Furcht vor Frau Kohlers Knödeln.

Übrigens war das nicht das Schlimmste, was wir gemeinsam durchgemacht haben. Infolge der politischen Verhältnisse von unserer Heimat abgeschnitten, ich von der Tschechoslowakei, sie von Ungarn, saßen wir mit knurrendem Magen monatelang ohne einen Heller in ihrem Kellerloch und zerbrachen uns beim flackernden Licht einer Petroleumlampe den Kopf darüber, wie wir Geld auftreiben könnten. Hunger ist eine böse Sache, und eine fremde große Stadt ist grausam. Der Trödler nebenan besaß schon unsere Hemden, und im Leihhaus lagen alle unsere Ringe, von dem Erlös aßen wir zu Mittag, zu Abend, zum Frühstück und zur Vesper solange rote Rüben und schäbiges Kraut, wie es eben ging. Aber nichts geht ewig. Ich erwies mich als der schwächere Kämpfer. Mein Magen ertrug das Kraut nicht, und meine Entkräftung erlaubte nicht, daß ich mich weiter um unseren gemeinsamen Speisezettel kümmerte, der mir wie das ganze Leben sehr überflüssig vorkam. Aber Frau Kohler gewann den Kampf für beide. Je apathischer ich war, desto regsamer wurde dieses kleine Persönchen, ihre von der »Gicht« geschwollenen Beine ermüdeten nicht, und ihr Hirn erdachte wahre Börsentransaktionen. Im stumpfen Glauben, daß man leben müsse, vollbrachte sie Wunder, die mir noch heute unerklärlich sind. Keine Krone, die sie nicht mit mir geteilt hätte, kein Stück Brot, dessen größeres Teil nicht mir zugefallen wäre. Wo wäre ich heute ohne sie? Damals nahm ich mir vor, daß auch sie von mir die Hälfte abbekommt, wenn ich einmal Millionär bin, und ich werde mein Versprechen halten. Sie werden es sehen.

Mein Gott! Wie solche drei Jahre mit dem Menschen umspringen. Damals waren wir das, was man Boheme nennt. Allesamt hatten wir nichts zu essen, und weil es bei uns etwas weniger kalt war als auf einer Bahnhofsbank, kam es oft vor, daß ein verzweifeltes Mitglied dieser kleinen Gesellschaft die Kammer hinter unserer Küche bewohnte, wo jetzt bürgerlich protzig und wohlhabend bis zur Decke Holz aufgeschichtet ist. Frau Kohler wurde mit rührender Aufopferung der Kamerad all dieser Leutchen. Fehlende Knöpfe, zerrissene Schuhbänder, zerfranste Kragen, beschmutzte Schuhe, alles ordnete sich unter ihrer mütterlichen Hand zu einem glatten, anständigen Äußeren. Sie nannte alle mit Vornamen und wurde böse, wenn jemand ging, ohne etwas von der schwarzen Zichorienbrühe getrunken zu haben, die sie kochte. Sie schnitt Gedichte aus und zeigte sie stolz den Nachbarn und legte sich mit der Polizei an, die einen von ihnen für einen Kommunisten hielt, während Frau Kohler »nichts auf ihn kommen läßt«. Mit aufrichtiger Freude verfolgte sie unsere Fortschritte, und sie sind nicht undankbar, die ehemaligen zerlumpten Hungerleider. Kehrt W. aus Italien zurück, wohin er für das Honorar seines letzten Romans gefahren war, kommt L. aus Prag mit einem wichtigen Auftrag einer großen Zeitschrift, besucht uns F., der heute als Vertreter einer Weinfirma reist, oder S., der Bankbeamter geworden ist – jeder, der uns in unserem Nest aufsucht, kehrt unten in ihrer Küche ein. Und Frau Kohler frischt selig die Bügelfalten auf und schüttelt den »gnädigen Herren« die Hand, nachdem sie ihre vorher an der Schürze abgewischt hat. Doch in Momenten, wenn wir beide einsam und traurig sind, gedenken wir derjenigen aus der Freundesschar, die der damaligen Not erlagen und starben. Es sind drei. Sie vermochten nicht zu »verbürgerlichen«. Frau Kohlers Äuglein füllen sich mit Tränen, und durch das Halbdunkel des Zimmers trompetet ihr gerührtes, lautes Schnauben.

Frau Kohler ist Witwe. Ihr Mann ist im Krieg gefallen, und wenn Sie seine Photographie sähen, würden Sie staunen. Er war ein sehr fescher Kerl mit langem Schnurrbart. Aber Frau Kohler mangelt es nicht an Verehrern. Um sie bewerben sich alt und jung, so daß sie in der Straße sogar den Ruf einer Sirene hat, was sie nicht verdient, weil an allem nur ihr gutes Herz schuld ist, das keinem etwas abschlagen kann. Ihre Liebe gehört jedoch nur einem, der freilich einen schlimmen »Charakterfehler« hat: Jeden sechsten Sonntag betrinkt er sich, bis er sternhagelvoll ist, um Mitternacht kommt er dann mit torkelnden Schritten, schlägt johlend die Haustür ein (wenn sie zufälligerweise verschlossen ist, was kaum vorkommt, Frau Kohler ist nicht so kleinlich) und verprügelt Frau Kohler mit seinen Fäusten dermaßen, daß am nächsten Tag meine Fußböden ungekehrt und ungebohnert bleiben. Die folgenden sechs Wochen ist er sanft wie ein Lamm, er holt Kohle und bringt Blumensträußchen und Schokolade mit. Am sechsten Sonntag trinkt er wieder. Frau Kohler zerschlägt dann beim Abwaschen die Teller in meiner Küche, schüttelt den Kopf und jammert: »Nein, so was! So ein rothaariges Luder!« Ich empfinde tiefes Mitgefühl. Nur eines ist mir nicht klar: Warum sie in ihrem Zorn den einzig Geliebten »rothaarig« schilt, während er doch rabenschwarz ist! Aber vielleicht verwechsle ich ihn mit jemandem.

Das ist meine Freundin. Ein Leben ohne sie kann ich mir nicht vorstellen. Sollte ich nach Amerika auswandern, wäre sie mein umfangreichstes Gepäckstück. Ich kann früh nicht aufwachen, wenn sie nicht mit einem Besen und in einer bekleckerten Schürze neben meinem Bett steht. Stieße mir etwas zu, könnte ich mich außer Frau Kohler niemandem anvertrauen, und das Abendessen würde mir nicht schmecken, wüßte ich nicht, daß sie den ihr gebührenden Teil gestohlen hat, was sie manchmal, aus Versehen, auch unterläßt. Wir haben stillschweigend ausgemacht, daß wir uns nie trennen werden. Sobald Sie also mich erblicken, ist Frau Kohler in der Nähe, und sehen Sie Frau Kohler, bin auch ich nicht weit.

(A.X. Nessey, *Tribuna,* 27. Januar 1921)

Geheimnisvolle Erlösung

Die Zusammenhänge zwischen Menschen und Dingen sind enger und geheimnisvoller, als wir uns vergegenwärtigen. Seltsam, je mehr Freude wir haben, um so leichter ist der Zugang zu Menschen, und je übler und schmerzvoller uns zumute ist, um so stärker werden Kontakte zu Dingen. In manchen Augenblicken ist der Mensch von Gegenständen umgeben, die plötzlich ein Gesicht bekommen haben, sich bewegen und eine ganz andere Ausdruckskraft, Bedeutung und Dimension als irgendwann vorher besitzen. Schmerz zwängt uns in eine enge Kammer ohne Türen und Fenster, es gibt keinen Ausweg, und die Luft versiegt. Die Menschen gehen stumm und blind an uns vorbei; aber auf einmal durchbricht ein Dach, ein Wagen oder ein Stück Himmel die Mauern des Schmerzes, unsichtbare Tore werden weit geöffnet, und wir atmen befreit auf.

Manchmal speien dich vier wohlbekannte Wände auf eine wohlbekannte Straße aus, vor Auslagen und Plakate, die du auswendig kennst. Angst sitzt dir im Nacken, eine merkwürdige, fieberartige Qual, und beim Blick auf das vertraute Gesicht der Schaufenster packt dich das Entsetzen der Vergeblichkeit. Die lange, tote Straße zieht sich hinauf zum Himmel wie ein staubiges Band. Du weißt: Es wird Stunden dauern, ehe du irgendwohin gelangst, wo du nie gewesen bist. Die kleinen Schachteln der Wohnungen, durch das Netz der

Straßen aneinandergedrängt, kilometerlang, vier Stockwerke hoch, Küchen, Betten, Abfälle und hinter den Fenstern kleine Blumentöpfe, bei alledem spürst du auf einmal Unbehagen, Schwindel, Abscheu. Um nichts in der Welt würdest du jetzt in deine Wohnung zurückkehren, du blickst von der Straße hinauf auf das viereckige Fenster und begreifst nicht, wie es möglich ist, daß du dort hinter den Glasscheiben zwischen Himmel und Straße Wochen, Monate, Jahre lebst, mit deinen Ängsten und Wünschen, daß du *jeden Abend* dorthin zurückkehrst. Daß ein Raum von fünf mal sechs Metern das ertragen hat, was du Leben nennst, und draußen das liegt, was du als Welt bezeichnest. Auf einmal springst du in die erstbeste Elektrische, vorn auf die Plattform, als würdest du vor etwas fliehen. Mein Gott, was für eine erstaunliche Sache ist doch eine Elektrische! Sie rattert und bimmelt, birgt Menschen in ihrem Bauch und rollt geschäftig und voller Eile durch die Straßen, gleitet über die Schienen, scheint mit motorenen Lungen zu atmen, fährt ständig weiter und weiter, in Straßen, die du nicht kennst, vor Häuser, die ein fremdes Gesicht haben. An irgendeiner Kreuzung steigst du um. Vorstadt, Gärten, eine Kirche, Krämerläden, beleuchtete Straßenecken, inmitten des Lärms sitzt du allein und einsam da, siehst Hunderte und Aberhunderte Fenster wie das, das dich schreckt, und das Grauen vor der Unsinnigkeit verwandelt sich in stille, traurige Schicksalsergebenheit. Du blickst in die Gesichter von Menschen und in die Gesichter von Tieren, und es kommt dir vor, als wüßtest du etwas, was sie nicht wissen. Im stillen streichelst du sie, und du wunderst dich, wie seltsam sie leben und wieviel Arbeit sie brauchen, um essen, wohnen, lieben und fühlen zu können, und an der Endhaltestelle führt ein schmutziger Weg ins Land, du weißt nicht wohin, aber du liebkost ihn, weil er in die Welt führt, du stehst an seinem Anfang, und schließlich entsagst du der Sehnsucht, ins Unbekannte zu gehen, und kehrst langsam zurück ins Stadtinnere, alt und weise geworden. Auf dein Fenster blickst du ohne Schaudern, und wenn Licht brennt, läufst du hinauf, öffnest die Tür und sagst: Guten Tag.

Einmal erzählte mir eine Frau:
»Schon nachmittags wußte ich, daß er nicht heimkommen würde. Das trieb mich auf die Straße und würgte mich, zerrte mich von einer Ecke zur anderen, durch Toreinfahrten, über Plätze, durch Parks, am Ufer entlang: die Ahnung, daß er nicht heimkommt. Ich wollte fremde Menschen anhalten, ihnen alles erzählen, wollte fragen, was sie meinen: wird er kommen oder nicht? Die Straße stieg an wie ein hoher Berg und verlor sich in den Wolken, und sie stürzte unter den Wagen in die Tiefe; ich stolperte über das Pflaster, stieß auf der ebenen Fläche an Steine, die mir die Angst in den Weg gelegt hatte. Der Krämerladen, die Trafik und der Ausschank gegenüber von meinem Haus bestätigten schon von weitem meine Ahnung. Die Fenster waren dunkel. Das Treppenhaus unbeleuchtet, die Wohnung leer. Die endlose Last der Zeit, die ich warten mußte, lag auf meiner Brust. Die Straße vor mir verharrte Stunde um Stunde in ihrem gewohnten Aussehen. Die Wände warfen mich wie einen jämmerlichen Ball hin und her, hin und her. Auf den Teppich kroch ein Lichtfleck von der Straßenlaterne, die Möbel vermummten sich mit Dunkelheit, und das Spiel hörte auf. Das Fenster war der einzige Ort in der Wohnung, der nicht leer war. Auf der einen Seite ich, auf der anderen das Warten, wir nahmen es völlig ein, hatten uns still hingesetzt. Im Straßenbogen erklangen manchmal Schritte. Aber um die Kurve schwamm ein fremder Gang, und hinter der Ecke verschlang die Finsternis einen fremden Menschen. So ging es die ganze Nacht hindurch. Die Turmuhr schlug, die viertel, halben, dreiviertel, vollen Stunden. Hinter meinem Rücken an der Wand tackte der Perpendikel bim, bam, hin, her. Die ganze Nacht hindurch. Über die Dächer glitt der Morgen, grau, klar, gesichtslos, fahl, und trug die Hoffnung fort, trug vom Fenster meinen Gefährten fort, das Warten; mit

langen Stangen über der Schulter schritten die Laternenanzünder der Vorstadt regelmäßig jede Viertelstunde hintereinander einher, um den Tag vorzubereiten, *nach dem mir nichts* mehr blieb. Die Straße reckte sich, gähnte, drehte sich auf die Seite und schlief wieder ein, noch für eine Stunde.

Mein unberührtes Bett gebärdete sich in dieser Morgenstunde, als wäre jemand gestorben. Das Wasserglas, für die Nacht hingestellt, das Obsttellerchen und die Hausschuhe sahen mich mit so schrecklicher Wehmut an, daß mich der Mut verließ, hinunter ins Zimmer zu treten, und so blieb ich auf dem Fensterbrett sitzen.

Mein Körper war starr vor Entsetzen: Wie den kommenden Tag überleben? Ich stellte mir in tödlicher Angst all die Stunden vor, die Glieder wurden steif, der Kopf schmerzte, das Herz blieb stehen, die Brust hörte auf zu atmen. Das Pflaster tief unten schien in die Höhe zu steigen, und der Tod verlor sein Grauen.

Auf einmal durchschnitt ein holperndes Rattern die Stille, das erste Vorstadtwägelchen fuhr wohlgelaunt in die Straße, das abgeschundene Pferdchen wiegte seine Mähne, und das Wunder geschah. Die Welt schüttelte sich, entfachte das Tagwerk; Läden, Toreinfahrten, Schenken, Trafiken, alles bewegte sich, die Glocken auf dem Turm bewegten sich, überall wurden mit weitem Schwung Fenster geöffnet, in der Straße, in der ganzen Stadt, am ganzen Himmel, der Tag ergoß sich auf die Erde, und ein leiser Segen wehte durch die Lüfte.

Und wie in der halben Sekunde vor dem Erwachen aus einer Narkose, in der halben Sekunde, die den ganzen Raum erfaßt, die Sonne, den Himmel, die Welt, wurde ich geschüttelt, bevor ich bewußt in müdes Weinen ausbrach: Wie schön, wie schön, wie schön ist es zu leben!«

Ist es Ihnen nie passiert, daß Sie im dunklen Zimmer lagen, durch das Dunkel zur Decke blickten und sich vor Entsetzen und Schmerz nicht bewegen konnten, und da plötzlich irgendwo oben, ein Kind *für* Sie anfing zu weinen? Hatten Sie nie das Gefühl, daß auf der Bühne Menschen für Sie sterben, kämpfen und singen? Haben Sie nie einen Vogel gesehen, der *für* Sie mit ausgebreiteten Schwingen über den Himmel flog, ruhig, glücklich, weit hinaus, um nie wiederzukehren? Haben Sie nie eine Landstraße gefunden, die auf ihrem Rücken gerade so viele Schritte ertrug, um Sie von Ihren Schmerzen zu befreien?

Ich glaube fest, daß die Welt hilft. Irgendwie, durch etwas, plötzlich, unverhofft, einfach, mitleidig. Manchmal ist die Rettung aber fast so schmerzhaft wie der Schmerz selbst. Ich kenne einen Mann, der lungenkrank ist. Er ist groß, mager, sein Gesicht ist kantig, scharfgeschnitten, schön, böse und herzensgut. Der Mann erzählte von seiner Krankheit:

»Als Herz und Hirn nicht mehr das Leiden aushielten, sahen sie sich nach etwas um, was sie retten könnte, und da meldete sich die Lunge. Ich weiß, daß mich meine Krankheit gerettet hat. Aber diese Verhandlungen zwischen Herz und Lunge, die ohne mein Wissen geschahen, müssen schrecklich gewesen sein.« Das klingt wie ein Märchen. Wie ein sonderbares Märchen aus einer anderen Welt, und dennoch ist es Wahrheit, Wirklichkeit und Leiden. Hier war die kranke Lunge die Erlösung. Nein, wundern Sie sich nicht. Man sollte sich nicht wundern. Darüber sollte man weinen. Man sollte sich ein Herz fassen und ganz inbrünstig das Leben lieben, damit es sich von so großer Liebe erweichen läßt und sich von dem Fluch erlöst …

(A.X. Nessey, *Tribuna,* 25. Februar 1921)

Der Fall Georg Kaiser

Berlin beschäftigte sich mehrere Monate lang mit einem »Sensationsprozeß«, dessen Echo bis weit ins Ausland drang. Georg Kaiser, ein junger deutscher Dramatiker von ungewöhnlicher Kraft und Ausdrucksstärke, nicht nur von Max Reinhardt erfolgreich gespielt, sondern auch von anderen führenden europäischen Bühnen, wurde verhaftet. Die Anklage lautete: Diebstahl. Nach einem langen, mehrere Tage dauernden Prozeß wurde Georg Kaiser zu einem Jahr Gefängnis verurteilt, seine Stücke verschwanden von den Bühnen, als wären sie im Erdboden versunken. Der Prozeß, der öffentlich war, zeigte sogar peinlich genau die Einzelheiten des Falls: Georg Kaiser, der jahrelang mit Frau und drei Kindern *gehungert* hatte, bekam durch Zufall von einem Freund eine Villa, die er in Abwesenheit des Besitzers bewohnen durfte. Die bedeutenden Tantiemen, die Kaisers Werke einbrachten, reichten auf einmal nicht. Die Ausgaben der letzten Monate bezifferten sich auf vierstellige Summen. Aus der Villa wurden Perserteppiche und Silberzeug entwendet, teils verpfändet, teils verkauft. Georg Kaiser wurde angeklagt, verhaftet, verurteilt.

Das alles ist ein trauriges, trübes, markantes Merkmal unserer Zeit (wenn man so will), und es ist so trostlos klar und durchsichtig, daß ich nicht wagen würde, ein Wort hinzuzufügen. Die Frage, was ein außergewöhnlicher Mann darf oder nicht, Raskolnikows Frage, ist wohl eine der schmerzlichsten. Der Konflikt mit den Gesetzen, ein Konflikt gröbster Art, wie er hier vorliegt, der Aufruhr eines Menschen, der meint, ihm sei alles erlaubt und er zahle für entwendetes Gut mit seinem produktiven Vermögen, die gestohlenen Teppiche des Herrn X.Y. (übrigens eines Millionärs) und die von einem Mann, der so würdevoll in die menschliche Seele einzudringen vermochte, verpfändeten silbernen Löffel – das alles sind groteske Tatsachen einer Welt, über dic unser Verstand schweigen und nur das Herz sprechen sollte. Etwas anderes drückt mir die Feder in die Hand: die Dummheit aller Journalisten Mitteleuropas, die über diesen Fall geschwätzige Worte von dermaßen erstaunlicher Stumpfheit und Unwissenheit, von solcher Unkenntnis der einfachsten menschlichen Geheimnisse ausschütteten, ohne primitivste menschliche Güte, daß es auch einem Fremden, Unbeteiligten bitter aufstößt. Oh, diese Vergebung, die niemand von den Leuten erbittet! Wenn Gesetze etwas mathematisch und mystisch Wirkliches sind, wenn nach dem Begriff der Gerechtigkeit geurteilt wird, sofern das auf der Welt möglich ist, und wenn die Gesetze etwas sind, was jeder von uns als Notwendigkeit eines höheren Strebens der Menschheit akzeptiert (auch wenn die Menschen zur Erkenntnis dieser Notwendigkeit durch die Hölle gehen müssen), dann sind Menschen (selbst die taktvollsten und schonendsten), die ihre Meinung über die menschliche Seele äußern, wie Stacheln in einer Geißel, die mit jedem Schlag ein Stück Fleisch herausreißt.

Manchmal scheint mir, daß sich die Menschen für jedes böse wie für jedes gute Wort, das sie einem Verbrecher schenken, schämen sollten. *Beides* schließt aus der menschlichen Gesellschaft aus, beides schmerzt, und es erniedrigt beinahe. Mitgefühl ist etwas Schönes, aber es gibt kaum Menschen, die eine Form finden, um es auszudrücken. Im Guten und im Bösen stellen wir fest, daß *etwas geschehen* ist. Das einzige akzeptable Mitgefühl besteht darin, einen Menschen, der gesündigt hat, fühlen zu lassen, daß sich in unserer Beziehung zu ihm *nichts verändert* hat. Bemerkt er zwei Tage nach seinem Vergehen oder nach Verbüßung der Strafe ein verändertes Verhalten seiner Freunde, dann schmerzt ihn ein merklich kühler Gruß ebenso wie ein sichtbar inniglicher. Grüßt ihn aber jemand so, wie er ihn vor der Verurteilung gegrüßt hat, gewinnt er augenblicklich sein Vertrauen.

Die Presse hat Georg Kaiser vorgeworfen, daß er für das unrechtmäßig erworbene Geld kein Brot, sondern Austern gekauft hat. Daß er keinen Arbeitskittel brauchte, sondern einen Frack mit seidenen Aufschlägen. Daß er sich nicht mit zwei Zimmern begnügte, sondern einen Palast wollte. Dabei hat man etwas *sehr* Wichtiges vergessen: Das Leben ist nicht logisch. *Es gäbe gar keinen Luxus, wenn es keinen Hunger gäbe.* Luxus und Hunger hängen nicht mit Sattheit zusammen. Zwischen ihnen gibt es nicht die geringste Schranke. Um es an einem einfachen Beispiel zu erklären: Ein Mensch, der monatelang gehungert hat, verträgt kein Brot und kein Rindfleisch, der Magen erbricht die Nahrung augenblicklich. Viele Menschen, die gehungert haben, vertragen aber Kaviar, Ananas und Lachsmajonnaise. Hunger ist die schrecklichste Sache auf der Welt, jedoch nicht an sich. Hunger zu haben, ist nicht furchtbar. Aber was der Hunger bewirkt, ist furchtbar. Menschen, die lange hungern mußten, haben fieberhafte Angst vor dem Hunger. Angst solchen Ausmaßes, daß sie nicht nur den Magen krank macht, sondern auch die Seele, das Herz und die Gedanken. Einen Menschen zufriedenzustellen, der einmal *wirklich* der Not ins Angesicht gesehen hat, ist äußerst schwer, vielleicht unmöglich. Im Elend wurzeln die schrecklichsten Eigenschaften: Überheblichkeit, Geldgier, Unersättlichkeit, Trunksucht. Hunger treibt den Menschen nicht zu einer vollen Schüssel, Hunger treibt ihn zum Wahnsinn der Schwelgerei. Wer niemals gehungert hat, kann nicht verstehen, wie das Pflaster lockt, wenn ein Mensch, dessen Magen drei Tage leer ist, aus dem fünften Stock auf die Straße blickt, wie beneidenswert ein Bettler sein kann, weil er die Hand auszustrecken und zu sagen vermag: Bitte, gib mir. Ich werde nie glauben, daß sich Menschen aus Hunger prostituieren. Aber ich glaube, daß sie aus Hunger zu Millionären werden. Georg Kaiser brauchte aus Hunger Zehntausende, aus Hunger litt er an Großmannssucht, aus Hunger schrie er vor den Richtern: »Ich bin ein großer Dichter, dem alles erlaubt ist.« Nicht aus unmittelbarem Hunger. Aus Hunger, den er vor Jahren gelitten hatte. Aus Hunger, der hier schon lediglich in Form einer Peitsche auftrat, die ihn vorwärtstrieb. Dieser Haltung kann man manches vorwerfen, nur nicht, was Kaiser allgemein vorgeworfen wurde: daß er unwahrhaftig sei.

Aus dieser Furcht und Enge, aus dieser Hetzjagd haben sich nur wenige befreit: Nur diejenigen, die demütig sein können. Nur wer sich mit dem Herzen verneigt, ohne mit dem Verstand zu überlegen, und mit dem Herzen anerkennt, daß das Große, das Unbeschreibliche über uns, das Kreuz von Golgatha für *jede* menschliche Existenz ohne Begründung, Offenbarung und Enträtselung einfach da ist und konsequente Gültigkeit besitzt. Nur wer begriffen hat, daß Unterwerfung nicht Erniedrigung bedeutet, sondern daß *sich unterwerfen lieben heißt.*

Ich wollte nicht ausschließlich über Georg Kaiser schreiben. Er möge mir verzeihen, daß ich seinen bekannten Namen anstelle aller unbekannten gebrauche, die auf den letzten Seiten der Morgenblätter auftauchen. Seine Kämpfe, Sünden, Vergehen, Schmerzen und Bußen sind eine Sache zwischen ihm und Gott. Ich will mir kein Urteil anmaßen, weder über ihn noch über irgend jemanden auf der Welt. Ich wollte nur darüber schreiben, was für grobe, dumme und fettige Finger die Schreiber der kleinen Feuilletons unter dem Strich haben, die – die Zeile zu fünfzig Hellern – eine Menschenseele verurteilen oder bemitleiden. Ich wollte nur schüchtern darauf hinweisen, was aus jemandem wird, wenn mehrere Menschen über ihn eine unterschiedliche Meinung haben, die jeder einzelne für richtig hält. Ich wollte nur sagen, daß mehr als ein

Jahr Gefängnis, mehr als der Freiheitsverlust eines schmerzt: das Erklären. Ich wollte sagen, daß die *Psychologie* die Lüge, das Gift und das Verbrechen unserer Zeit ist. Nicht mehr. Bitte, verstehen Sie mich nicht falsch.

(A.X. Nessey, *Tribuna,* 3. März 1921)

Ein Schreckgespenst seines Berufs

Zu manchen großstädtischen Kaffeehäusern gehört eine Bar. Das Kaffeehaus groß, samten, geräumig, die Bar winzig, gemütlich, gedämpft. Kennen Sie das? Abends nach dem Theater gehen Menschen in eleganter Kleidung durch das Café hinauf und verschwinden hinter einem schweren Vorhang, der beim Hochheben einige Tonblasen eines Klaviers durchläßt, und für einen Moment flimmern andere Lampen auf, und feine Gläser, mit farbigen Likören gefüllt, reflektieren das Licht. In dieser seltsamen, dem Sonnenlicht unbegreiflichen Welt ist ein Mann geheimnisvoll, merkwürdig, rätselhaft: der Oberkellner.

Schlendert man an einem Vormittag müßig umher, so begibt man sich zuweilen in ein Kaffeehaus, um Zeitung zu lesen. Zu solcher Stunde ist er höflich, ergeben und frisch, er geht mit bedächtigen Schritten durch den langen, leeren Raum, und wenn man möchte, läßt er sich bereitwillig auf ein Gespräch ein. Etwas Freundliches und Zuvorkommendes liegt auf seinem Gesicht, er bringt unaufgefordert einen Stoß Zeitschriften, und das Trinkgeld steckt er mit einem Ausdruck in die Tasche, der besagt: Aber das muß doch nicht sein.

Kommt man nachmittags um fünf in denselben Raum, der jetzt voll und verräuchert ist, kennt man den Oberkellner nicht wieder. Sein Vorhemd flößt Achtung ein, seine Bewegungen sind ein eigenartiges Gemisch aus Ökonomie und

Verschwendungssucht. Sein Gesicht ist streng und böse, wer ihn um etwas bittet, senkt unwillkürlich die Stimme, wird schüchtern und schaut, ob er den Mann nicht erzürnt habe. Niemals wird er jemandem in die Augen sehen; wenn er das Bestellte bringt, gleitet sein Blick über die Schulter des Gastes auf den Fußboden. Wer ihn eine Welle bei seiner Arbeit beobachtet, dem schwindelt der Kopf, als verfolge er ein Karussellpferdchen. Die Harmonika voller Geld, die Ballen von Zeitungen, die Tassen mit schwarzem Kaffee, die Verbeugungen nach dem Einstreichen des Trinkgeldes, die Aufträge an die Pikkolos, das Herausgeben von Kleingeld und das Einsammeln gelesener Zeitschriften, das Ohr, das sich neigt, einen Wunsch zu hören, und alles in Eile, hinauf, hinunter, rechts, links, wie ein trauriger Clown in einem Beerdigungsfrack, jeden Augenblick bereit, mitten im Kaffeehaus einen Purzelbaum zu schießen.

Dieser Mann ist jedoch eine Tastatur mit zahllosen Nuancen, und wer ihn mehrere Nachmittage hintereinander beobachtet, wird erkennen, daß die Geschwindigkeit seiner Schritte tausenderlei Abstufungen besitzt, daß sich sein Ohr auf tausenderlei Weise neigt, zu großer, seichterer und größter Tiefe, daß Tassen und Gläser in seiner Hand lauter und leiser klingen und daß die Münzen, die durch seine Finger gehen, zahllose Arten kennen, in der Tasche zu verschwinden. Dieser Mann ist nicht nur ein Psychologe, sondern auch ein strenger Kritiker von seinem närrischen Moral- und Trinkgeldstandpunkt aus; Kleidung, Augen, Aussprache, Begleiter und geheimste private Beziehungen der Gäste beeinflussen die Schnelligkeit seiner Beine, denn für ihn ist das Publikum ein Instrument, das er vollkommen beherrscht. Ein kaum merkliches Senken der Stimme und ein Augenzwinkern, ein vertrauliches Schulterzucken verraten, daß er genau weiß, was man ist und wie man ist. Schon wenn man zur Tür hereinkommt. Ein leichtes Neigen des Kopfes und ein winziges Lächeln, wenn man »zahlen« ruft, bezeugen, daß man ihn nicht täuschen kann und daß die Verbeugung, mit der er den Gast verabschiedet, schon in dem Moment in seinem Hirn fertig ist, wenn er ihn beim Eintreten erblickt.

Wer aber zufälligerweise abends hinter den Vorhang in die kleine Bar geht, kennt den Oberkellner nicht wieder, weder den vom Vormittag noch den vom Nachmittag. Dort oben sind am Tage noch manchmal gewisse Spuren von Höflichkeit und Distanz zu entdecken. In der Nacht ist er ein Parvenü unter Parvenüs, ein Parvenü, der sich über die Dummheit von seinesgleichen amüsiert, und wenn er hier bedient, dann lediglich deshalb, um sein Geld schlauer zur Geltung zu bringen als die Gäste. Erkennt er oben, wer man ist, bemüht er sich unten nicht darum; unten ist man ein alter Bekannter. An der Fröhlichkeit nimmt er mit unverschämten, schmeichelnden Gesten teil, mit denen er einem Gast die Zigarette anzündet, und mit der Lüsternheit, mit der er Flüssigkeit in ein durchsichtiges Glas auf dünnem Stiel füllt. Wenn man kommt, errät er augenblicklich, in welcher Beziehung man zu seinem Begleiter steht, und dementsprechend benimmt er sich mit Verachtung, Gleichgültigkeit, Interesse oder Verständnis. Zwischen den Mädchen, die hier auf einen Zufall warten, und ihm, der über den Zufall spottet, herrscht eine stille Vertraulichkeit, die durch eine Bemerkung, einen Scherz, ein fröhliches Blinzeln bezeugt wird. Manchmal beugt er sich über die Schulter des Klavierspielers, um ein Scherzwort fallenzulassen; das Büfettfräulein behandelt er wie ein altes Gerät, das nicht mehr gebraucht wird.

Vielleicht passiert Ihnen aber einmal das gleiche wie mir: Vielleicht begegnen Sie diesem Manne zufälligerweise nachmittags, in der Sonne, dann stockt Ihnen der Atem, und Sie erschrecken verängstigt vor dem Leben. In einem alten Überzieher und mit einem staubigen Hut schleicht etwas Hustendes, Fröstelndes, Kränkliches über die Straße, die bespritzten Schuhe klagen über Geiz und Clownerie, die Hosen des Fracks, der drinnen so prächtig wirkt, sind über dem hervorguckenden Stoßband zerfranst. Jemand, der nicht unter Menschen gehört, geht hier entlang, und lüpft er den Hut, um Sie zu grüßen, tut er das scheu, zaghaft, schräg, und er trippelt weiter, den Rücken gebeugt, den Kopf eingezogen, jeden Moment bereit, in Weinen auszubrechen und sein graues, häßliches Gesicht zu einem Schluchzen zusammenzuziehen.

(Milena Jesenská, *Tribuna,* 16. April 1921)

Reklame des Elends

An einer lauten Straßenecke erblickte ich einen blinden Bettler. Aber dieses entsetzliche Leid eines Menschen reichte nicht aus. Es war wohl nicht einträglich genug. Der Arme spielte ein sehr merkwürdiges Instrument, eine Art Harfe, an der unten ein Glöckchen und oben eine Trompete befestigt waren. Mit den Händen fuhr er über die Saiten, mit einem Bein brachte er das Glöckchen zum Schwingen, und mit dem Mund blies er die Trompete. Aus diesem Tongemisch ergab sich ein fürchterlicher Mißklang phantastischer Geräusche, und ein bellendes Lied zwang die Vorübergehenden, aus ihrer Gleichgültigkeit aufzuwachen. Man begreife: Dieses Geschäft des Elends und der Erbärmlichkeit hatte ein gutes Aushängeschild. Der Kapitalismus, der mit grellbunten Bildern Reklame macht, war gewissermaßen genial umgekehrt worden. Ein grenzenloser Zynismus der Hilflosigkeit, die ganze Häßlichkeit der Menschheit. Geld ist eine schreckliche Sache, und es ist auch ein Symbol. Diese schreiende Reklame des elenden Bettlers mag seine Verdammung sein.

Seit der Zeit beachte ich Bettler genauer. Irgendein Instinkt hat mich früher gezwungen, mit abgewandtem Blick an ihnen vorbeizugehen und die Augen auf etwas anderes zu heften. Möglicherweise ertrug ich nicht so viel Erniedrigung oder fürchtete das eigene Schamgefühl. Jetzt betrachte ich aber ihre Reklame. Diese kleinen Ausrufezeichen, die dem Fußgänger das Weitergehen verwehren. Vielleicht wird diese Reklame beim göttlichen Gericht die Menschen zur Hölle verurteilen. Vielleicht ist sie aber auch die phantastischste, sublimste Verteidigung des menschlichen Schamgefühls. Wer weiß.

Mal sind es Tiere, mal Kinder. Eine kleine Maus, die Zettel und Prophezeiungen zieht, ein Papagei mit zugeklebten Brieflein und ein Äffchen mit einem Glöckchen sind banale Dinge. Aber gerade hier stocken stets unsere Schritte, ein merkwürdiges Zusammenspiel von Mensch und Tier. Hier stehen sie bei ihrer Arbeit, beide jämmerlich. Unwillkürlich stellt man sich die Stube vor, in der sie ihre gemeinsamen Nächte verbringen. Man erschaudert. Man spürt, daß Mensch und Tier wegen dieser Bettelei der Göttlichkeit beraubt wurden. Und legt eine Münze hin.

Ein eingehülltes, zusammengekrümmtes Kind, oft ausgeborgt, ein zitterndes kleines Wesen in der Kälte der Straße, das Köpfchen mit ungepflegtem Haar, sicher kann nur ein hartes Herz vorbeigehen, ohne ein Almosen zu geben. Sie sind oft Komödianten, da sie nicht begreifen, was Elend ist, und eigentlich ist ihnen manchmal fröhlich zumute; sie kennen Dankbarkeit ebensowenig wie Aufrichtigkeit und reden von der Krankheit ihrer Mutter und vom Tode ihres Vaters im Tonfall eines Geschäftsmannes, der eine Spekulation abschließt. Aber ist nicht ihr Komödiantentum unsere Schuld, und sind nicht wir, die diese Gewandtheit von ihnen verlangen, größere Jongleure des Lebens als sie?

Es gibt Menschen, die eine Genialität des Grotesken erreichen, um auf sich aufmerksam zu machen. Vor Jahren sagte eine Bettlerin am Museum zu mir: »Ich war nicht immer so, ach, ich war nicht immer so«. Niemals werde ich diese Worte vergessen. Eine Bitte um Verzeihung und doch ein sentimentaler Schwindel. Mitgefühl und Abscheu. Aber es erfüllt den Zweck: Wir bleiben stehen.

In Smíchov saß vor dem Kriege eine Alte, die jedem zurief: »Ich kann auch französisch!« Wirklich, sie konnte französisch. Sie sprach ein hartes, stumpfes, unmusikalisches Französisch, was vielleicht nicht verwundert hätte. Aber sie pries ihre französischen Sätze an wie Verkäufer ihre Äpfel, zwei Stück zu einem Fünfer. Niemand brauchte französische Sätze, doch das Groteske, daß eine bettelnde Alte französisch spricht, lockte jeden.

Durch kleine Prager Kaffeehäuser geht ein Zeitungsverkäufer, den ich liebe: ein ehemaliger Lakai, Uniformhose, Weste mit goldenen Knöpfen, grauer Backenbart. Er verkauft Abendzeitungen. Mit lakaienhaften Gesten, voller Melancholie, eine Tschechowsche Gestalt. Sein Gesicht sagt: »Muß man denn leben?« Ein armseliges Überbleibsel, ein armseliges Opfer der alten Kultur. Er schlurft durch den Saal, von einem Tisch zum anderen. Nicht nur er tut einem leid, sondern auch das verlassene Portal des Adelspalastes. Die alte Zeit schleicht durch die neue, ein Schatten in unbarmherzigem Licht. Der greise Lakai schlurft durch die demokratische Republik, und man spürt, daß er etwas nicht richtig verstanden hat.

Vor der Wiener Oper übt ein unternehmerischer Invalide eine Tätigkeit aus, die viele Leute stehenbleiben läßt: Er ist Schuhputzer. Aber das ist es nicht. Es geht darum, *was für ein* Schuhputzer er ist. Neben seinem Holzbein steht ein Schemel mit vielen Glasfläschchen, Cremeschächtelchen, Bürstchen, Pinselchen und Quästchen. Seine Hände bewegen sich wie Quecksilber. Sein offenes, klares Gesicht bestätigt, daß es Menschen gibt, denen das Leben nichts anhaben kann. Weiße, gelbe, schwarze, graue, blaue, rote, grüne Schuhe – alle erhalten Pflege. Für jede Erfindung der Schuhmode hat er ein Mittel. Seine fröhliche Dienstfertigkeit erheitert die Schaulustigen. Der Mann ist zu einem Helden der Stadt geworden. Er soll Frau und Kinder haben. Sein Beinstumpf hindert ihn nicht, zufrieden zu sein.

Gestern habe ich aber etwas Schreckliches erlebt. Ich sah eine Frauengestalt, die sich an einen Kirchenpfeiler preßte, blaß wie ein Schatten. Hier war keine Reklame. Nur schlimmes Leid. Hier gab es weder Bitten noch Tränen, hier war nur ein Gesicht, durch Klagen verstummt. Die Frau hielt ein Kind im Arm, das gerade verschied. Es war mit Ausschlag bedeckt. Sie blickte mich nicht an. Sie antwortete mir nicht. Aber als ich mich ihr näherte, stieß sie mich plötzlich mit einer Geste fort, in der so viel Verachtung gegenüber *allem* lag und so viel Einsamkeit eines Menschen, der *bettelt,* daß ich von Entsetzen gepackt weit fortlief, als müßte ich mich retten.

(A.X. Nessey, *Tribuna,* 29. April 1921)

Ein Traum

»Anywhere – out of the world.«

Unendlich fern von der Heimat war ich – in Amerika? In China? Irgendwo am anderen Ende der Welt, als auf der ganzen Erdkugel ein Krieg oder die Pest ausgebrochen war, oder vielleicht war eine Sintflut gekommen. Über die Katastrophe hörte ich nichts Genaues. Aber wahnsinnige Hast und Eile und Aufregung rissen mich mit fort. Wohin wir flohen, wußte ich nicht. Ich erforschte auch nicht, warum wir flohen. Aus einem Bahnhof fuhren endlose Züge in die Welt hinaus, einer nach dem anderen, alle überfüllt. Der Bahnbediensteten bemächtigte sich Panik, keiner wollte als letzter zurückbleiben. Die Menschen kämpften um Sitzplätze wie um ihr Leben. Zwischen mir und dem Bahnsteig waren unüberschaubare Menschenmassen, und es war aussichtslos, sich hindurchdrängen zu wollen. Ich war verzweifelt.

»Ich bin jung, ich kann nicht sterben«, schrie ich.

Aber auch vor mir standen junge Menschen. Und die Fahrkarten waren gleich ausverkauft. Der Zug, der gerade abgefertigt wurde, war der letzte. Die grünen und roten Lichter des Bahnhofs schimmerten im Tageslicht als drohende Signale. Nirgendwo gab es Rettung.

Da berührte jemand meine Schulter. Als ich mich umwandte, steckte mir ein unbekannter Mann einen Zettel in die Hand und sagte: »Damit kommen Sie durch die ganze Welt. Sie gelangen über die Grenze und erhalten einen Platz im Zug. Fürchten Sie sich nicht und seien Sie tapfer. Nun, gehen Sie, gehen Sie schon, es ist höchste Zeit.«

Ohne zu wissen, wo ich sein Gesicht gesehen hatte, war mir klar, daß es ein alter Bekannter und guter Freund war. Vielleicht war er mein Freund, und ich kannte ihn nicht. Ich spürte weder Vertrauen noch Dankbarkeit, schöpfte nicht einmal Hoffnung. Aber ich gehorchte wie jemand, dem nichts anderes übrigbleibt. Angst hatte ich nicht. Mir war, als hätte ich schon immer erwartet, daß etwas Grauenvolles geschehen würde. Und ich atmete freier, weil es endlich eingetreten war.

Ich zwängte mich zwischen den Menschen durch, und mir kam der Gedanke, daß es gemein sei, sich angesichts Tausender Wartender zu retten. Eine boshafte Stimme in meinem Inneren sagte zu mir:

»Du hoffst also doch, daß du dich retten kannst?«

»Nun ja, möglicherweise, vielleicht«, dachte ich mir.

Und die Stimme: »Ist ein Mensch, für den es eine Rettung gibt, ein nichtswürdiger Mensch?«

»Nein, nein, nein, nein«, wehrte ich mich.

Als der Zug abfuhr, begann die Katastrophe. Die Erde sank in einen Abgrund, und die Welt verwandelte sich in ein Eisenbahnnetz, auf dem Menschen fortrasten, Menschen, die ihre Heimat verloren hatten. Die Gleise lagen über der Tiefe, und die Lokomotiven stürmten in wildem Wahnsinn dahin. Endlich hielten sie an der Grenze.

»Aussteigen zur Kontrolle«, schrie ein Schaffner.

Die Menge strömte zur Zollbude; ich allein blieb abseits zurück, ohne Paß, ohne Gepäck. In der Hand hielt ich krampfhaft den Zettel. Kälteschauer liefen mir über den Rücken. Ein Zollbeamter trat zu mir und forderte die Papiere. Die Sekunden wurden zur Unendlichkeit. Ich faltete den Zettel auseinander. Der Beamte, ungeduldig auf der Stelle tretend, streckte die Hand danach aus. Er schien entschlossen zu sein, mich nicht durchzulassen. Ich blickte auf den Zettel. Darauf stand in zwanzig Sprachen:

»Zum Tode verurteilt.«

Eisiger Schweiß trat mir auf die Stirn. Mein Herz hörte auf zu schlagen. In der Brust ballte sich zuckendes, schmerzendes Entsetzen. Todesangst schnürte mir die Kehle zu. Und mit schwächlicher Hoffnung, schon im Sterben, mit dem letzten Atemzug, sagte ich flehend zu dem Beamten:

»Vielleicht ist das nur eine Losung, damit ich besser *auf die andere Seite der Welt gelange*?«

(A.X. Nessey, *Tribuna,* 14. Juni 1921)

»Im Schweiße deines Angesichts sollst du dein Brot essen…

Manchmal habe ich irgendwo plötzlich das Gefühl, das äußerst angenehme, prickelnde Gefühl: Hier findet mich niemand. Als wäre ich ein Maulwurf und grübe mich in die Erde ein. Ein Raum schließt sich, ich bin plötzlich allein auf der Welt und fühle mich schrecklich frei und erleichtert. Manchmal ist es ein Kaffeehaus in einer Vorstadt, häßlich, mit rotem Samt tapeziert und voller Musik schlechter Geigen, manchmal ein Parkweg mit einer Bank in einem Winkel, gegenüber ein Papierkorb, und durchs Laub schimmern Fabrikdächer, der Bahnhof, ein Stück nüchterner Schmutz, von der Sonne beschienen, manchmal ist es die Elektrische, die wie irrsinnig von einer Endstation zur anderen fährt, und manchmal vielleicht das Zimmer eines Freundes, wo man sich in eine Ecke setzen und schweigen kann.

Im Böhmerwald hinter der bayrischen Grenze, eine Stunde von der Reichsstraße entfernt, über Stock und Stein, über eine Lichtung und einen Bach – dort habe ich einen Winkel entdeckt, wo mich »niemand findet«. Dort brennt ein Köhler in kegelförmigen Meilern Holzkohle, und ich könnte stundenlang zusehen, wie er vor dem Meiler steht, die Augen vom Rauch geschwärzt, die Beine gespreizt im Boden verankert und die Arme am Körper herabhängend, dunkel, stämmig wie eine Eiche, wortkarg, in sich versunken, wie er die Rauchwolke beobachtet und zuweilen mit weiter, bogenförmiger Bewegung Holz nachlegt und mit einem Fußtritt richtet. Jeden Abend steigt er den Hang hinunter ins Tal, wo Frau und Kinder in einer Hütte leben, und wirklich, ich würde mich schämen, ihn zu fragen, ob er seine Familie gern habe, so verschlossen ist sein Gesicht. Und jeden Morgen steigt er wieder hinauf, mit kaltem Reis und Kartoffeln in einem Bündel und einer Flasche ungesüßtem schwarzen Kaffee, um einen weiteren Tag vor einem Haufen schwelenden Holzes zu stehen und zu sitzen, einen weiteren Meiler zurechtzumachen, schweigend, versonnen, regelmäßig wie ein Motor, verlassen wie ein Einsiedler. Er ist kein Grübler. Wenn er einer wäre, käme er mir nicht unglücklich vor. Es ist ein Mann aus den Bergen, ein Analphabet. Stumpf, schwer, wie ein Zugochse, und er zieht den Karren der Notwendigkeit so beharrlich überzeugt und hammelhaft blind, daß ich ihm mit Schaudern gegenübersitze und mir verwundert sage: Ich habe Augen – er hat Augen. Ich atme – er atmet. Das Wunder des Lebens gilt für uns beide. Über wieviel Welten müssen wir blicken, bevor wir uns in die Augen sehen? Und doch sterben wir beide gleich.

Die kleinen Rauchwolken erinnern mich an eine Nacht, die ich vor mehreren Wochen im Cri-Cri verbracht habe. Ein Mann in einem seidenen Rokokogewand und ein kleiner, halb geschorener Pudel, schrecklich traurige Gesichter, trübe Augen, und beide lächeln ins Publikum. Auf den Pudel fällt abwechselnd Licht aus einer roten, blauen und gelben Lampe. Und das Hündchen, durch Hunger und Dressur gehetzt, schreitet auf den Vorderbeinen um die Bühne, schwingt auf einer Schaukel, die sein Herr, der Handstand macht, in den Zähnen hält, blinzelt angesichts der Farbreflexe, hüpft auf einem Bein die Stufen herunter, und eine grauenhafte Sehnsucht und Trauer jagt mich vom Tisch auf und treibt mich hinaus auf die nächtliche Straße, und vielleicht könnte ich dort stundenlang weinen – über den Hund, der Purzelbäume macht? Nein, sicherlich nicht, aber über die menschliche Seele und über die Seele des Tieres würde ich gern klagen.

In Wien tanzt im Trocadero ein älterer Mann, der wie ein Bankdirektor, Ehemann und Familienvater aussieht – Frack, Zylinder auf dem Kopf –, mit einer kleinen Mulattin Nacht für Nacht moderne Tänze. Das Mädchen – Schuhe an den bloßen Füßen und ein kurzes Röckchen, reizvoll – fliegt wie eine Feder von einem Arm zum anderen. Wenn man sie ansieht, sehnt man sich nach einem freien Leben, nach Licht und Tanz, Frohsinn und Lachen, möchte durch Nachtlokale von Paris bis Rom, von Stadt zu Stadt ziehen. Und am nächsten Tag sieht man sie in einem kleinen Restaurant, abgeschminkt, mager, das Gesicht ohne Lächeln und ohne Spannung. Hinter dem Vorhang sind wütende Stimmen zu hören, auch ein Schlag, ein Aufschrei, Kreischen, schreckliche Schimpfworte – man denkt: eine grüne Wiese vor einem Städtchen und darauf ein Mann im Trikot, der Feuer schluckt!

Auf den Petřin kam ein Lebzelter – erinnern Sie sich? Vergeblich habe ich jetzt nach Jahren, als ich zurückgekehrt war, nach ihm Ausschau gehalten. Er hatte einen schwarzen Schnurrbart und einen kleinen verwachsenen Körper, der Kopf wie in die Schultern hineingedrückt, und obwohl der Korb Wunderwerke enthielt, voller Zuckerwerk und feiner Brezeln war, fand ich nie den Mut, bei dem Manne stehenzubleiben. Ich weiß nur, daß mich als Kind der Gedanke quälte: Was für ein Zimmer mag dieser seltsame, verkrüppelte Mann haben, wie legt er sich abends ins Bett und wie frühstückt er morgens und spricht er überhaupt mit Menschen und hat er jemanden gern und – weint er auch manchmal?

An eine ganze Reihe von Menschen, bekannte und unbekannte, erinnere ich mich. An den Bettler, der an der Ecke bei Platýz Vogelmiere verkaufte, an den Beamten, der in einer unterirdischen Kanzlei auf der Kleinseite Tag für Tag Akten abschrieb, über das Pult gebeugt, und wenn er den Kopf hob, sah er beschuhte Füße, die auf dem Trottoir gingen; an meine Hauswartsfrau, die täglich die Treppen von oben bis unten kehrte und täglich über ihre geschwollenen Beine jammerte, und an den Straßenkehrer, der im Winter regelmäßig durch meine Straße kam, mit Ohrenschützern, in einem braungraugrünen Mantel, einen Besen in der rechten Hand; an den Briefträger, der täglich um halb neun an meiner Tür klopfte und täglich im gleichen Tonfall seinen Morgengruß wiederholte, ohne dabei eine Silbe zu verändern, und an den Trambahnfahrer, der mit der Sieben um mein Haus fuhr, wütend Sperlinge, Schüler und Wagen anbimmelnd – und Rauchwölkchen steigen aus dem Meiler hoch – mein Atem stockt und droht zu versiegen: Wer hat uns in diese Groteske verbannt, und was hält die Waage des Lebens aus, daß alle diese Regelmäßigen nicht aufbegehren, aufschreien, ergrimmen, daß sie nicht einmal lästern?

(A.X. Nessey, *Tribuna,* 19. Juni 1921)

Scheiden tut weh

Sie erinnern sich, hoffe ich, an Frau Kohler. Nun freilich, an meine unentbehrliche Hausbesorgerin, Aufwärterin, Köchin, Wirtschafterin, Kammerfrau, Wäscherin, Näherin, Aufwaschfrau, Zuträgerin, Frau Kohler! Sie erinnern sich, wie rührend ich unser dreijähriges Zusammenleben geschildert habe, unsere Unzertrennlichkeit, unsere Zuneigung, Liebe, Freundschaft, Vertraulichkeit! Nun, bedenken Sie! Frau Kohler ist fort. Ganz einfach fort. Sie ist in den Wolken des Unbewußten verschwunden. Ich bin verstört. Mein Vertrauen in die Menschheit ist ernstlich erschüttert. Meine Nerven sind kränklich, überempfindlich. Ich bekenne, daß – aber beurteilen Sie selbst, was geschehen ist.

Nach einmonatiger Abwesenheit kehrte ich erholt, gesund und froh nach Wien zurück. Ich kam um zwei Uhr nachts bei meiner Wohnung an. Am Haus funktionierte die Klingel nicht, deshalb pochte ich zwei Stunden lang an die Tür. Allmählich versammelte sich ein Häuflein nächtlicher Passanten um mich, dazu zwei Wachtmeister und ein Kater aus der Nachbarschaft. Da ich sonst nie nach Hause kam, wenn die Tür schon verschlossen war, schien alles in Ordnung zu sein. Nach zwei Stunden tauchte die reizende Gestalt Frau Kohlers im Negligé auf. Als sie geöffnet hatte und wir uns umarmten und küßten, zerstreute sich das Häuflein. Ich erklomm mit den Koffern das zweite Stockwerk und schlief im seligen Bewußtsein ein, alles beim alten vorgefunden zu haben.

Früh begann aber die Katastrophe. Früh geschah etwas Schreckliches, Unbeschreibliches. Früh – früh – schon neun Uhr, und Frau Kohler ist nicht zu sehen. Ich kann doch nicht ohne Frau Kohler aufstehen. Halb zehn. Halb elf. Frau Kohler ist nicht da. Jemand hat sie nachts ermordet. Fällt mir ein. Also eile ich hinunter. Frau Kohler sitzt in der Küche auf dem Aschkasten und weint. Nach den Farbschattierungen ihres Gesichts zu urteilen, weint sie schon eine ganze Weile. Ich erinnere mich nicht, daß ihre Nase jemals so violett gewesen wäre. »Frau Kohler, was ist denn?«

Frau Kohlers Kehle krächzt etwas sehr Unverständliches. Ein neuer Schwall Tränen. Die Hände verzweifelt im Schoß geballt. Schluckauf. Es ist herzzerreißend.

»Ich, wissen Sie, gnädige Frau, ich darf nicht – zu Ihnen – rauf! Na der – er, der Josef erlaubt das nicht!«

»Frau Kohler, wer ist dieser Josef?«

»Josef ist mein Verlobter.«

Frau Kohlers Gesicht nimmt für eine Minute einen stolzen Ausdruck an.

»Josef ist mein – Verlobter; er ist Schuster, wissen Sie, und verdient viel Geld. Und er, wissen Sie, er sagt, daß ich das nicht nötig habe, bei anderen saubermachen. Wissen Sie, er ist ein Kavalier.«

Ich setze mich niedergeschlagen neben sie auf den Aschkasten.

»Frau Kohler, wie lange wird Josef Ihr Verlobter sein?« Ihr Gesicht nimmt einen beleidigten Ausdruck an.

»Gnädige Frau, den Josef heirate ich aus Liebe. Sie haben Ihren Mann auch aus Liebe geheiratet. Der Franzl hat getrunken, das ist wahr, aber der Josef ist Schuster. Den Josef heirate ich aus Liebe.«

»Gut, aber warum erlaubt der Josef nicht, daß Sie zu mir aufräumen kommen?«

»Ich werde Ihnen was sagen, gnädige Frau. Der Josef ist eifersüchtig. Der Josef ist schrecklich eifersüchtig auf Herrn

Nessey. Gnädige Frau, denken Sie nichts Schlechtes, Ihr Mann hat mich nie gekniffen.« Frau Kohlers Stimme geht in sentimentales Schmachten über. »Aber der Josef ist eifersüchtig, weil ich auf Ihren Mann nichts kommen lasse. Und das werde ich auch nicht.«

Sagen Sie mir, was Sie an meiner Stelle getan hätten? Wenn es nicht so zum Weinen gewesen wäre, hätten Sie gelacht? Lachen Sie jetzt? Nein, ich kann nicht lachen. Verzeihung, ich kann es nicht.

Versonnen ging ich hinauf in meine Wohnung: In der Küche ein Haufen schmutziges Geschirr. Ein ungemachtes Bett. Berge gebrauchter Wäsche aus den Koffern. Kleinmütig spülte ich die Tassen fürs Frühstück ab. Und in einem Anfall von Wut lief ich zum zweiten Male hinunter.

»Frau Kohler, kommen Sie sofort mit! Wenigstens, bis ich ein Mädchen gefunden habe.«

»Nein – ich kann nicht.«

»Frau Kohler, wissen Sie, daß ich schwer krank bin (ich hatte vor fünf Monaten einen Schnupfen) und nicht arbeiten darf?«

»Nein – ich – kann – nicht.«

»Frau Kohler, ich werde husten. Ich werde Blut husten. Ich werde sterben.« Und in hilfloser Verzweiflung füge ich hinzu: »Übermorgen!«

Frau Kohler beginnt zu flennen. Mir rollen Tränen über die Wangen. Und zwischen den Schluchzern meines Gegenübers werden deutlich die Worte hervorgepreßt: »Ich – kann – nicht.«

Ich rüttle meinen Mann wach. Mit blassem Gesicht setze ich mich auf die Bettkante. Und ohne einen guten Morgen zu wünschen, sage ich: »Mein Freund, wir lassen uns scheiden.«

»Gut«, stimmt er seltsamerweise gelassen zu.

»Und du heiratest Frau Kohler.«

»Nein, das tue ich nicht«, sagt er und springt aus dem Bett. Ich werde zornig. »Warum hast du sie niemals gekniffen?«

»Liebling, verzeih mir, aber das ging nicht, wirklich, ich konnte es nicht.« Seine Stimme ist sanft, demütig. Ich merke, wenn er lügt. Diesmal sagt er die Wahrheit. Ich erkläre ihm die Lage. Er ist niedergeschlagen.

»Ich wasche dir jeden Tag das Geschirr ab, wenn du das möchtest, aber heiraten kann ich sie nicht. Dir zuliebe bin ich zu jedem Opfer bereit. Scheiden lasse ich mich, wenn du willst. Aber Frau Kohler kann ich nicht heiraten.«

Von einem Mann ist nie Hilfe zu erhalten. Das habe ich für meine geduldige, sechsjährige Liebe. Das ist der Lohn für meine Entbehrungen. Das habe ich erwartet.

Wir gehen den ganzen Vormittag schweigend aneinander vorbei, achtsam und vielsagend der Unordnung ausweichend. Bevor mein Mann fortgeht, bleibt er schüchtern in der Küchentür stehen.

»Herzchen, behüt dich Gott! Und bitte, zum Abendessen keine Würstchen!«

Das ist nämlich meine beliebte Rache.

In den folgenden Tagen begann eine wahre Hölle.

»Frau Kohler, wo ist mein Ring?«

»Wo soll er sein? Unter dem zweiten Schrank im Flur in der hinteren Ecke links.«

»Frau Kohler, wo ist mein Fleischklopfer?«

»Den habe ich der Hauswartsfrau von nebenan zum Kohlezerschlagen geborgt.«

»Frau Kohler, wo ist das gestreifte Hemd von meinem Mann?«

»Das hat Josef an.«

»Aber Frau Kohler...«

»Na, ich konnte doch nicht wissen, daß der gnädige Herr gerade heute das Hemd haben will.«

Da hatte sie recht. Das konnte sie wirklich nicht wissen.

Nach und nach trug ich meinen Kübel zum Geschirrspülen, meine Staublappen, meine Abendschuhe, die Sonntagsweste meines Mannes und Stursas Statue Sulamit Rahas aus Frau Kohlers Wohnung zurück in meine. Melancholisch trieb ich die Schaben aus dem Flur auf die Treppe. Traurig goß ich Wasser aus dem Fenster auf den Hof und hoffnungslos trocknete ich Taschentücher auf dem Bücherregal.

Aber heute, heute hat sich alles verändert. In meiner Wohnung herrscht ein neues Dienstmädchen. Als sie zum ersten Mal die Tür öffnete, wollte sie gleich fliehen. Nach einem wortreichen Vortrag bewegte ich sie zum Bleiben. Ich gab zweihundert Kronen für Sidol, Seife, Soda, Bohnerwachs, Scheuertücher und Lappen aus, Lappen zum Fensterputzen, für Klinken, für Gläser. Für alles einen extra Lappen. (Frau Kohler kam mit einem aus.) Sie bringt mich mit ihrem Putzfimmel zum Weinen, jeden Tag bürstet sie die Teppiche, jeden Tag wischt sie Staub, auch die Schränke oben, jeden Tag wäscht sie das ganze Geschirr ab! Wer hat das je gehört! Das scheint schon krankhaft zu sein. Der Fußboden glänzt wie Glas, ich wage nicht, in den Flur zu gehen. Und überall liegen weiße gebügelte Deckchen. Wenn meine Tante Mařena unerwartet zu Besuch käme, könnte sie mir gewiß nichts vorwerfen.

Wenn aber mein neues Dienstmädchen ein Bündel Wäsche zum Waschen fortbringt, nehme ich sie beiseite und flüstere ihr flehend zu: »Ich bitte Sie, Mädchen, stampfen Sie tüchtig auf der Treppe. Und wenn Sie die Hauswartsfrau trotzdem nicht sehen sollte, stoßen Sie wie aus Versehen mit dem Bündel an ihre Tür. Sollte sie nicht zu Hause sein, warten Sie eine Weile, bis sie wiederkommt. Aber unbedingt, unbedingt wünsche ich, daß sie Sie sieht.«

Was wollen Sie, der Mensch hat eben lauter schlechte Neigungen.

(A.X. Nessey, *Tribuna,* 17. August 1921)

Fenster

Es gibt Wunder auf der Welt, die allen gehören, auch den Ärmsten; Wunder des einfachen, alltäglichen Lebens. Wer sie einmal entdeckt hat, etwa an einem regnerischen, beschaulichen, verdrießlichen Tag inmitten vertrauter Gegenstände, liebt sie das ganze Leben lang, wie Robinson Crusoe das Töpfchen liebte, das aus dem gesunkenen Schiff stammte. Bis zu einem bestimmten Augenblick lebt man mit ihnen, ohne sie zu gewahren. Und plötzlich tauchen sie vor einem auf, so kostbar und unentbehrlich, so tröstlich in ihrer bescheidenen Gewöhnlichkeit und Einfachheit, und bleiben ein geheimer Schatz, ein winziger Trost im Sorgenmeer, kleine Gefährten in den Stunden der Einsamkeit.

Gradlinig, kilometerlang, als aufgestellte Kreuze, vierfach übereinander, leuchten die Fenster der abendlichen Stadt in die Nacht, Tausende von menschlichen Gesichtern und Schicksalen verbergend. Haben Sie sich einmal abends einer fremden Stadt genähert, im langsamer werdenden Tempo eines schnaufenden Schnellzugs, vorbei an entblößten Rückwänden von Häusern, und haben Sie die kleinen Fenster der Treppenhäuser erblickt, die Küchen, eine Frau, die das Bett macht, rotgestreifte Federbetten, einen Tisch im Lichtkreis einer Petroleumlampe, einen Mann mit Weste, in Hemd und Pantoffeln, der Suppe schlürft? Wanduhren und Sofas an Kachelöfen, Kinder auf dem Fußboden und ein Bauer mit einem Kanarienvogel im Stübchen einer alten Jungfer? Der Zug fährt allmählich ins Bahnhofsgewölbe ein, und kurz darauf stehen Sie im Verkehr, Glanz und Schimmer einer schönen, unbekannten Straße. Aber im Herzen schmerzt noch die beklemmende Traurigkeit über den Anblick von Menschen, die nicht wissen, daß sie beobachtet werden, und uns für eine Sekunde ihre Wohnung, ihr langweiliges Elend, ihren armen, unfreundlichen, spärlich beleuchteten Alltag preisgeben.

Manchmal, wenn ich abends durch die Straßen schlendere, bleibe ich voller Neugier und Spannung vor einem Fenster stehen. Das Zimmer, das ich erblicke, kommt mir geheimnisvoll, lockend vor, das Leben darin voll stillen Zaubers. Die Bewegungen des Mannes, der gerade eingetreten ist, sind unergründlich rätselhaft. Ich kenne seinen Namen nicht, weiß nichts von ihm, sehe nur die Falten und das Lächeln im Gesicht. Er legt den Mantel ab, blickt in den Spiegel und setzt sich an den Tisch, um einen Brief zu schreiben. Draußen schneit es vielleicht, oder die Sterne strahlen, oder es nieselt. Ich stehe da wie verzaubert, werde mir plötzlich in den Bewegungen des unbekannten Mannes der ganzen Welt gewahr und bin niedergedrückt von der wortlosen Erkenntnis des Lebens, die einen erfaßt, wenn man *gut* auf einen Hund, eine Statue, einen Baum oder schreiende Plakate blickt. Sähe ich den Mann unmittelbar neben mir, käme er mir niemals so bewundernswert vor. Aber zwischen ihm und mir ist das *Fenster.* Quadratische Glasscheiben. Mit Zauberkraft.

Haben Sie schon einmal hinter Gefängnisgittern das Gesicht eines Gefangenen gesehen? Ein Gesicht, durch das Gitterkreuz zerschnitten? Dann würden Sie begreifen, daß das Fenster, keineswegs die Tür, das Tor zur Freiheit ist. Vor dem Fenster liegt die Welt. Ein Gesicht hinter einem vergitterten Fenster ist schrecklicher als ein Mensch hinter einer verschlossenen Tür. Denn im Fenster liegt alle Hoffnung auf Licht, auf den Sonnenaufgang, auf den Horizont; im Fenster liegen Sehnsüchte und Wünsche. Hinter der Tür befindet sich allein die Wirklichkeit. Ich liebe die Fenster von

Trambahnen, Schnellzügen, Omnibussen, an denen der Straßenlärm vorbeigleitet. Ich liebe stundenlange Fahrten durch die Stadt hinter einer Glasscheibe. Etwas durch ein Fenster zu sehen, kommt mir viel reizvoller, amüsanter, fesselnder vor, als etwas unmittelbar zu sehen. Wer etwas durchs Fenster sieht, gehört nicht dazu. Ist abgesondert. Bewahrt sich ein Stück begrenzter, selbständiger Sehnsucht nach dem, was er sieht, beherrscht es nicht völlig wie einen Raum, in dem er sich direkt befindet. Landschaften durchs Fenster zu sehen, heißt sie zweimal kennenzulernen: mit den Augen und mit den Wünschen.

Erinnern Sie sich an die unzähligen Augenblicke, als Sie, während die Kräfte versiegten, *aus dem Fenster sahen?* Als Sie bei einer Lüge ertappt wurden, von jemandem, den Sie liebten, beleidigt waren, einen Verstorbenen beklagten, angespannt auf einen Brief warteten, von Sorgen und Kummer gequält wurden, sich verabschiedeten, sich schmerzlich schämten: *sahen Sie aus dem Fenster.* Und es war keine Mauer der gegenüberliegenden Häuserfront, auch kein Stück Himmel, keine Baumkrone, was Sie sahen, sondern es war die einzige menschliche Möglichkeit, Ihre Bürde abzuladen, dieses Fenster, das in die Welt führt. Eine Tür ist kein Ausweg, aber ein Fenster ist einer. Der Blick aus dem Fenster beruhigt mich stets und bringt mich zur Besinnung. Nein, nicht nur mich, sondern Tausende, Millionen.

Wie oft sind Sie in Augenblicken seelischen Erstickens ans Fenster getreten und haben es aufgerissen? Wie oft haben Sie sich hinausgebeugt und mit vollen Zügen die Luft eingeatmet, um Kraft für die nächste Minute zu schöpfen?

Alle, die einmal schwer krank waren, wissen, welch wunderbaren Zauber ein Fenster ausüben kann, das weit geöffnet ist. Die Kranken sind die Verlassensten, denn mit den ersten Fiebergraden tritt der Mensch in ein Reich von Gefühlen ein, die einem Gesunden unbegreiflich sind. Zwischen Kranken und Pflegenden gibt es nichts Verbindendes. Ihre Welten sind voneinander getrennt wie die Welten von Menschen, die unterschiedliche Sprachen sprechen. Straßen, Städte, Wiesen und Wolken werden für einen Kranken, der ans Bett gefesselt ist, zum Gegenstand schmerzlicher Sehnsucht, die er schamhaft vor den Gesunden verbirgt. Der Bäckerladen, den der Kranke auf seinem täglichen Weg gesehen hat, erscheint ihm als Glück, das er nicht erreichen kann. Die Gesunden verlassen den Kranken, aber auch der Kranke hat die Welt und die Gesunden verlassen. Sein einziger Besitz ist das Fenster, das den engen Gesichtskreis durchbricht. Die Wolken, die über diesen viereckigen Ausschnitt schwimmen, verändern sich, zerfließen, dunkeln, färben sich. Und vielleicht bringt eine Wolke durch das Fenster die Lust zum Leben zurück. Und diese Lust zum Leben vertreibt dann die Krankheit. Die Genesenden sitzen in Lehnstühlen, umgeben von Kissen, am Fenster in der Sonne, und starren mit der wiedergekehrten Lebensfreude und allem Lebensverlangen hinaus.

Einmal schilderte mir jemand die verzweifeltste Nacht seines Lebens:

»... der einzige schamlose Trost war für mich das Fenster hinter meinem Bett, ein Fenster im dritten Stock. Wie jemand, der seekrank wird und sich an die Reling stellt, um ruhiger das Erbrechen abzuwarten, hielt ich mich ans Fenster hinter mir, und wenn alles fehlschlüge – dieser Augenblick näherte sich im Laufe der Nacht wie durch den Blitzableiter –, wollte ich mich hinausstürzen, um mein Leben zu beenden.«

Sind Sie auch einmal heimgekommen, und beim Blick auf Ihre Fenster haben Sie den Mut verloren, hinaufzugehen? Die Fenster sind grau und verstaubt, dahinter liegt ein so bekannter Raum, jahrelang bewohnt, Kummer und Freuden einer langen Zeit bergend – und jetzt stehe ich auf einmal beklommen und abgespannt auf der Straße, langsam kehre ich um, gehe zum Kaufmann an der Ecke, um Mut zu schöpfen, und gehe wieder zurück, und auf der grauen Scheibe oben steht unsichtbar geschrieben: Wie hast du das nur jahrelang ausgehalten? Manchmal sind jedoch unerwarteterweise die Fenster erleuchtet, vielleicht wartet oben ein Gast, vielleicht ist jemand unverhofft wiedergekommen, die Treppenstufen werden leicht, und ich öffne weit die Tür, sage dankbar: Guten Tag. Und freudige Demut besänftigt mich, wenn ich das jahrelang bekannte Geschirr auf den Tisch stelle, die Teller mit blauem Rand und das verbogene Salzfäßchen, weil mir das erleuchtete Fenster eine Überraschung bereitet hat, ein kleines Geschenk. Und mit einem Lächeln bleibe ich eine Sekunde in der Tür stehen, und ein Gedanke geht mir durch den Kopf, hell wie eine Flamme: Wie gut, wie schön ist es doch, daß ich lebe!

(Milena Jesenská, *Národní Listy,* 27. September 1921)

Wien

Seltsam, daß jede Stadt ihr Gesicht hat, ihren Geist, ihren klaren, deutlichen Ausdruck. Man findet ihn jedoch nicht, wenn man mit einem Reiseführer von einer Sehenswürdigkeit zur anderen zieht, die Namen der repräsentativen Gebäude erfährt und die Sammlungen und Denkmäler betrachtet. Schlendert man aber eine Welle durch die Straßen, beobachtet einen Schutzmann, spricht mit einem Dienstmann, einer Krämerfrau, einem Milchmann, und am Ende gründlich und lange mit einem Droschkenkutscher, rundet sich das Bild von der Seele einer Stadt ab. In Berlin kann man zum Beispiel mit einem Kutscher gar nicht reden und ein bißchen philosophieren, weder über Politik noch über Liebe, ein Berliner Kutscher ist einsilbig, erpresserisch, unfreundlich. Dagegen ist ein Wiener Kutscher goldig, lieb, wie alle Wiener dieser Schichten. Es ist einfach unmöglich, daß jemand keine Zeit zum Plaudern hat. Ein Beamter auf dem Steueramt fragt nach der Gesundheit der Kinderchen, und eine alte Marktfrau erzählt, daß ihr Seliger an Gicht gelitten hat. Deshalb ist mir diese Stadt sympathisch, manchmal erscheint sie mir freilich auch lächerlich. Vielleicht ist sie stumpf oder sogar in Zersetzung begriffen, nicht energisch; aber die Menschen sind lieb, gut und fröhlich. Sie wollen, ja, offenbar wollen sie anderen etwas Liebes antun. Es kommt zum Beispiel vor, daß mich der Schaffner in der Elektrischen begrüßt und meinen Hut lobt, aber nicht aufdringlich, unangenehm, er will damit nichts bezwecken, er will nicht mehr und nicht weniger sagen, als daß ich einen hübschen Hut habe, der mir stehe, und darüber freue er sich. Ist das nicht reizend?

Niemals geschieht es, daß jemand, der um etwas bittet, auf der Straße grob abgefertigt wird. Fragt man nach einer Adresse, kommt jeder mit und plaudert, über das Wetter, über Valuten, über die neue Operette, er drückt einem zum Abschied die Hand, freut sich darüber, in dem häßlichen Leben eine Gelegenheit zu einem Schwatz gefunden zu haben, und geht froh gestimmt weiter. Alle, auch die »gut gekleideten Leute«, beginnen leicht und ungezwungen ein Gespräch, freunden sich mit jedem an, der zufälligerweise an der Trambahnhaltestelle, am Postschalter, in einer Schlange nach Eintrittskarten wartet. Ich weiß nicht, was in Wien geschehen müßte, damit das Volk darüber keine Witze machte. Einen runden, allerliebsten Witz, den schon der Dialekt von selbst hervorbringt. Steht einc Elektrische eine halbe Stunde im Schnee, amüsiert man sich nirgendwo besser als in dieser Bahn. »A Kutscher kann a jeder wern, aber fahren kann man nur in Wean«, stimmte unlängst der ganze Wagen an, als die Elektrische wieder einmal »nicht weiter wollte«. Anderswo, in jeder anderen Stadt, würde die Regierung mit Schimpfworten überschüttet werden; in Wien lachen die Leute. Ist es schlechter so, ist es besser so, wer weiß das? Aber lustiger ist es allemal. Und Lustigkeit ist der erste Grundsatz Wiens. Lustig um jeden Preis, lustig trotz alledem. Nie werde ich begreifen, woher die Menschen diesen Frohsinn nehmen. Die Preise für Eßwaren, Kohle, Verkehrsmittel steigen täglich. Wirksame Hilfe kommt von nirgendwo. Das Leben ist bitter, schwer, voller Sorgen, voller Fehlschläge, voller Hoffnungslosigkeit. Und doch sieht man nirgendwo Verzweiflung. »Noch a por Johr werden wir uns gfretten (durchschlagen), es wird schon besser wern«, sagte ein weißhaariger Greis zu mir, während er einen Rucksack mit Kartoffeln schleppte, nach denen er zwei Stunden gefahren war. Und das mit solcher Vertrauensseligkeit und Fröhlichkeit und guter Laune, als wäre er zwanzig Jahre alt und hätte Zeit genug zum Leben.

Diese gute Laune findet man überall, in einem teuren Nachtlokal und in einer Schenke in Grinzing, wohin die Wiener zu ihrem berühmten Heurigen wandern. Zu der guten Laune gehört ein Klavier, gehören eine Gitarre und sentimentale Lieder. Wie sie gern lachen, weinen sie auch gern. Der Wiener hat Sinn für Vergnügen, da knausert er nicht. Er ist ein gutmütiger Materialist und ein leichtsinniger Optimist. Jeder Schuster trachtet danach, gut zu essen und gut zu trinken, wenn er seinen Laden schließt, und er will sich amüsieren, damit das Leben einen Sinn hat. Sonst freut ihn nichts. Er arbeitet weder mit Blick auf die Zukunft noch mit dem Willen, ein Ziel zu erreichen. Sondern damit es ihm gut geht. Seine Liebe zur Stadt, seine Liebe zum Volk ist oberflächlich, wie alles oberflächlich ist, auch die Tränen und die Witze und das Lächeln, sogar der kurze Kummer. Aber in seiner Oberflächlichkeit ist er gutmütig. Er gibt gern und teilt mit anderen. Er ist nicht habgierig und erpresserisch; er ist sehr aufrichtig, dumm offenherzig, und er schirmt sich mit seiner Dummheit auch dort ab, wo unsereinen die Wut packt. Deshalb wird man manchmal wütend. Man möchte jemanden schütteln, möchte schreien, auf diese Liedchen und die ewig gute Laune fluchen und etwas Tiefes, Schweres, Ernstes zutage fördern, herausschütteln. Aber würde niemals etwas finden. Und niemand würde begreifen, was man möchte. Das ist es: Vielleicht geht in dieser Stadt alles bergab. Vielleicht gibt es nichts, was nicht verrückt, verkehrt, verfehlt wäre. Vielleicht steht Wien – wie viele Jahre schon? – dicht vor einem Abgrund. Die Zeitungen schreiben das, und die Welt spricht davon. Trotzdem hat man das Gefühl, daß dieser Stadt nichts geschieht. Sie ist zwar in Gefahr, aber besitzt keine Tragik. Es gibt auch solche Menschen. Sie erleben schreckliche

Schicksalsschläge und »überstehen« sie, ohne zu zerbrechen. Ein anderer wäre von einem halb so harten Schlag niedergeschmettert, erledigt, tot. Aber ihnen geschieht nichts. Nicht etwa, weil sie so viel Kraft besäßen, um Leid zu ertragen und zu überwinden, auch nicht, weil sie so zäh wären, um alles auszuhalten. Vielmehr haben sie keine Tiefe. Ein Schmerz weiß gar nicht, wo er sich eingraben sollte, er gleitet ab und verschwindet. So ist Wien. Stets geduldig, tanzend, nett, singend. Keineswegs aus Heroismus. Auch nicht aus Schwäche. Einfach »so«.

Wien ist eine angenehme Stadt, und wer sie durch und durch kennt, kehrt gern zurück, mit einem Lächeln; niemals mit Liebe, aber stets mit Sympathie, mit der Sympathie, die man beispielsweise einem närrischen, arglosen und etwas lächerlichen Menschen gegenüber verspürt, ohne ihn eigentlich gut zu verstehen. Etwa so, wie man jemanden liebgewinnt, der eine gelbe Krawatte trägt und Kanarienvögel züchtet. Es gibt solche Menschen. Sie sind immer irgendwie lieb. Schon deshalb, weil man über sie lächeln kann. In Wien bleibt man kühl, fremd, nicht betroffen, und trotzdem fühlt man sich recht wohl; wer hier jedoch leben müßte, würde die Stadt auf einmal hassen. In Wien gibt es keine tiefen Gedanken. Es gibt keine Ideen. Sie verflüchtigen sich wie Schatten. Menschen, die keine Trostlosigkeit angesichts des Todes kennen, sind am unbegreiflichsten. Nichts verbindet uns mit ihnen. Städte – gibt es noch irgendwo eine solche Stadt? – werden zu Feinden, wenn sie so sind. Man kann hier nicht arbeiten. Kann nicht denken und nicht leben.

Wien tötet Menschen, die etwas leisten wollen, auch diejenigen, die dazu die Fähigkeit haben. Weil sie nicht herausgefordert werden. Gerade weil die Stadt so nett und gutmütig ist, daß man auf ihrem Pflaster nicht verhungern kann. Weil sie die Menschen nicht geißelt, damit sie bluten, wie das fast jede andere Stadt tut. Solche Schläge schmerzen, aber glauben Sie mir, sie sind gesund. Wien ist jedoch ein Sumpf, es hat keine Kraft, um Lasten zu tragen. Es weicht ihnen aus. Und schiebt sie beiseite.

(A.X. Nessey, *Tribuna,* 4. April 1922)

Lob des Kitsches

Wenn ich den Kitsch loben will, meine ich durchaus nicht, er sei ehrenwert und gut. Mir fällt auch nicht ein zu behaupten, er sei schön; ich wäre sogar sehr in Verlegenheit, sollte ich seine guten Eigenschaften nennen. Aber nach einem zweistündigen Bummel durch die vormittägliche, unheimlich sonnige Stadt spüre ich das Verlangen, etwas Verrücktes zu tun.

Kitsch? Was ist Kitsch? Etwas Überflüssiges, Eitles, eine Blase auf der Oberfläche der Zeit: aber eine bunte, prächtige Blase. Etwas sehr Schamloses und Entblößtes. Es gibt keinen guten und schlechten Kitsch. Es gibt einfach Kitsch. Ein hübsches Spielzeug ohne Seele. Übrigens werden wir täglich mit Kitsch gefüttert. Wer erkennt ihn? Nur wenige. Aber wir wehren uns gegen ihn mit altväterlichem Murren, ohne genau zu wissen, wie und wo er ist. Wo soll sich unsere Epoche der Fabriken, Automobile, Bars und Börsen ausdrücken? Wo soll sie durchscheinen, metaphysisch umgesetzt? Im Succini, zum Beispiel. Süße Wollust, sich dieser Unkunst hinzugeben! Dieser bravourösen Frechheit von Angesicht zu Angesicht gegenüberstehen und sich freuen, heißt genießen können. Genießen können bedeutet nicht, sich vom Genuß hinreißen zu lassen, es bedeutet, den Genuß zu packen und ihn mit Freude niederzuringen, mit gesunder Fröhlichkeit zu jagen.

Die Armen, die niemals betrunken waren. Die Unglücklichen, die niemals leichtsinnig waren. Die Elenden, die niemals in eine kleine, leicht krummbeinige Verkäuferin eines

Vorstadtladens verliebt waren und in ihr eine Göttin sahen. Die Welt ist nicht so, wie sie ist, sondern so, wie wir sie sehen. Deshalb ist sie nicht reicher, im Gegenteil, sie ist ärmer. Um sie so zu sehen, wie sie ist, reicht unsere Phantasie nicht. Wir sind zu schwerfällig, um wirklich tugendhaft zu sein. Tugend heißt nicht: keine Sünde begehen – Tugend heißt wissen, was Sünde ist.

Ein grellbuntes, ordinäres Karussell hinter der Stadt – in der Senke bei der Palacký-Brücke – wird kaum beachtet. Aber keineswegs deshalb, weil es nicht zauberhaft schön ist, sondern weil die Menschen, die an ihm vorübergehen, den Kitsch fürchten. Ihre Seele schreitet im Frack und mit steifem Kragen von Amt zu Amt, und etwas so Fransen- und Schellenhaftes wie dieses mit rotem Samt und mit Goldborten verkleidete Karussell weckt in ihnen nicht die Vorstellung von einem verwunschenen Schloß und einer schönen Prinzessin, wie in einem kleinen Jungen, der mit dem Daumen im Mund davorsteht. Und doch ist dieses Karussell ein Stück Jugend, die vergangen ist. Heute sind sie tiefernst und haben einen hochkünstlerischen Geschmack; heute sind sie arm und geizig. Aber roter Plüsch und Holzenten sind reizend und wunderhübsch, nur die dumme Erfahrung lügt uns vor, sie seien abgewetzt und voller Flöhe. Und weiße Kokarden zu Allerseelen auf dem Friedhof in Olšany und blaue Perlenrähmchen um Blechrosen sind eine festtägliche Pracht der Trauer, und wer behauptet, das sei geschmacklos, ist dumm. Und weiße Porzellanschüsseln und Näpfe mit Täubchen auf dem Kohlmarkt neben dem Vogelhändler, aus dessen Laden es nach Eichhörnchen riecht, sind entzückende Märchen der schreienden und unsinnigen Abgeschmacktheit, und wenn wir darüber nicht vor Freude in die Hände klatschen, ist nur unsere langweilige Nüchternheit daran schuld.

Es gibt Menschen, die sich fürchten, Geld für etwas Lustvolles auszugeben. Glaubt ihnen nicht, wenn sie vorgeben, tugendhaft zu sein. Sie sind Schwächlinge. Sie wissen, daß sie nicht genügend Kraft besitzen, um »genug« zu sagen, und immer »mehr« rufen würden, deshalb sagen sie hochmütig »niemals«. Denn leichtsinnig kann nur jemand sein, der Geist hat. Leichtsinn aus Verzweiflung ist phrasenhaft. Leichtsinn ernst zu nehmen, ist geschmacklos. Leichtsinn auszukosten und dabei über den Dingen zu stehen, ist die hohe Lebensform, die Stendhal lobte, aber nicht beherrschte, weil er eitel war, die Laforgue beherrschte, und für die er starb. Die Jules Romains besingt! Es leben die fröhlichen Kumpane, die einer Sache leicht auf den Grund gegangen sind.

Wer Kitsch ernst nimmt, ist geschmacklos. Kitsch will nicht ernst genommen werden. Er zwinkert uns zu. Er blendet und betäubt, und unsere Aufgabe ist es, sich nicht blenden zu lassen. Freut euch über ihn und lacht ihn aus. Haltet euch in achtbarer Entfernung von ihm und geht mit Frohsinn vorüber, wenn ein so heiterer Vormittag ist wie heute. Macht ihn unschädlich, indem ihr ihn durchschaut. Was wir durchschaut haben, lieben wir scherzhaft, halb mitleidig. Wer ihn verachtet, ist lächerlich, wie die erhabenen Damen lächerlich sind, die Straßenmädchen verachten. Wir brauchen Kitsch, um ihn zu überwinden. Wir brauchen alles Schlechte, um es abzulegen. Das ist ein gesunder, starker, wichtiger Prozeß im Menschen. Das ist ein Prozeß der Jugend. Menschen, die kleine Schlechtigkeiten abgelegt haben, schwingen sich zu guter Größe empor. Menschen, denen das nicht vergönnt war, verkümmern in heimtückischem Verlangen nach kleinen Schlechtigkeiten, die sie dann hinter der Ecke verüben, wenn es niemand sieht.

Viele Gerechte wenden sich entrüstet vom Kitsch ab. Sie werden schwer. Aber Leichtigkeit ist eine Gottesgabe. In Leichtigkeit ist mehr Wahrheit, mehr Moral, mehr Geist. Die Leichtesten sind gleichzeitig die Schwersten, und weil sie hoch oben stehen, sind sie einsam.

Diese erste Frühlingssonne Ende Januar zwingt alle zu einer Hymne der Ausgelassenheit, die kleinen Schaufenster voller

Tand sind lustig, wie die bunten Statuetten und scheußlichen Plakate vor dem Kinoausgang und die unerträglichen Bilder in den Ausstellungen und die Musik, die durch die Straßen schrillt, wir sind halb Dorf, halb Kleinstadt, insgesamt eine große Stadt, überall Geschmacklosigkeit, die quiekt und die Zunge herausstreckt, welche Dummheit, sich entrüstet abzuwenden. Alles ist Leben. Auf der Welt wäre es sterbenslangweilig, wenn es nur hohe Genüsse gäbe. Männer pflegen den kleinen Mädchen ihrer Jünglingszeit ebenso dankbar zu sein wie den Frauen ihrer Mannesjahre. Sie haben recht. Ist der Mensch für etwas anderes dankbar als für seinen eigenen Reichtum?

Das ist die größte Unmoral: schlechter Instinkt und Dummheit. Einem Menschen, der sich seiner Tat bewußt ist, hat Gott schon vergeben. Wendet euch nicht mit empörtem Gesicht vom Kitsch ab, ihr seid ebenso unmoralisch, als würdet ihr ihn vergöttern: in beiden Fällen wißt ihr nicht, was ihr vor euch habt. Manche Dinge ernst zu nehmen, ist der größte Unsinn, aber ihre Bedeutung zu bestreiten, ist Blindheit. Manche Dinge sind so notwendig, richtig, gut – und überflüssig wie ein mißlungener Selbstmord. Dem Menschen muß gestattet sein, über einen Berg zu gehen.

Alle tollen Jungenstreiche des Lebens hinterlassen Erinnerungen voller glücklichen Lächelns. In diese Unsinnigkeiten legt man das Beste, seine Unerfahrenheit, seinen Lebensdrang, seine Wünsche, seinen Elan. Ein guter Leichtsinniger genügt, damit Gott tausend schlechten Gerechten vergibt.

Wir können uns eben nicht freuen. Das ist etwas, was uns nicht gegeben ist. Wir haben keinen Witz, wir haben nur Grobheiten und Schlüpfrigkeiten. Unsere Kabaretts sind – bis auf eine Ausnahme – vulgär. Unsere humoristischen Zeitschriften sind peinlich und armselig. Unsere Nachtlokale, Bars, Tanzsäle und Tingeltangel sind entweder schlecht oder langweilig. Wir haben keine Beziehung zum Kitsch. Wir kennen nicht die leichte Pariser Grazie beim nächtlichen Vagabundieren. Wein treibt uns sentimentale Tränen in die Augen, und eine Bar macht uns versonnen und wehmütig. Sich amüsieren bedeutet bei uns etwas Schlechtes. Dabei wird beim Amüsement die Seele gelüftet. Fröhlichkeit bedeutet für die seelische Hygiene des Menschen dasselbe wie frische Luft für ein stickiges Zimmer.

Diese Angst, die Würde einzubüßen, dieser Mangel an *gutem* Lachen – ich versichere, daß ich die ganze Zeit von etwas Zartem, Kostbarem, Feinem spreche, obwohl man mir nicht zu glauben scheint – sind der größte Fluch unseres Lebens. Wenn wir leichter sein könnten, vermöchten wir auch dort selbstverständlicher zu sein, wo man ernst sein muß.

(A.X. Nessey, *Tribuna,* 28. Juli 1922)

Jugend

Ich weiß nicht, durch welchen Irrtum die Phrase aufgekommen ist und heute für eine Wahrheit gilt, daß die Jugend die einzig glückliche Zeit des menschlichen Lebens sei. Vielleicht, weil die Menschen so schnell vergessen und das Vergangene immer schön ist, denn einerseits steht uns das Grauen des unsicheren Endes bevor, andererseits bleibt die Jugend, einmal erlebt, unser Besitz, sie vermehrt unseren inneren Reichtum, und der Mensch in seiner Armseligkeit hängt an dem, was er das Seine nennt, als wäre er ohne Besitz der Vergänglichkeit mehr ausgeliefert.

Ich erinnere mich genau an die Stunde, als ich in der ersten wirklichen, schmerzlichen Jugend aufhörte, jung zu sein. Es geschah nichts Seltsames und nichts Besonderes, es war nur ein Abend in blaugrauer Dämmerung am Fenster eines zweistöckigen Mietshauses, der Blick auf eine alltägliche, abgehärmte, trostlose Straße, und die Elektrischen rollten rechts, rollten links, grundlos eilig und unendlich komisch. Ich war weder glücklich noch unglücklich, mir war ganz gewöhnlich, ganz normal traurig zumute, wie sich jeder abends nach etwas sehnt, und niemand wird je enträtseln, wonach. Aber auf einmal wußte ich – erst später begriff ich die Bedeutung dieser Erkenntnis: Was mir auch im ganzen künftigen Leben geschehen mag, was auch immer, ich werde mir nie das Leben nehmen.

Ich will nicht über Selbstmord sprechen. Vielleicht ist er

eine Erlösung, vielleicht eine Sünde. Aber eines ist sicher: Für einen *jungen* Menschen ist er notwendig. Nicht der praktische, sondern der ideelle Selbstmord, der keine Hintertür offenläßt. Schwache fliehen zu ihm, Kokette verführt er manchmal, Verlogene straft er. Aber für jeden ist er notwendig. Erinnern Sie sich nur, erinnern Sie sich an den unaussprechlichen, panischen, unbegreiflichen Schmerz mit sechzehn Jahren, an das quälende Suchen nach einem Ausweg, nach Boden unter den Füßen, an das verzweifelte Mit-dem-Kopf-an-die-Wand-schlagen, an die inneren Konflikte, an die wahnsinnige Jagd nach einem undefinierten, undefinierbaren Etwas, an die durchwachten Nächte! Hätten wir das ertragen, wenn wir nicht einen versteckten Ausweg gehabt hätten: Vielleicht bringe ich mich um?

Ich weiß wohl, das alles hat nichts mit unserer lebensfrischen Fröhlichkeit gemein. Sicher, wir waren fröhlich, glücklich, töricht, verrückt, leichtsinnig, kopflos. Aber alle hatten wir das Geheimnis eines wirklichen, maßlosen Kummers. Es war der Kummer eines Menschen, der nicht weiß, warum und wofür er leidet, der sich seines Schmerzes halb schämt, halb rühmt und der sich einzig und allein aus diesem Schmerz entwickelt, aus ihm bildet. Alles hängt nur davon ab, wie tief und ehrlich ein Mensch den Schmerz seiner Jugend verarbeitet. Das wird sein Maßstab und sein Reichtum für das ganze Leben. Denn das ganze Leben lang hat er *nichts* anderes, erwirbt er nichts anderes, lernt er nichts anderes kennen. Sein Leben lang hat er Erlebnisse. Aber nur in der Jugend durchlebt er seelische Veränderungen. Der Mensch ist nur einmal reich, einmal produktiv: in der Pein seiner sechzehn Jahre. In dem Moment, in dem ihm sein Schmerz nicht mehr endlos erscheint, bleibt er irgendwie stehen und lebt davon, was er gespeichert und gespart hat.

Die Vorstellung von der Endlosigkeit der Gefühle und Empfindungen, das Gewaltige, Kosmische, Maßlose eines sechzehnjährigen Lebens, alle Spannung der Unerfahrenheit verschwinden in dem Moment, in dem sich ein Mensch dessen bewußt wird, daß alles *endet.* Sobald ich im Schmerz die Augen schließen, die Zähne zusammenbeißen und mit angehaltenem Atem mein Herz überzeugen kann, daß das nachläßt, besser wird, aufhört und endet, sobald ich weiß, womit ich mir helfen kann, sobald ich weiß, daß ich den Schmerz lindere, wenn ich ins Freie gehe, oder daß ihn Tränen wegschwemmen oder ein Schnitt in den Finger ausgliche, in dem Moment, wenn ein Sechzehnjähriger nicht mehr davon überzeugt ist, daß etwas endlos ist und bis zum Tode dauert, in dem Moment, wenn er durch seine Erfahrung ärmer wird – denn durch Erfahrung wird der Mensch ärmer und niemals reicher – in dem Moment ist er nicht mehr jung.

Und erst dann kann er Kraft und Selbstbeherrschung gewinnen, erst dann kann er über den größten Kummer lächeln. Erst dann ist er ein erwachsener Mensch und bekommt ein Gesicht, das sich nicht mehr verändert. Es ist die Zeit, wenn jemand vor seinem Leben steht und sieht, daß es sich gestaltet hat, ohne daß er eigentlich weiß, wie. Er sieht einen genau abgesteckten Weg vor sich, sieht, daß er Verantwortung und Pflichten hat, erkennt die Grenzen seiner Möglichkeiten, übernimmt eine Arbeit und ahnt manchmal in einem Winkel seines Herzens ganz schwach: Jetzt wird sich kaum noch etwas ändern, das ist das Leben, es werden innere Ereignisse eintreten, aber keineswegs innere Wendungen und damit muß ich mich abfinden. Ein junger Mensch findet sich nicht ab. Ein junger Mensch ist schöpferisch, ohne es zu wissen. Er schafft und kämpft, liebt und haßt mit Jedem Tag, mit jedem gelesenem Buch, er wehrt sich, wehrt sich bis aufs Blut, sucht, rast mit einem imaginären Revolver in der Tasche vorwärts und gestaltet als ein Gott blind den sicheren Weg seines Lebens. Sobald er erblickt, was er geschaffen hat, verliert er zwei gewaltige Gaben des Lebens: die Gabe der Trostlosigkeit beim Tode und die Gabe der subjektiven Endlosigkeit.

Der Satz »Die Jugend ist glücklich« ist eine der größten

Sünden. Er verführt uns zu schlimmstem Leichtsinn. Er verführt Mütter dazu, halb gütig, halb spöttisch zu lächeln, wenn sie ihre Kinder wehmütig gestimmt und innerlich zerrissen vorfinden, ohne daß es dafür einen Grund gäbe. Er verführt Erwachsene dazu, Schmerz mit Sorgen zu verwechseln, Sorgen, die stets einen wirklichen, also entfernbaren und deshalb nichtigen Grund haben, während Schmerz einen unwirklichen, unerklärlichen und deshalb schrecklichen, gewaltigen, alles übersteigenden Grund hat. Von dieser Phrase überredet und beruhigt, halten wir einen sechzehnjährigen Jungen für glücklich und wissen nicht und vergessen ständig von neuem, daß er ganze Tage, Abende und Nächte in der Gefahr schwebt, seinem unlöschbaren schmerzlichen Verlangen zu erliegen, und daß ein Schritt genügt, um sein ganzes Leben auf eine Bahn zu lenken, die er dann unausweichlich beschreiten muß. Wir zittern zu wenig um unsere Kinder, von der Überzeugung verblendet, daß ihnen, den Jungen und Glücklichen, nicht viel geschehen könne, da sie, wie wir sagen, darüber hinwegkommen. Indessen sind wir es, denen nichts geschehen kann, wir, die wir innerlich fest und abgeschlossen sind, wir, die wir *sind,* während sie *werden.*

Deshalb verstehen die Jungen nie die Älteren, da sie zu Recht nicht das Wort »Erfahrung« begreifen. Was für eine Erfahrung ist das, was der Mensch erfahren hat! Sie ist lediglich ein verarmtes Bewußtsein, der Blick auf das Ende schon zu Anfang, eine Bremse der Begeisterung und das, was – für das praktische Leben vielleicht Gott sei Dank – die Menschen tüchtig, gesetzt, bedächtig, geizig und sparsam macht.

Der Mensch trennt sich niemals von seiner Jugend; in der Jugend schließt er Freundschaften, später nur Bekanntschaften. Wer einem Menschen begegnet, mit dem er in irgendeiner Gemeinschaft aufgewachsen ist, und sei er inzwischen durch Geschick, Entwicklung, Stellung und Gesinnung weit von ihm entfernt, findet doch immer die Wärme organischen Verständnisses, jedes Wort entspringt bekannten Voraussetzungen, die Gesten wirken vertraut, etwas unendlich Intimes und Nahes klingt aus dem Lachen, man hat diesen Menschen einfach gern und besitzt ihm gegenüber keine Vorbehalte. Das Buch, das jemand in der Jugend geliebt hat, die Musik, bei der er in der Jugend geweint hat, die Straßen, die er gern hatte, ein Pfad in den Bergen oder eine Lichtung im Wald, alles, alles gehört zu ihm als ein Stück der Welt, das ihm niemand wegnehmen kann und das in der Erinnerung wunderbar wird. Kommt er in die Fremde, lernt er Achtung, Bewunderung, Sehnsucht, Gewöhnung, Kampf und vielleicht auch Liebe. Aber das Gefühl absoluter, reiner, breiter Zuneigung hat er nur zu allem, was der Jugend gehört, gleichgültig, ob es schön oder häßlich ist.

Und trotz alledem, wer wirklich aufrichtig sein kann, sagt sich: Niemals möchte ich wieder sechzehn Jahre alt sein. Durch welches Wunder habe ich das eigentlich überlebt?

(Milena Jesenská, *Národní Listy,* 23. November 1922)

Der Teufel am Herd

Warum alle oder fast alle heutigen Ehen unglücklich sind (als ob die Ehen früher glücklich gewesen wären), ist eine Modefrage, um die sich, ernst zu nehmen, eine ganze Literatur und, nicht ernst zu nehmen, jedes Five o'clock-Gespräch dreht. Jede Frage auf der Welt eignet sich zu gesellschaftlichem Geschwätz und zu einer philosophischen Abhandlung, und Themen, die sozusagen auf der Straße liegen, werden auch von uns Journalisten aufgegriffen. Bei dieser Frage wundere ich mich jedoch jedesmal; natürlich wüßte ich darauf zu antworten, warum heutige Ehen unglücklich sind – worauf würde ein Journalist eine Antwort schuldig bleiben? Aber ich frage mich immer wieder: Warum sollten sie glücklich sein?

Hier beginnt es nämlich. Zwei Menschen – zwei kleine, vereinsamte, der ganzen Hoffnungslosigkeit, Trübseligkeit und Aussichtslosigkeit des Lebens preisgegebene menschliche Wesen, zwei Menschenkinder auf der riesigen Erdkugel, die so unvorstellbar, schrecklich und beunruhigend groß ist, zwei nach natürlichem und gewöhnlichem Recht unglückliche Menschen – sollen auf einmal, unversehens, etwa um halb zehn Uhr vormittags, eingesperrt in eine Wohnung, einen Namen, ein Hab und Gut, ein Schicksal haben, sollen plötzlich und nur deshalb, weil sie zu zweit sind, glücklich sein?

Wenn zwei Menschen heiraten und meinen, das deshalb zu tun, um gemeinsam glücklich zu sein, haben sie sich von vornherein die Möglichkeit zum Glück genommen und verschlossen. Um des Glückes willen zu heiraten ist geradeso eigennützig, wie wegen zwei Millionen, eines Autos oder eines Adelstitels zu heiraten, denn das Glück reicht zum Glück geradesowenig wie die zwei Millionen, das Auto oder der Adelstitel. Wenn sich etwas auf dieser Welt rächt, sind es Berechnungen und Ziffern in seelischen Angelegenheiten. Zwei Menschen sollten nur einen einzigen vernünftigen Grund zum Heiraten haben, und zwar den, daß sie nicht anders können, als zu heiraten. Daß sie einfach ohne einander nicht leben können. Ohne alle Romantik, Sentimentalität, Tragik, das gibt es. Das gibt es täglich, ob es nun Liebe oder etwas anderes ist, es ist bestimmt das stärkste und unbeirrbarste Gefühl auf der Welt. Leider verdrängen und übersehen das viele Menschen in ihrem Leben.

Zwei Menschen heiraten, um miteinander zu leben. Warum brauchen sie zu dem riesigen Geschenk dieser Möglichkeit noch Glück? Warum geben sich die Menschen niemals mit der ungeschönten Wahrheit zufrieden und wählen lieber eine geschmückte Lüge? Warum versprechen sie einander etwas, das sie – nicht sie selber, sondern die Welt, die Natur, der Himmel, das Schicksal, das Leben – nicht bekommen können, und das niemand je erreichen wird? Warum knüpfen sie einen realen, irdischen Vertrag an Bedingungen literarischer Phantastik, wie es das Glück ist? Warum verlangen sie vom anderen mehr, als sie selber geben können, warum verlangen sie überhaupt noch etwas von einer so großen, so ernsthaften, so tiefen Sache wie dem gemeinsamen Leben?

Wenn wir die Ehe vorher bewußt betrachteten, würden wir ganz selbstverständlich einige Dinge bemerken, an die wir gemeinhin nicht denken. Etwa, daß gemeinsam zu leben keineswegs leichter, sondern schwerer ist, als allein zu leben. Dem einzelnen wird das Alleinsein durch viele Erleichterungen vergolten: durch die halbe Verantwortung, die Freiheit, die Unabhängigkeit oder schon allein durch die Möglichkeit, aus freien

Stücken nach Australien fahren zu können. Die Ehe ist deshalb so schwer, weil man in dem Moment, in dem man diese Bindung eingeht, auf alles verzichten muß, was sie nicht bietet. Und das ist der andere Punkt, an dem die heutigen Ehen scheitern: *Die Menschen heiraten, ohne sich definitiv füreinander zu entscheiden. Oder besser gesagt: ohne sich zu entscheiden, auf alles andere zu verzichten.*

Einen Menschen kennenzulernen, ist ungeheuer schwierig. Ich glaube nicht zu übertreiben, wenn ich sage, daß man jemanden in einer halben Stunde Gespräch und nach zehnjährigem Zusammenleben kennenlernen kann. Es ist fast unmöglich, daß zwei Menschen vor der Hochzeit auch nur ahnen, wer sie sind und wen sie heiraten. Wenn sie alle ihre Taten, ihre Ideen, Leidenschaften, Überzeugungen, Anschauungen und Glaubensgrundsätze kennen, so kennen sie noch nicht ihre Strümpfe, ihre verschlafenen Augen, ihre Art, beim morgendlichen Zähneputzen zu gurgeln, und ihr Gebaren, wenn sie einem Kellner Trinkgeld geben – denn in der Tiefe kann ein Mensch den anderen täuschen, aber an der Oberfläche erkennt man ihn. Jede Ehe birgt also tausend Risiken der Enttäuschung und viele Möglichkeiten inneren Scheiterns in sich, wogegen es einen einzigen Schutz gibt: das Risiko einfach schon vorher auf sich zu nehmen. Die weltliche Konvention fordert, einem Menschen im Namen der Liebe alle unterschiedlichen Merkmale wie Nationalität, politische Meinungen und religiöse Zugehörigkeit zu verzeihen, und wir tun das. Aber gehen wir weiter: Verzeihen wir ihm seine scheinbar nebensächlichen Eigenschaften. Legen wir die moderne Kareninsche Hysterie ab und verzeihen wir einander abstehende Ohren und schief gebundene Krawatten. Jeder Mensch ist eine begrenzte Welt für sich. Je ausgeprägter ein Mensch ist, desto ganzheitlicher ist er. Je weniger Möglichkeiten und Talente er besitzt, um so tiefer und sicherer besitzt er sie. Und hat er nur ein einziges, ist es am wertvollsten. Aber wie man von einem blonden Menschen nicht verlangen darf, gleichzeitig – etwa der Abwechslung halber dienstags und freitags – dunkles Haar zu haben, darf man von einem Pedanten nicht verlangen, daß er gern Shimmy tanzt, von einem Dummkopf, daß er Kierkegaard versteht, von einem Maler, daß er sich für Mathematik interessiert, von einem traurigen Menschen, daß er Lieder singt, von einem Einzelgänger, daß er eine Soiree veranstaltet. Das ist eine sehr einfache Forderung, und erstaunlicherweise begreifen das nur wenig Menschen. Gewöhnlich werfen sie einander gerade das vor, was ihr inneres Wesen ausmacht, und sie kommen nicht darauf, daß es die Aufgabe einer Ehe ist, das Wesen des anderen zu tolerieren, ja sogar so zu tolerieren, daß sich der andere berechtigt fühlt, so zu sein, wie er ist. Schließlich ist es immer nur Selbstbestätigung, was ein Mensch vom anderen erbittet. Einen Beweis, daß er »trotzdem« geliebt wird. Ein solches »Trotzdem« hat jeder von uns, und gerade deshalb ist er unglücklich. Niemals werde ich glauben, daß Menschen aus rein sexuellen, erotischen, finanziellen oder sozialen Notwendigkeiten zusammenleben; Menschen leben zusammen, um einen Kameraden zu haben. In der Einsamkeit der Welt jemanden zu haben, der die Berechtigung ihrer Existenz mit allen Fehlern und Mängeln bestätigt – denn was ist Freundschaft anderes als die Stütze eines beschädigten Selbstbewußtseins? Um jemanden zu haben, bei dem ihnen Strafe, Rache, üble Meinung, Gerechtigkeit, schlechtes Gewissen erspart bleiben. Hat ein Heim denn eine andere Aufgabe, als den Menschen zu schonen, zu schonen und nochmals zu schonen, vor der Welt und hauptsächlich vor dem eigenen inneren Spiegel? Das größte Versprechen, das Frau und Mann einander geben können, ist der Satz, den man Kindern mit einem Lächeln sagt: »Ich geb dich nicht her.« Ist das nicht mehr als »Ich werde dich bis in den Tod lieben« oder »ich werde dir ewig treu sein«? Ich geb dich nicht her. Darin liegt alles. Anstand, Wahrhaftigkeit, Heim, Treue, Zugehörigkeit, Entscheidung,

Freundschaft. Wie unendlich groß ist solch ein Versprechen gegenüber dem winzigen Glück.

Kurz gesagt, mir scheint beinahe, daß unsere Ehen deshalb so unglücklich sind, weil wir es uns verdammt leicht machen. Es ist sehr bequem, von einem Menschen ein Versprechen anzunehmen, das er nicht halten kann, und nach einem Jahr, wenn er es nicht gehalten hat, beleidigt fortzulaufen. Viel schwerer und auch ehrlicher wäre es, das zu versprechen, was man halten kann, und es auch wirklich zu erfüllen. Alle diese phantastischen großen Worte sind eine Ausrede, wie sich bei der ersten wirklich schwierigen Situation erweist, wo man sich anständig verhalten sollte. Aber warum versprechen die Menschen einander nicht, daß sie niemals zu faul sein werden, eine Apfelsine, einen Strauß Veilchen, einen neuen Bleistift oder eine Tüte Rosinen mitzubringen? Warum versprechen sie nicht, zum Frühstück gewaschen zu erscheinen, nach Wasser und Seife duftend, frisch und sorgfältig gekleidet, sowohl am Tage nach der goldenen Hochzeit wie jeden Tag bis dahin? Warum versprechen sie nicht, daß sie sich im Zorn lieber selber schlagen, als einander etwas Widerwärtiges, Geschmackloses, Häßliches vorzuhalten? Warum versprechen sie nicht, sich immer um den anderen und seine Interessen zu bemühen, mögen diese der Kunstgeschichte, dem Fußball oder einer Schmetterlingssammlung gelten? Warum versprechen sie nicht, sich gegenseitig die Freiheit des Schweigens, die Freiheit des Alleinseins, die Freiheit ungezwungener Bewegung zu lassen? Warum versprechen sie nicht diese unendlich schweren »Kleinigkeiten«, die man erfüllen kann, und die doch niemals erfüllt werden, anstelle von etwas so Nebensächlichem wie dem Glück?

Soll die Ehe einen Sinn haben, muß sie auf eine breitere und realere Basis gegründet sein als die Sehnsucht nach Glück. Mein Gott, fürchten wir doch nicht das bißchen Leiden, das bißchen Schmerz und Unglück. Versuchen Sie es einmal, richten Sie in einer Sternennacht den Blick zum Himmel, schauen

Sie fünf Minuten lang gebannt, aufrichtig und konzentriert. Oder stellen Sie sich auf eine Bergspitze, von der aus man ein Stückchen Erde sehen kann. Und Sie werden nach einer Welle die Wichtigkeit des Lebens und die Unwichtigkeit des Glücks erkennen. Glück! Als ob die Möglichkeit des Glücks nicht einzig und allein von uns selber abhinge! Als ob das Talent zum Glücklichsein nicht ein besonderes Talent wäre, wie etwa das Talent zum Singen, zum Schreiben, zum Schustern, zur Politik! Gebt einem Menschen alles, was er verlangt, überschüttet ihn mit Liebe, Geschenken, Gunstbeweisen und allem, was er wünscht, trotzdem wird er nicht glücklich sein. Und schlagt einen anderen Menschen, bis er kaum mehr atmen kann, aber sobald er zufälligerweise einen Haufen frische Karotten sieht, leuchtend rote mit grünem Kraut, ist er glücklich.

Es gibt zwei Möglichkeiten des Lebens: entweder sein Schicksal annehmen, sich dafür entscheiden und darauf einstellen, es erkennen und sich zu Vorzügen und Nachteilen, zu Glück und Unglück verpflichten, tapfer, ehrlich, ohne um einen Kreuzer zu feilschen, großmütig und demütig. Oder sein Schicksal suchen; aber mit der Suche verliert man nicht nur Kraft, Zeit, Illusionen, richtige und gute Blindheit und das sichere Gespür für die Dinge, mit der Suche verliert man auch den eigenen Wert. Man wird ständig ärmer. Was kommt, ist immer schlechter als das, was war.

Und dann: Zur Suche braucht man Glauben, und zum Glauben gehört vielleicht mehr Kraft als zum Leben.

(Milena Jesenská, *Národní Listy,* 18. Januar 1923)

Schicksalhaftes Ereignis?

Einmal, es ist schon lange her, habe ich unten am befestigten Flußufer eine Ertrunkene gesehen, schon aufgedunsen, mit schwarzen schlaffen Haaren und grünen Fingernägeln, eine Menschenmenge ringsumher, Geschrei, Gelaufe, schwimmende Flöße und Entsetzen, das bei Selbstmorden immer ein bißchen peinliche und ein bißchen lächerliche Entsetzen. Ein andermal sah ich vom Ufer aus einen Mann, der von einer Brücke ins Wasser sprang, wie ein Stein unterging, auftauchte, schrie und dann völlig unterging, er hielt nur für kurze Zeit den Verkehr auf, mehrere Straßenbahnen, einen Lastwagen, und verschwand aus der Welt. In einer kleinen Straße in Wien sah ich einst einen flüchtenden Mörder, er wurde mit einem Revolver erschossen und fiel, stützte sich mit dem Arm aufs Pflaster, krümmte sich mehrmals und blieb liegen, das blasse Gesicht direkt zu mir ins Fenster gewandt, ein so unbegreiflich nichtssagendes, gewöhnliches Gesicht, daß ich kaum glauben konnte, einen Mörder vor mir zu haben, der auch noch gerade getötet worden war. Einmal sah ich, wie eine Seiltänzerin, ein mageres häßliches Mädchen mit hervorstehenden Schlüsselbeinen, in einem schmutzigen Trikot, oben in der Kuppel ausglitt, abstürzte, und obwohl ihr nichts geschehen war, streckte sie ihren Körper unten auf der Matratze aus wie ein verletzter Vogel. Uns packte solches Entsetzen, daß uns die Nachricht, sie lebe und sei unversehrt, nicht erleichterte.

Heute sah ich aus dem Fenster der Elektrischen eine kleine Szene. Auf dem Trottoir standen zwei Menschen, ein Mann und ein junges Mädchen, wohl gerade nach einem Streit; das Mädchen wandte sich ab, als wollte es fliehen, als wolle es in Erbitterung und Zorn, offenbar zu Recht, für immer fortgehen. Aber sie vermochte keine zwei Schritte zu machen. Sie kehrte um, langsam und verschämt, und berührte mit ihrer kleinen Hand wieder und wieder den Ellbogen des Mannes, der boshaft seinen Sieg auskostete. Dabei blieb mir ganz deutlich die Kontur des mädchenhaften, breiten Hutes und das verweinte, geschwollene Gesicht im Gedächtnis haften, ein Gesicht, das sich unbedacht der Häßlichkeit auf Gnade und Ungnade ausgeliefert hatte, ein äußerst schwächliches Gesicht, so rührend kindlich erschrocken und verängstigt! Als die Elektrische um die Ecke bog, stand das Mädchen noch hinter dem Rücken des Mannes, völlig vereinsamt und ausgestoßen, verwirrt durch das Lächeln der Vorübergehenden, starr und ratlos. Ich dachte: Die einzige Befreiung aus einer solchen Situation wäre ein Schlag mit der kleinen Faust gewesen, mitten ins Gesicht, wenn es überhaupt eine Befreiung von den kleinen Schmähungen der Abhängigkeit gibt. Aber ich weiß, daß sie das niemals getan hat, daß sie das niemals vermocht hätte. Daß sie wohl heimgekehrt ist, und die Erniedrigung ins Unermeßliche stieg.

(A.X. Nessey, *Národní Listy,* 20. Januar 1923)

Amerika contra Deutschland

In den letzten Jahren entbrannte zwischen Amerika und Deutschland ein sehr heftiger Kampf – was den Film betrifft. Auch Amerika sieht – was nicht zu verkennen ist –, daß ihm in Deutschland ein ernster Konkurrent erwächst, zudem ein gut zehn Jahre jüngerer Konkurrent. Deutschland hat sich den amerikanischen technischen Fortschritt vorzüglich angeeignet, hat mit typisch deutscher Zähigkeit die gleichen hohen finanziellen Aufwendungen wie bei amerikanischen historischen Filmen erreicht, hat die amerikanischen Filmpossen genau kopiert, aber vor allem hat es eines verstanden: die Mängel des amerikanischen Films zu entdecken und dort, wo Amerikas schwacher Punkt ist, etwas Beachtenswertes und Positives zu schaffen.

Der amerikanische Film besitzt viele Vorzüge. So viele, daß er uns mehrere Jahre geradezu geblendet und begeistert hat, und wir gar nicht dazu kamen, seinen großen Mangel zu bemerken. Der amerikanische Film hat in erster Linie einen ungewöhnlich klaren Blick für die Realität. Er vermag aus einer Blume, einem Gesicht, einem Baum, einem kleinen Kind oder einem Tier so viele Wunder zu schöpfen – oder vielleicht besser gesagt, er vermag die Wunder der geringfügigsten Dinge so vielseitig zu beleuchten und zu veranschaulichen, daß er darin allen anderen Filmen weit voraus ist. Er verschwendet seine hohe Technik mit wohlbemessener Ökonomie selbst für lächerlich kleine Gegenstände. Das wohl effektvollste Bild des technisch überraschend neuartigen Films »Törichte Frauen«[1] sind die schrägen Sonnenstrahlen an einem kleinen Fenster, das mit Staub bedeckt ist. Dieses herrliche, alltägliche farbige Wunder wird hier mit so deutlicher, nüchterner Liebe zur Realität unterstrichen, daß unser Herz erbebt, aber gerade das ist für den amerikanischen Film typisch. Fast würde ich sagen, daß uns die Amerikaner schauen lehren. Wie oft haben wir vor dem amerikanischen Film den Zauber eines Glases Wasser bemerkt, das auf der glatten Tischplatte steht, wie oft waren wir vom Reiz eines Mädchenhalses mit einem weißen Leinenkragen entzückt, wie oft haben wir in ihren Filmen eine Vase mit Margeriten, einen kleinen Hund oder eine Schale mit Obst *zum ersten Male* gesehen? Die Amerikaner begnügen sich jedoch nicht mit dem Sinn für Realität. Sie haben einen ungewöhnlichen Sinn – wie soll ich es sagen – für Symbole, die sie durch die gewöhnlichste, alltäglichste Realität ausdrücken. Erinnern Sie sich an den kleinen Jackie, der im Film »My boy«[2] auf dem Platz vor dem Hafen allein zurückbleibt, nachdem die Straßenbahn abgefahren ist, mutterseelenallein? Es ist ein Platz wie jeder andere in Amerika, an ihm ist nichts Besonderes, vorn die Fassade der Dampfschiffahrtsgesellschaft, an den Seiten Häuser, in der Mitte Gleise. Aber wie meisterhaft ist hier ein Milieu der Einsamkeit geschaffen worden! Durch die Abfahrt der Straßenbahn enthüllt sich erst dieser Einsamkeits-Platz, er entfaltet sich in verlassener, menschenleerer Trostlosigkeit, die Gleise führen ganz raffiniert in die Ferne, die Sonne prallt auf das weiße Pflaster, und Jackie und sein Bündel, das Bündel und Jackie, mein Gott, wie verloren sind die zwei, für immer vergessen, wie undenkbar ist es, daß sich von hier aus überhaupt

1 »Foolish Wives« von Erich von Stroheim (1922)

2 Film von Victor Heerman und Albert Austin (1921), mit Jackie Coogan in der Hauptrolle

etwas bewegen könnte – und als in der linken Ecke der griesgrämige Alte auftaucht, zappelt nicht nur Jackie erleichtert mit den Beinen, auch dem Zuschauer fällt ein Stein vom Herzen. Gott sei's gedankt, daß dieser schreckliche Platz nicht den kleinen zerlumpten Jungen verschlungen hat.

So ist es in allen Filmen. Das Milieu wird gar nicht künstlich arrangiert. Und noch mehr: Das Milieu wird nicht vollständig gezeigt, vielmehr stets nur ausschnittsweise. Aber gerade dieser *Ausschnitt,* dieses Stückchen, sagt gleichzeitig: ich bin ein Baum, eine Straße, eine Apotheke, und: die Welt ist sehr lustig, oder: die Welt ist ungeheuer grausam. Und noch mehr: Die Amerikaner stellen einen Menschen ins Milieu, der Mensch bewegt sich nicht, spielt nicht, und das *Milieu* sagt: Seht, dieser Mensch hat Hunger, dieser Mensch ist unglücklich, mein Gott, blickt auf diese abgeblätterte, graue, in der Sonne entblößte Wand und auf das zerrissene Plakat an der Ecke, und ihr werdet sehen, wie unglücklich *dieser Mensch* ist.

Ein anderer Vorzug des amerikanischen Films ist sein Humor. Die Filme sind nicht lustig, auch nicht witzig, sondern humorvoll, eine bei uns kaum bekannte Eigenschaft. Damit etwas humorvoll wirkt, braucht nichts Besonderes zu geschehen. Es genügt ein Kinderschuh mit offenen Schuhbändern, ein heruntergerutschter Strumpf, ein kluger Hundekopf, ein Kanarienvogel im Käfig, ein angebissenes Hörnchen, ein zerfetztes Hemd über einem Zaun; nicht mehr, als was alltäglich geschieht, was wir täglich sehen – oder nicht sehen. So nüchterne Menschen wie die Amerikaner schöpfen alles aus der Nüchternheit und finden auch wirklich alles darin: Poesie, Fröhlichkeit und Trauer. Bei solcher Beleuchtung werden die Gegenstände lebendig. Es spielen nicht nur Schauspieler; alles, wirklich alles spielt mit: Tiere, Kinder, Straßen, Himmel, Fenster, Sterne, Schatten, Licht, Fluß, Sonnenstrahlen, Ebenen und Winkel. Und daß das Zusammenspiel all dieser mit größter Sensibilität projizierten Details durch das sehr hohe technische Niveau gesteigert wird, ist selbstverständlich.

Deutlich wird jedoch vor allem ein sehr großer Mangel: Der amerikanische Film sieht zwar die Realität, aber er blickt nicht *hinter die Realität,* er hat keinen Geist und keine geistige Dimension. Sagt er auch auf erstaunliche Weise, was das Leben ist, so sagt er nicht, was über dem Leben ist. Er bringt ständig die gleichen Typen und die gleichen Sujets. Allerdings so reizvoll, daß es lange dauert, bis man dessen überdrüssig wird. Aber sagen wir es offen: Das Niveau der amerikanischen Stoffe ist nirgendwo höher als das der Romane von Frau Marlitt. Immer ein ausgesprochen gutes Mädchen, ein ausgesprochen tapferer, tipptopp rasierter junger Mann, ganz Gute und ganz Böse, liebe alte Herren und weißhaarige Damen und zynische Taugenichtse. *Schauspieler haben hier eigentlich nichts zu tun, für Schauspieler ist kein Platz.* Es gibt keine Kämpfe und Krisen, es gibt nur evolutionäre Entwicklungen. Bei Mary Pickford ist von vornherein selbstverständlich, daß sie immer sympathisch, schön und tugendhaft ist. Es gibt keine Gestalten, die gebrochen wären, und keine Brüche, es gibt nicht einmal etwas, woran ein Mensch zerbrechen könnte. Die Menschen werden nicht, sondern sie sind. Die Handlung kristallisiert sich nicht aus etwas heraus, sondern sie entfaltet sich. Kurz: Das dramatische Moment fehlt, und es wäre lächerlich zu bestreiten, daß ein dramatisches Element für den Film ebenso notwendig ist wie für das Theater, auch wenn Mittel, Wesen, Wirkung, Zweck und Ausdrucksform von Theater und Film völlig verschiedenartig sind. Das dramatische Element ist die Grundvoraussetzung alles Lebendigen, das künstlerisch ausgedrückt ist, sei es eine Skulptur, ein Gemälde, ein Roman, ein Lied oder ein Drama.

Und gerade hier hat Deutschland zum Schlag angesetzt. Deutschland, das in der Schauspielkunst der erste Konkurrent Rußlands ist, auf diesem Gebiet sogar sehr fortgeschritten, hat genau herausgefunden, daß Amerika hier nicht genügt, daß die Filme hier seicht sind. Deutschland hat nicht den geringsten Sinn für Realität – auch wenn es sich sehr wünscht, welchen zu haben – und baut immer flache Kulissen. Es hat nicht den geringsten Sinn für Details, und wenn es welche zeigt, sind es immer humorlose, nebensächliche grobe oder sentimentale *Kleinigkeiten* und keineswegs Details. Weil Deutschland diese beiden Fähigkeiten nicht besitzt, erkennt es noch nicht klar, was der Film ist: Ausdruck einer Handlung durch *schweigende* Bilder, möglichst durch *plastische* und möglichst durch *viele* und *verschiedenartige* Bilder – also etwas, was der Bühne völlig entgegengesetzt ist. Aber Deutschland hat nicht die amerikanischen Schwächen. Deutschland zeigt Menschen, löst Probleme, spitzt die Handlung zu, schafft Anfänge, Verwicklungen und Schlüsse.

Auch das hat einen Haken: Deutschland zeigt zwar Menschen, aber *deutsche* Menschen. Gott möge mir das Wort »boche« verzeihen, doch es gibt wohl keinen deutschen Film, bei dem es einem nicht unwillkürlich einfällt. Bei allen Szenen, die reine Gefühle ausdrücken sollen (in Deutschland, muß man wissen, hat man reine und unreine Gefühle), wenn beispielsweise ein Mann eine Frau auf die Stirn küßt, die Tochter der Mutter die Hand küßt, der Sohn am Sterbebett des Vaters kniet, verspürt man aus einem unerklärlichen Grunde maßlose Peinlichkeit, weil solche Szenen verlogen und schamlos wirken. Und Szenen, die Leidenschaft, Haß, Neid ausdrücken sollen (das sind unreine Gefühle), kommen einem ebenso grundlos lächerlich vor, hier wie dort ist es das Wort »boche«, das einem auf der Zunge liegt. Diese unausgewogene Mischung aus Brutalität und niederster, fast würde ich sagen sexueller Sentimentalität (denn Menschen, die Gefühle in reine und unreine einteilen, haben sie schon vorher irgendwie vermengt, wie könnte es anders sein?), diese preußische, strenge, steife Art und Weise, wie Tugend ausgedrückt wird, und andererseits die unelementare, papierenc, bühnenmäßige und geschmacklose Darstellung von Gemeinheit, die

Unreinheit von Berührungen, der schamlose, unmaskierte, undisziplinierte Ausdruck, die intellektuelle Arroganz – das alles mindert die wertvolle Erkenntnis, was der amerikanische Film braucht. Aber unter all dem Schlechten erscheinen plötzlich Filme wie »Die Flamme«[3] mit Pola Negri, »Fräulein Julie«[4] mit Asta Nielsen, »Vanina oder Die Galgenhochzeit«[5] mit Paul Wegener und der Nielsen, und da spürt man ganz deutlich: Das ist nicht nur eine Gefahr für Amerika. Das ist mehr als Amerika. Das ist ein neuer Weg des Films. Und daß Amerika das auch selber spürt, beweist es, indem es eifrig Leute aus Deutschland holt.

Sie fragen mich: Also Amerika oder Deutschland?

Nun, vor zwei Jahren lief in Prag ein Film, der eine richtige Revolution bedeutete; ein Film von einzigartigem Niveau (nie zuvor oder danach habe ich Ähnliches gesehen), und er lief, ohne wiederholt zu werden, irgendwo in einem Vorstadtkino. Er war ein nordischer Film, und er hieß »Erotikon«[6] Ich erinnere mich nicht an den Namen der Gesellschaft (es war wohl Nordisk) und an die Namen der Schauspieler (außer Karin Molander). Den Film habe ich später in Wien gesehen, wo er vier Monate hintereinander lief. In Berlin brachte er die ganze Filmindustrie wegen ihres schlechten Gewissens zur Verzweiflung, in Amerika gerieten die Filmkreise durcheinander, in der ganzen Welt wurde über ihn geschrieben. Er war kristallklar keusch und rein – ich meine ideell rein –, von einer Reinheit, die nur die wertvollen Menschen dort oben verstehen, in Norwegen, Menschen, über die wir eigentlich kaum etwas wissen, und deren Kultur des Herzens offenbar um einige Grade höher ist als unsere. In dem Film geschieht nicht viel. Eine Frau verläßt ihren Mann, um ihren Liebhaber

3 Film von Ernst Lubitsch (1922)
4 Film von Felix Basch (1921/22)
5 Film von Arthur von Gerlach (1922)
6 Film von Mauritz Stiller (Schweden 1920)

zu heiraten, und der Mann nimmt sich eine Nichte, die »eher zu ihm paßt«. Keiner ist gut, keiner böse, sie alle sind gute und böse, oberflächliche und ernste, fröhliche und traurige Menschen wie wir. Alles spielt sich mit nie gesehenem Zartgefühl und dennoch in Offenheit ab, und dabei fehlen weder tiefe Gefühle noch echte große Konflikte. Kleider, welke Blumen, Zigaretten, Auftritte, Eifersucht, Feigheit, Leiden, Komik, alles ist vorhanden, sogar viel, viel *wirklicher* als in anderen Filmen. Küsse und Sehnsucht und Verzweiflung und Verlogenheit, alles wie im Leben, aber niemand ringt die Hände, niemand bekommt hysterische Anfälle wie im deutschen Film, und niemand lehnt versonnen den Kopf ans offene Fenster und vergießt Glyzerintränen wie im amerikanischen Film. Alles ist lebendig, innig, einfach, fein, dezent und *gewöhnlich,* wie bei Shaw, und alles ist ganz bewundernswert schauspielerisch gestaltet. Das ist ein Film, der einen grundlegend neuen Weg weist, und es ist unendlich schade, daß ihn das Prager Publikum nicht kennt. Filme spielen in der modernen Welt eine große Rolle, das ist unbestreitbar, obwohl vorläufig nicht völlig klar ist, was für eine. Und da wir uns kostspielige amerikanische Filme gönnen, würden wir sicherlich auch diesen Film bekommen, ich glaube nicht, daß er teurer wäre.

Wenn Sie ihn sähen, würden Sie selber auf Ihre Frage antworten: Deutsche Filme haben wir genug gesehen, oder zumindest sollte man sie auf das strengste auswählen, und auch etwas weniger amerikanische Filme sollte man bringen! Aber das, das ist wirklich etwas Schönes und Feines. Mehr von dieser Art!

(Milena Jesenská, *Národní Listy,* 7. April 1923)

Herz auf Probefahrt

(Auch eine Reisebeschreibung)

Der Blick aus dem Fenster, geradeaus, entschlossen, ein Blick, bei dem man kein Dach, keine Bäume, keinen Himmel, keine Straßen sieht, der vielmehr stets verläßlich als erster Pfeil der Erleichterung in schlimmer Not hinausfliegt, was ist dieser Blick anderes als das Verlangen, in die Welt zu entfliehen? Dieser Begriff der Welt, irgendwo tief im Herzen verschlossen, hat mit der Wirklichkeit nichts gemein. Dort gibt es keine Häuser, Straßen, Eisenbahnen, dort leben keine Menschen, man sieht keine Essensabfälle auf der Straße und keine schmutzige Wäsche auf der Leine vor den Fenstern. In jener Welt findet sich gar nichts, was das menschliche Auge sehen könnte. Es ist nur das Unbekannte, Unerreichbare, das hinter dem Horizont liegt, etwas, was so erstaunlich und überraschend ist, so neu und stark, daß es vor jedem Kummer bewahrt, bei jeder Unentschlossenheit rät; etwas, das einen Inhalt hat, wenn das Herz leer ist. Dort ist Platz für neue Wege. Hier die Tür hinter sich schließen und *dort* neu beginnen. Völlig von Anfang an, alles anders, die kaputten Schuhsohlen, die Suppe zu Mittag, das Kopfkissen; hier bricht alles zusammen, aber *dort* kann man sich retten. So hast du es dir wohl einmal vorgestellt, mein Herz, an einem Spätsommerabend, am Fenster, plötzlich hast du nichts gesagt, nur fort, fort, fort; hast alles verstummen lassen, überall Schluß gemacht, alle Gefühle in Koffer gepackt, bunt durcheinander, eines zerknautscht auf dem anderen. Und hast hier morgens auf der grauen, frischen Straße gestanden, die verschlafenen Augen zum Weinen zwingend, mit einem Bündel, das unbegreiflich schwer war, nicht zu tragen. In die Welt. Für wenige Tage in die Welt. Neue Brücken, Gebäude, Länder, Bäume, Meere sehen. Ständig Neues sehen. Nur das *Neue* und *Ferne* war die Losung. Ein Stückchen Freude sprang in die Luft, als hätte es unter Bergen gelegen, die nun beiseitegewälzt waren.

Ist es nicht merkwürdig, daß der Weg zur Rettung über Eisenbahnschienen führen soll? Das kleine Coupé mit Plüschbezügen kam dir schon einmal verdächtig vor. Schon damals hast du dir gesagt: So wird es kaum gehen. Das wäre allzu leicht, allzu schnell erreichbar. Die Menschen führen von Ort zu Ort, und es wäre gut? Es ist nur Feigheit, wenn wir Erfahrungen meiden wollen: Schließen wir die Augen nicht mit Gewalt, sehen wir immer voraus, wie es ausgehen wird. Aber wenn diese Eisenbahngleise in die ganze Welt führten, wenn wirklich eine Fahrkarte und diese komische Lokomotive genügten, um dich nach Paris zu bringen, in das Paris, von dem du das ganze Leben lang geträumt hast, brauchte man eigentlich nicht mehr nach Paris zu fahren. Ziemlich unpraktische Erwägungen in einem Augenblick, da der Zug den Bahnhof verläßt.

Freilich, sei gerecht! Als du aus dem Zug stiegst – es war in Venedig –, hast du völlig vergessen, daß du losgefahren warst, um etwas zu suchen. Die märchenhaften Paläste, das Wasser, die Boote und die Sonne – du hast einfach nicht geglaubt, daß so etwas möglich ist. Du hast allen Kummer vergessen. Du hast nicht mehr nachgedacht, sondern nur geschaut, und hast gesagt: Hol's der Teufel! Aber du hast weder Wege noch Auswege gesucht. Du hattest zwanzig Augen, und das genügte dir nicht; du warst traurig, weil das, was du sahst, verschwand, wenn du die Augen geschlossen hast; das Verlangen, alles mitzunehmen, die Angst, das nie mehr zu sehen, wenn du fortgehst, und die Befürchtung, etwas zu versäumen, wenn du nicht überall zugleich bist, das war das einzige, was dich erfüllte. Alles andere war weggeflossen, als hätte man einen

Stausee entleert. Du gingst früh hinaus, mit geballten Fäusten, und sagtest dir: Hier ist noch etwas anderes, es muß noch irgendwie anders sein. Als du dich aber plötzlich in Pisa in der prallen Sonne, von Begeisterung entflammt, unvorsichtigerweise fragtest, ob du hier leben könntest (erinnere dich doch, du wolltest in der Ferne etwas suchen), verkrampftest du dich angstvoll. So verlassen hattest du dich niemals gefühlt wie bei der Vorstellung, daß du in dieser Stadt bleiben müßtest (in dieser herrlichen Stadt). So hattest du dich noch niemals erschrocken; auf einmal rechnetest du, wieviel Meilen es bis in die Heimat waren. Und du standest wie erstarrt da: zwei Tagereisen. Zwei endlos lange Tage. Die Welt zerfiel in zwei Begriffe: heimatlich und fremd. Die Straßen ringsumher mündeten in andere Straßen, und alle führten in die Fremde. Die Welt ist etwas Drittes, in der Welt wirst du nie sein, immer nur daheim oder in der Fremde. Du armes, aufgeschrecktes Herz, im Hotel hast du die Fenster geschlossen, die Jalousien heruntergelassen, die Gardinen zugezogen, solche Angst vor der Fremde überfiel dich. Nebenan wohnten fremde Menschen, Wand an Wand, unter dem Fenster lärmte fremdes Leben, und das Zimmermädchen, das du wegen einer Nichtigkeit riefst, nur damit jemand etwas sagte, redete dich in einer fremden Sprache an. Was suchtest du hier eigentlich? Du wußtest dich nicht zu erinnern, was es gewesen war. Du klopftest an den Brustkorb, schlugst bis hinauf zum Hals, und du schliefst ein, müde vom Weinen, erschöpft, ermattet wie ein dreijähriges Kind, das sich in der Stadt verlaufen hat.

Von dem Tage an spürtest du ein deutliches Mißtrauen gegenüber dem, was du früher Welt genannt hattest. Du sahst, daß es zwar schöne Dinge waren, herrliche Eindrücke, lehrreich, begeisternd: aber was blieb dir nach alledem? Dein Vertrauen hatte sich in Staub verflüchtigt. Du sahst, daß die Welt erreichbar und miteinander verbunden ist, zwar größer, als du dachtest, aber aufgeteilt in Eisenbahntage, durchschnittlich sechzig Kilometer die Stunde, und daß sie bei all ihrer gewaltigen Größe keinen Ort für irgendwelche Anfänge und ein neues Leben hat. Du sahst klar, daß es auf der ganzen Welt nur eines gibt, worauf du dich verlassen kannst, und das bist du selber, kleines Herz, das in einer Hand Platz fände. Aber das war zuviel für dich, das konntest du nicht ertragen, und einmal, in Padua, bist du um Mitternacht vor Entsetzen stehengeblieben. Wenn man sich auf nichts anderes verlassen kann, als auf sich, dann lieber sterben, sagtest du. Dann ist alles Unsinn, Dummheit, Torheit. Du warst mutlos, einfach mutlos. Du schlugst so lächerlich und fürchtetest dich vor der Dunkelheit. Auf-sich, auf-sich, auf-sich; das klang, als klopfe jemand Teppiche auf dem Hof. Du warst wie versteinert und konntest nicht begreifen, wie du nach Hause gelangen solltest. Wie du den Weg bis zum Hotel ertragen würdest (ein schrecklicher Widerwille gegen die Koffer, das Zahlen, das Trinkgeld, gegen all diese langwierigen Kleinigkeiten erfaßte dich), wie du es aushalten würdest, zehn Stunden auf dem Bahnhof zu warten – denn daß du dir auf dieser verdammten Welt kein einziges interessantes Haus mehr ansehen würdest, wußtest du bestimmt!

Siehst du, mein Herz, ein Geheimnis des Lebens ist: Der Mensch erträgt nicht alles, was aussieht, als hätte er es ertragen, nur weil er es überlebt hat. Er erträgt es wie zufällig, Minute für Minute. Und dabei hilft ihm, daß ständig etwas geschieht. Der Herr im Coupé gegenüber gähnt, eine Dame ißt Schinken, ein Kind weint, draußen regnet es. Zwanzigtausend bedeutungslose Nichts bilden den Tag des Menschen, und du taumelst hindurch, erträgst das eigene Leid, und eigentlich erträgst du es nicht, kannst dich nur nicht wehren, entfliehst ihm nicht, tust nicht, was du möchtest, weil sich das nicht gehört, du schreist nicht, weinst nicht, verzweifelst nicht, weil du dich schämst, und so ißt und schläfst du, kleidest dich an, wäschst dich, liest Zeitung, redest über die deutsche Katastrophe und über das billige italienische Essen, machst sozusagen nichts wie wohl alle. So brachtest du irgendwie auch die zwei Tage und Nächte im Zug hinter dich. Und als du auf dem Bahnhof deiner Heimatstadt ankamst, schien alles überstanden zu sein.

Wirklich, zwei Dinge werde ich niemals begreifen: Eines ist die Vorstellung, daß etwas, was ich kenne, auch dann existiert, wenn ich nicht dort bin, daß die Straße in Padua, die weiße Straße mit Arkaden, die prächtige, helle, fröhliche Straße wirklich jetzt vorhanden ist, während ich zu Hause bin, genau so und ewig so, und daß sie nicht verschwindet, als hätte ich ein Buch zugeklappt. Aber noch weniger werde ich die Orte verstehen, zu denen ich zurückkehre. Ich eile erregt, gespannt, voller Erwartung zu ihnen. Und finde sie in bequemer, gleichgültiger Ruhe vor, aufs Haar genauso, wie ich sie verlassen habe. Als ich auf der Schwelle des Hauses stand, das mein Heim ist, wurde mir plötzlich so bange zumute wie immer, wenn ich etwas nicht verstehe. Dieses Haus stand wirklich mit seinen vier Mauern da, trotz all meines Sehnens, und in den Fenstern blühten Pelargonien. Ich flog die Treppe hinauf in verzweifelter Angst, was drinnen geschehen sein könnte. Aber als ich atemlos die Tür geöffnet hatte, blickte mich mein stilles, liebes, heimatlich vertrautes Zimmer an und sagte beinahe spöttisch: Na, na, nicht so stürmisch.

Das erste, was du tatest, Herz: du blicktest aus dem Fenster. Dort hinter den Dächern, hinter dem Himmel und der Straße liegt die Welt. Heute so unbekannt, ersehnt, lockend wie an dem Tag, als du fortgefahren bist. Hier am Fenster stehst du, um eine Erfahrung ärmer, mit der Erkenntnis: Diese Welt dort draußen, und wenn sie zehnmal so groß wäre, hat keine Anfänge in sich. Der Weg zu ihnen führt nicht über Eisenbahnschienen in die Ferne. Es gibt nur einen Weg zu einer neuen inneren Welt: tapfer zuschauen, wie die alte Welt zusammenbricht. Sie muß völlig zusammenbrechen, so daß alles durcheinander und öde ist, und das müßtest du aushalten.

(Milena Jesenská, *Národní Listy,* 23. Oktober 1923)

»Eine Frau aus Paris« von Charlie Chaplin

Allen, die nie dem ganzen Leben direkt ins Gesicht geschaut haben, so, wie es ist und überall abläuft, wird dieser Film nicht gefallen. Ich habe noch keinen solchen Film gesehen, ich fühlte nur jedesmal, wenn ich ein Kino verließ (auch bei den schönsten Filmen), daß es »so nicht ist« und anders sein müßte. Nun, dieser Film ist der erste, der »anders ist«, das heißt: der erste, der einfach alle Konventionen der Filmwelt durchbricht, der sich von bisherigen Gesetzen, Regeln und Erstarrungen löst. Es ist ein sehr strenger und furchtbarer Film. Nicht wegen seines Inhalts und schon gar nicht wegen eines moralischen Anspruchs, sondern wegen der Klarheit und Deutlichkeit, mit der er aus dem Leben gegriffen ist, wegen des psychologischen Scharfblicks und der erstaunlichen Anordnung einiger Details, die wie ein gut gezielter Schlag treffen. Es ist ein Drama wie jedes andere, nicht spannender und nicht langweiliger. Aber *diesem* Drama begegnen wir täglich, und wir tragen es irgendwie ständig im Herzen. So geht es tatsächlich auf der Welt zu, innen herzzerreißend und außen auf den ersten Blick so glatt, herkömmlich, wie auf geölten Gleisen. Das hat nichts gemein mit einer Filmwelt, wo man in Ohnmacht fällt, die Hände ringt, wo es romanhafte Leidenschaften, papierene Figuren, gute und böse Menschen gibt. *Das* ist die Welt, unsere wahrhafte, lebendige Welt, das Leben, das tiefer ist als Moral, Glauben und Zufall. Ein Leben von schrecklicher Schicksalhaftigkeit, ein Leben, das wird, sich allmählich entwickelt, unwiederbringlich, unumkehrbar, jede Bewegung bringt das Schicksal, und jede halbe Stunde ist ein unauslöschlicher kleiner Schritt nach vorn.

Durch die Konzeption und die Regie dieses Films verrät Chaplin auch das Geheimnis seiner Person, zeigt er den recht einfachen Trick seiner Weltanschauung. Unaufhörlich wird bei uns darüber debattiert, ob Chaplin lustig oder traurig sei, ob man weinen oder lachen solle, ob er seine Purzelbäume schlägt, weil ihm das Herz weh tut oder weil er sich freut. Mir kam es schon immer so vor, wie es jetzt bestätigt wird: daß er weder so noch so ist. Daß er weder lustig noch traurig spielt, sondern einfach »so«. Chaplin ist ein Mensch von einer Feinfühligkeit, die einer empfindlichen Membran gleicht. *Alles* hat sein Gesicht. Ein böses und gutes. Die Gegenstände haben ihre Stimmungen, Heimtücken, Bosheiten und ihre Unlogik, und die Verrücktheit der Chaplinschen Filme ist nur scheinbar verrückt, in Wahrheit ist das einfach eine konsequente, bis zum äußersten geführte, hellsichtige Weltbetrachtung – und das ist natürlich beides, zum Weinen und zum Lachen.

Die Gestalten dieses Films sind echte Menschen. Sie sind weder gut noch böse. Sie sind aber so konsequent ganzheitlich, daß sie tausend Widersprüche haben. Nur papierene Menschen haben einen geradlinigen Charakter. Wirkliche Menschen widersprechen sich hundertmal am Tage, sie gleichen ihren Edelsinn durch Schlechtigkeiten aus und zahlen für ihre Niederträchtigkeiten mit inneren Schönheiten. Und so geschehen in diesem Film ganz ungeheuerliche Dinge, wie man sie bisher nie gesehen hat, wenn beispielsweise die schöne, zarte, elegante Heldin aus Verachtung gegenüber dem Geliebten, der sie aushält, mit herrlicher Geste eine Perlenkette aus dem Fenster wirft, aber dann hinausschaut, und als sie sieht, daß jemand die Perlen aufhebt, läuft sie ganz unfein los, holt ihn an der Ecke ein und reißt ihm die Kette aus der Hand. Oder ein Held, der aus Liebe ein Mädchen heiraten will, das eine Kokotte war, verspricht eine halbe Stunde später seiner Mutter, das nicht zu tun, er hätte das nur in einem »Moment der Schwäche« gesagt, während gerade diese Zurücknahme der Mutter zuliebe aus Schwäche geschieht und sich augenblicklich in Haß verwandelt.

Die Beziehungen dieses Films sind totale Beziehungen. Es sind Beziehungen von der Vorder- und Rückseite, wahrhafte Beziehungen. Die Menschen lieben sich ein bißchen und hassen sich ein bißchen, es kommen Momente, in denen sie sich sehr lieben und sehr hassen. Sie sind gut zueinander und sind grausam zueinander, und sie sterben geradeso scheinbar nur an ihren Gefühlen, wie man im Leben scheinbar nur an Gefühlen stirbt. In Wirklichkeit sterben sie durch das Schicksal, weil sie ans Ende gelangt sind und nicht weiter können; in Wirklichkeit sterben sie eben: *einfach so.* Welche Keuschheit, nicht zu psychologisieren! Welche Bescheidenheit, nicht zu erklären! Das Schrecklichste und Wirklichste an diesem Film besteht darin, daß man ganz körperlich fühlt, wie die Menschen aneinander vorbeireden, wie einer dem anderen zwar etwas direkt ins Gesicht sagt, aber in einer anderen, ja verfluchten Sprache! Daß man ganz schmerzlich sieht, wie hier im Laufe der Ereignisse Schuld ohne Verschulden angehäuft wird, wie alles auf den Rädern von Oberflächlichkeiten, Fehlern, Mißverständnissen, Heimlichkeiten, falschem Stolz und Verlogenheit geradewegs in den Abgrund rollt.

Die Regie dieses Films ist so vollkommen, daß man sie sich nicht vollkommener vorstellen kann. Schon der Anfang – erst eine Straße, dann eine Hausfront, ein Fenster, ein Fensterrahmen und dahinter ein Gesicht – diese Determiniertheit des Gegenstandes grenzt Stimmungsfülle und Ausdruck ein, so daß man sofort weiß, was an diesem Menschen das Wichtigste ist: keineswegs seine Eigenschaften, diese sind nebensächlich, sondern sein Konflikt, er ist richtungsweisend. Aber das Größte, was ich jemals an Filmregie gesehen habe, ist die Szene auf dem Bahnhof. Sie ist ganz unfaßbar schön. Noch jetzt weiß ich nicht, wie es kommt, daß ich einen Bahnhof erkannt habe. Man sieht nichts als eine kahle Wand, und doch ist es ein Bahnhof, trostlos und traurig, Menschen fahren für immer mit gebrochenen Herzen fort in ein Leben, das nichts mehr wert ist. Der Zug kommt und ist nicht zu sehen, nur der regelmäßige Lichtschein der erleuchteten Fenster blinkt einem Mann ins Gesicht, der Mann steigt ein, auch das sieht man nicht, nichts ist zu sehen, und doch weiß man, daß er sich jetzt in eine Ecke vergraben hat und schrecklich weint. Und man weiß auch im voraus: Nach dieser Stunde auf diesem Bahnhof, nach einer solchen Abreise kann mit dem Manne nichts Gutes mehr geschehen, niemals, das ganze Leben nicht. Hier hat er das verspielt.

Es ist ein schöner, ein unermeßlich schöner Film, obwohl ich davon überzeugt bin, daß er nicht allen gefallen wird – oder gerade deshalb? Warum man jedoch diesem Film einen so häßlichen, pastoralen, kitschigen Schluß angeklebt hat, in dem wir gerettete Herzen, Wohlstand und Würde sehen, das weiß Gott. Vielleicht, damit er schnell noch allen gefalle, denen er sowieso nicht gefallen wird? Wenn das wirklich der Grund ist, sollte man nicht allen den Eindruck verderben, denen er ohnehin gefällt.

(A.X. Nessey, *Národní Listy,* 22. Februar 1924)

Franz Kafka

Vorgestern starb im Sanatorium Kierling in der Nähe von Klosterneuburg bei Wien Dr. Franz Kafka, ein deutscher Schriftsteller, der in Prag lebte. Hier kannten ihn wenige, weil er ein Einzelgänger war, so ein wissender, vom Leben verschreckter Mensch; er war jahrelang lungenkrank, und obwohl er die Krankheit behandeln ließ, hat er sie doch wissentlich genährt und gedanklich gefördert. »Wenn die Seele und das Herz die Last nicht mehr ertragen, nimmt sie die Lunge zur Hälfte auf sich, damit das Gewicht wenigstens gleichmäßig verteilt ist«, schrieb er einmal in einem Brief, und so war auch seine Krankheit. Sie verlieh ihm eine geradezu wunderbare Zartheit und eine erschreckend kompromißlose geistige Subtilität; als Mensch lud er jedoch all seine intellektuelle Furcht vor dem Leben auf die Schultern seiner Krankheit. Er war scheu, ängstlich, sanft und gut, aber schrieb grausame und schmerzhafte Bücher. Die Welt sah er voller unsichtbarer Dämonen, die den ungeschützten Menschen vernichten und zerreißen. Er war zu hellsichtig, zu weise, um leben zu können, zu schwach, um mit der Schwäche der edlen, schönen Menschen zu kämpfen, die den Kampf nicht aus Furcht vor Mißverständnissen, Lieblosigkeiten und geistiger Lüge meiden, obwohl sie im voraus wissen, daß sie machtlos sind, und die so unterliegen, daß sie den Sieger bloßstellen. Er kannte die Menschen, wie sie nur ein Mann von großer nervlicher Empfindsamkeit zu kennen vermag, jemand, der einsam ist und einen Menschen sogar prophetisch an einem einzigen Aufflackern des Gesichts durchschaut. Er kannte die Welt auf ungewöhnliche und tiefe Weise, war selber eine ungewöhnliche und tiefe Welt. Er schrieb Bücher, die zum Bedeutendsten der jungen deutschen Literatur gehören; in ihnen ist der Kampf der heutigen Generation enthalten, jedoch ohne tendenziöse Worte. Sie sind so wahrhaft, nackt und schmerzlich, daß sie selbst dort, wo etwas symbolisch ausgedrückt wird, naturalistisch wirken. Sie sind voller trockenen Spotts und empfindsamen Erstaunens eines Menschen, der die Welt so klar gesehen hat, daß er das nicht ertrug und sterben mußte, denn er wollte nicht zurückweichen und sich wie andere in irgendwelche, wenn auch subjektiv ehrliche, unterbewußte intellektuelle Irrtümer retten. Dr. Franz Kafka schrieb das Fragment »Der Heizer« (es kam tschechisch in Neumanns Červen[1] heraus), das erste Kapitel eines schönen Romans, der noch nicht veröffentlicht ist, »Das Urteil«, ein Generationenkonflikt, »Die Verwandlung«, das stärkste Buch der modernen deutschen Literatur, »In der Strafkolonie«, »Ein Landarzt« und die Skizzen »Betrachtung«. Der letzte Roman »Vor dem Gericht«[2] liegt im Manuskript vor, schon jahrelang zum Druck vorbereitet. Er gehört zu den Büchern, die nach der Lektüre den Eindruck einer total erfaßten Welt hinterlassen, so daß man kein einziges Wort hinzuzufügen braucht. Alle seine Bücher schildern das Grauen heimlicher Mißverständnisse und unverschuldeter Schuld zwischen den Menschen. Er war ein Mensch und Künstler von so feinem Gewissen, daß er auch dort etwas spürte, wo sich andere, die nicht so empfindlich waren, ungefährdet fühlten.

(Milena Jesenská, *Národní Listy,* 6. Juni 1924)

1 »Der Heizer« ist in der tschechischen Zeitschrift *Kmen* erschienen. In der Edition Červen war ein Band mit Kafka-Texten geplant, der aber nicht zustande kam.

2 Milena Jesenská kannte aus dem posthum veröffentlichten Roman »Der Prozeß« nur die Parabel »Vor dem Gesetz«.

Direktzug Prag–Wien

Wir stehen auf einem Bahnsteig des Wilson-Bahnhofes und warten auf den Schnellzug, den Direktzug Berlin–Wien über Prag, ich und meine Feinde. Ein Feind ist hier jeder, und wir messen uns mit bösen Blicken. Wir sind Feinde, weil wir alle einen Sitzplatz haben wollen. Wir sind eine Räuberbande, die einen wehrlosen Zug überfällt, sobald er sich nähert. Die Dame mit dem plumpen Hut gehört nicht dazu, sie hat nur ein Holzköfferchen und offenbar eine Fahrkarte dritter Klasse. Auch der Herr, der auf und ab geht, weil er als Gepäck lediglich eine Aktentasche hat und auf Legitimation höchstens bis Tabor fährt. Dagegen ist die Dame im Pelzmantel, die mehrere mit Zetteln aus Venedig, Brüssel und Paris beklebte Koffer besitzt, zweifellos eine Feindin. Sie fährt bestimmt über Wien. Große Koffer, kleine Koffer, Köfferchen und ein blauer Schleier über dem Gesicht, auf den ersten Blick sieht man, daß sie sich im Reisen auskennt. Sie wird ihre Ellbogen gebrauchen, wenn es nötig ist. Sie wird nicht gestatten, daß im Coupé geraucht wird, und wird Apfelsinen in Lederhandschuhen schälen. Bis zur Grenze wird sie tschechisch sprechen, hinter der Grenze deutsch. Der kurzbeinige Herr gegenüber trägt weiße Gamaschen und einen Anzug der Firma Kníže, Wien-Karlsbad; er kommt gerade vom Balkan und handelt mit Seide, im Coupé wird er sein flaches Mützchen abnehmen, mit dem er wie ein Engländer aussieht, und wird mich wie ein Franzose hofieren, dabei ist er in Wirklichkeit ein

Jude. Die Frau auf der Bank hat ein Baby, das in fünf Windeln eingewickelt ist, sie wird ein Fläschchen mit Nuckel und Windeln und Gummiunterlagen auspacken und wird schschsch und bububu sagen, und sie wird behaupten, daß ihr kleiner Fratz nur heute und rein zufällig schreie und sonst still wie ein Engelchen sei. Feind neben Feind.

Aus dem Zug, der eingefahren ist, quillt eine Schar von Befreiten. Noch wenige Schritte, und sie sind auf der Straße, gehen wieder auf der Erde, öffnen Türen, setzen sich an einen Tisch. Drinnen ist eine Handvoll billiger Sieger geblieben. Das Coupé hat sich geleert, und sie haben die besten Plätze besetzt. Sie blicken uns an, als wären wir Einbrecher, und haben vornehme, artige Gesichter, auf denen geschrieben steht: Die Leute drängeln sich wie Gesindel! Sie tun so, als gehörten sie zur soliden, ungefährdeten Hälfte der menschlichen Gesellschaft. Sie sitzen auf ihren Fensterplätzen wie Herren im Auto, ein Stück eroberten Bodens unter den Füßen, und strahlen die Sicherheit und gemessene Würde von Besitzenden aus. Sieben von uns stürzen ins Coupé, sieben blutgierige Raubtiere, fünfen gelingt es, ein Plätzchen zu ergattern, fünf Menschen verbünden sich in Solidarität gegen zwei, fünf gemeine, freundliche Lächeln erscheinen auf fünf satten Gesichtern und bedauern: leider besetzt.

Fünf Eindringlinge und ein Eingeborener, zusammen sechs, eine kleine Gruppe, eine Besatzung, die für sechs Stunden zu einem gemeinsamen Leben verurteilt ist. Alle wissen: Wir müssen miteinander auskommen und uns vertragen; das ist das beste, was wir tun können. Eben noch haben wir gedrängelt, geschubst, gerauft, getreten, gestoßen, haben uns wütend mit Blicken durchbohrt, jetzt sind wir auf einmal wohlerzogene Menschen der besten Gesellschaft. »Gestatten Sie, daß ich den Koffer über Ihren Sitz stelle?« »Aber gern.« »Ihre Tasche hat noch hier bei mir Platz.« »Vielen Dank.« »Vorsicht, gnädige Frau, Sie zerdrücken sich den Hut, wenn Sie erlauben, lege ich ihn aufs Netz.« »Sehr liebenswürdig.« »Wenn Sie mein Mantel stört, kann ich ihn oben unterbringen.« »Aber keineswegs, wirklich, im Gegenteil.« Wir sitzen da mit dem angenehmen und schmeichelhaften Gefühl, daß wir uns ausgezeichnet benommen haben, wie es sich eben auf Reisen schickt und ziemt. Wir betrachten uns gegenseitig mit Wohlgefallen, und mit kaum merklichem Lächeln geben wir einander zu verstehen, daß wir hier, wir sechs in dem kleinen Coupé, feine Leute sind. Das Gesindel, das sich drängelt, was wir einfach nicht begreifen, ist draußen geblieben.

Noch verabschieden sich die Menschen an den Fenstern von ihren Begleitern auf dem Bahnsteig. Keiner weiß, was er sagen soll, und schweigen paßt irgendwie nicht. »Grüß die Tante«, sagt einer, »und schreib mir gleich.« »Nun, bald werde ich auch da sein«, sagt ein anderer und zieht ohne Grund seine Uhr hervor. »Wir haben schon eine Minute Verspätung. Und grüß die Tante«, fügt er hoffnungslos hinzu. Von fern ist Türenschlagen zu hören, es wird gepfiffen, geschrien. Die Menschen auf dem Bahnsteig atmen befreit auf, zücken Taschentücher und strecken die Hände aus. »Grüß die Tante«, rufen sie. Zeitlebens sind die Menschen zu den Tanten nicht so aufmerksam, als wenn sie jemanden zum Zug begleiten.

Jetzt wissen wir nicht, wohin mit den Augen. Wir haben unnahbare Gesichter und sitzen steif da. Wir blicken aus dem Fenster, sinnieren, lesen Zeitung. Es ist still wie in der Kirche, der Herr in der Ecke schlummert. Der Schaffner kommt, sechs Hände reichen sechs Fahrkarten. Und wieder Stille. Bum-ta-ta, dröhnen die Räder. Draußen liegt eine langweilige Landschaft, hinter toten Feldern geht farblos die Sonne unter. Ein Bahnhof nach dem anderen huscht vorüber, jedesmal wundere ich mich: Hier leben also auch Menschen? Es kommt mir vor, als müßte ich über etwas nachdenken. Rhythmisch laufen die Gedanken durchs Hirn, bumta-ta, bum-ta-ta, aber sie ergeben keinen Sinn.

Die Grenze. Eine Stunde Aufenthalt. Sechs schweigende Menschen stehen auf und reichen sich die Koffer. »Verzeihung, das wollte ich nicht«, sagt ein Herr, der sein Köfferchen einem anderen auf den Kopf fallen läßt. »Das geht doch nicht anders«, behauptet gutmütig der Betroffene, und mit den Worten »diese verdammte Kontrolle« bricht er das Eis. »So etwas Dummes«, ertönt es vom Fenster her. »Ich mache das jede Woche durch«, erklärt der Herr mit der Mütze. Sechs Menschen ist die Zunge gelöst worden. Der Zollbeamte gerät in ein Wespennest. Die sechs halten zusammen, das spürt man. Mit Wespensolidarität. Als sie wieder allein sind, schimpfen sie. Auf die Regierung, auf die Eisenbahn, auf die Zeitungen, auf die Republik. »Voriges Jahr bin ich im Schlafwagen von Berlin nach Paris gefahren...«, erzählt ein Herr, und schon weiß man, daß er in Paris war und nobel im Schlafwagen gefahren ist. Sollten Sie nie im Schlafwagen gereist sein, machen Sie schnell ein Gesicht, als täten Sie das täglich, und sagen: »In Italien ist das ganz anders...« Da hast du's, jetzt weißt du, daß ich in Italien war. Dann kommen Bekannte an die Reihe. »Habe ich doch neulich zu meiner Gattin gesagt, als sie vom Tee beim Herrn Minister kam...«»Ach, die Frauen sind alle gleich. Die Freundin meiner Gattin, die Frau Sektionschef...« Erstaunlicherweise fahre ich immer mit sehr vornehmen Leuten, ich weiß nicht, wie das kommt. Danach wird von der Familie erzählt. Die Väter nehmen aus der linken Brusttasche ihr Portefeuille und daraus eine Photographie ihrer Kinder. (Alle Väter der Welt tragen die Photographien ihrer Kinder an dieser Stelle bei sich.) »Das ist ja ein allerliebstes Bürschlein«, sagen Sie, »und wie selbstbewußt er dreinschaut.« »Ich bilde mir bestimmt nichts ein«, erklärt der Vater, »aber er ist wirklich ein aufgewecktes Kind. Neulich hat er gesagt: Papa, deine Schuhbänder gucken vor! Deine Schuhbänder gucken vor, hat er gesagt. Ein lustiger Einfall, nicht wahr?« Wenn Sie all das hinter sich gebracht haben, müssen Sie noch einige politische Ansichten über sich ergehen lassen. »Mein Herr, Sie kennen die Deutschen nicht. Die lassen sich das nicht gefallen. Ein Bekannter hat mir anvertraut« –

hier dämpft er die Stimme und reißt die Augen auf –, »daß sie einen Tunnel bis unter Paris graben. Dann wollen sie Paris in die Luft sprengen. Sie können mir glauben, mein Herr, er hat das mit eigenen Augen gesehen.«

Schließlich folgen noch einige Komplimente (das schon kurz vor Tulln). Der Herr gegenüber bietet Bonbons an, zwinkert und sagt (wenn er ein fescher Kerl ist): »Gnädigste, ich kenne alle schönen Frauen in Prag, wie kommt es, daß ich Ihnen noch nie begegnet bin?« Oder (wenn er mehr Familienvater ist): »Der Herr Gemahl wird schon ungeduldig warten, nun freilich, so ein allerliebstes Frauchen.«

Der Zug fährt und fährt, Klosterneuburg, Nußdorf. Die Vorstadt. Die Räder sagen schon nicht mehr: Bum-ta-ta, bum-ta-ta. Sie fahren über Weichen, rattern ohne Rhythmus. Heiligenstadt, die ersten Häuser, die erste Elektrische. Sechs Menschen ziehen sich an, sechs Menschen suchen ihre Sachen zusammen, sechs Menschen stürzen zum Fenster. Für sechs Menschen ein Gepäckträger. »Hier meinen Koffer«, ruft der Herr mit den Bonbons und stößt mich in die Rippen. »Hier meinen«, schreit der Herr mit dem Tunnel unter Paris und reißt mir die Handschuhe aus der Hand. »Hier meinen«, brüllt der Herr mit dem aufgeweckten Jungen und den Schuhbändern und drückt mir den Hut auf die Ohren. Von rechts, von links strömen Menschen, schreien wie rasend. Ich falle aus dem Wagen mit abgerissenen Knöpfen, mit zerzaustem Haar, den Hut unter dem Arm. Der Herr aus Berlin tritt mir noch auf den Fuß. Dann wird es still.

(A.X.N., *Národní Listy,* 5. Februar 1925)

Zwei Briefe

(... aus denen der Autor eine Novelle machen würde, wenn er das vermöchte...)

Lieber Freund!
Du stellst mir eine unbeantwortbare Frage. Wie könnte ich, der weder Dein Verhältnis zu Deiner Frau noch Dein Verhältnis zu Deiner Geliebten kennt, Dir raten, ob Du Dich scheiden lassen und zum zweiten Male heiraten oder ob Du bei Deiner Frau bleiben sollst? Was hilft es mir, daß ich Dich durch und durch kenne, wie Du schreibst, daß ich auch Helena kenne, Deine Frau, und Sonia, Deine Liebe? Auch wenn ich genauestens über Deine Situation unterrichtet bin, auch wenn ich mir sage, daß es für eine Scheidung keine äußeren Hindernisse gibt, daß Ihr beide finanziell unabhängig seid, keine Kinder habt, daß es nicht einmal eine gemeinsame materielle Fessel gibt wie ein Geschäft, den Beruf – was bedeutet das alles und was heißt das schon? Rein gar nichts. Bei dieser innersten Entscheidung kann Dir niemand raten noch helfen, das ist das Geheimnis von Gefühlen, Nerven, Herz, Seele, niemandem kannst Du das schildern, und wenn Du es tätest: Man vermag den anderen nur so weit verstehen, wie die eigenen Erfahrungen reichen. Ich kann Dir also gar nicht raten. Ich berichte Dir nur eigene Erfahrungen, die vielleicht nicht viel wert sind wie alle Erfahrungen. Aber in einem solchen Falle, wenn jemand unsere Teilnahme braucht, ist es vielleicht gut, diese Erfahrungen ans Tageslicht zu bringen, und das ist das einzige, was ich für Dich tun kann.

Du stellst Dir immer noch die Welt vor wie junge Menschen. Immer noch glaubst Du, oder Du versuchst, mit aller Kraft zu glauben, daß das Leben irgendwohin führe, die Jahre irgendwo münden, ein bestimmtes Ergebnis erzielt, etwas Endliches erreicht werde. Sobald Du einmal das Leben so betrachtest, wie es das verdient, wirst Du sehen, daß es nur Geburt und Tod gibt, und die Zeit dazwischen. Dann wirst Du sogleich Dinge schätzen, denen Du kaum Gewicht beimißt: innere Ordnung und Ausgeglichenheit der Seele; das ist etwas wie ein gut gehendes Geschäft an einer Straßenecke, mit einem Aushängeschild vom Urgroßvater. Es läuft auf unsichtbaren Bahnen und verleiht dem Leben etwas Solides. Solidität ist zwar Unbeweglichkeit und schon dadurch etwas Hoffnungsloses. Aber hoffnungslos sind auch Dinge großer Weisheit, wenn Du zugibst, daß Hoffnung ein Gefühl für Menschen ist, die die Gegenwart nicht ertragen. Und vor dieser Solidität des Lebens sind Gefühle wie Liebe, die Sehnsucht, »ein neues Leben anzufangen« oder Verliebtsein reine Torheiten. Sie können nicht auf den gleichen Nenner gebracht werden, man kann nicht eines durch ein anderes ersetzen. Letztendlich macht es kaum einen Unterschied, ob man das Leben mit oder ohne Hoffnungen verliert, und daß Du es schließlich verlierst, mein Junge, ist ganz sicher, denn Du wirst alt werden und sterben. Das ist übrigens die einzige Niederlage, mit der sich das menschliche Hirn abfinden kann; es ist die Niederlage des Körpers und die einzige Niederlage ohne Revanche.

Du stellst Dir noch etwas erstaunlich Unreifes vor: Dir scheint es, als hättest Du ein besonderes, außergewöhnliches Schicksal, eine außergewöhnliche Seele und außergewöhnliche Gefühle. Mein Lieber, wir alle hatten einen Vater und eine Mutter, und wir alle werden einen Flecken Erde finden, wo man uns begraben wird. Gegenüber diesen gewaltigen Tatsachen bedeutet es wenig, ob wir schwarzes oder blondes Haar haben, ob wir einen Kramladen auf dem Markt oder ein Haus in Cotagi besitzen. So oder so: Alle haben wir Angst vor dem Tode und vertreiben sie, wie jeder kann, wir lieben, arbeiten, haben Ideen, schlagen uns, vergeuden einfach die Zeit je nach unserer Begabung. Deine Schmerzen hat fast jeder erlitten, und Deine Sehnsüchte kennt ebenfalls fast jeder. Wenn Du das weißt, wird Dir leichter zumute, schon deshalb, weil Du siehst, daß die meisten Menschen das überlebt haben, und Du es wahrscheinlich auch überlebst, und irgendwie, wer weiß wie, aber irgendwie doch ans andere Ufer gelangen wirst. Und Du siehst auch, daß jeder in einer ähnlichen Situation eine Torheit begeht. Du wirst es wahrscheinlich auch tun, und Du wirst trotzdem weiterleben. Das ist seltsam, und vielleicht bist Du böse auf mich. Aber stell Dir vor, stell Dir ganz ruhig vor, wie in einem Jahr dieselbe Sonne auf eine Wiese voller Blumen und auf eine Flußbiegung in der Ebene scheint.

Warum behaupte ich, Du würdest eine Torheit begehen? Weil jede Entscheidung zwischen zwei Dingen eine Torheit ist. Du sollst so leben, daß Du nicht in eine Lage kommst, wo man sich entscheiden muß, und den Grundfehler hast Du in dem Moment gemacht, als Du diese Situation zugelassen hast. Was folgt, sind keine Fehler mehr, sondern Konsequenzen des ersten Schrittes, der andere nach sich zieht, über die Du keine Gewalt mehr hast. Eigentlich bist Du heute, wo Du Dich zwischen zwei Frauen zu entscheiden hast, in einer glücklicheren Lage, weil Du etwas Ganzes besitzt, das aus zwei Hälften besteht. Die Defekte, die Deine Ehe hat, gleichst Du durch Dein Verhältnis aus, und die Schwächen des Verhältnisses durch die Ehe. Du machst einen weiteren Fehler, wenn Du Dir eines von beiden als selbständiges Ganzes vorstellst. Der Wert eines Menschen liegt in seiner Begrenzung, nur in der Begrenzung entwickeln sich Eigenschaften vollkommen. Das ist etwa so, als würde sich ein Mensch auf Zärtlichkeit, Ernst, Ausgelassenheit oder Empfindsamkeit spezialisieren. Einige Eigenschaften überwiegen und andere fehlen; ein Chemiker hat keine Vorstellung davon, wie man Pferde beschlägt, und eine tüchtige Waschfrau weiß nicht, wie Dampfmaschinen konstruiert werden. Jeder Mensch schafft um sich eine Atmosphäre seiner zentralen Eigenschaft. Es gibt Menschen, mit denen man lustig ist, und Menschen, mit denen man ehrgeizig ist. Mit anderen ist man verwegen, einfach oder verzweifelt. Indem Du zwei Frauen hast, hast Du zwei Welten, und es ist kein Zufall – so viel instinktiven Sinn für Gleichgewicht besitzt der Mensch –, daß es gerade gegensätzliche Welten sind, die einander ergänzen. Entscheidest Du Dich für eine Frau, verlierst Du die andere, Du verlierst also die andere Welt, das Gegenstück. Du wirst nicht eine Frau haben, Du wirst eine Frau ohne die andere haben: eine und die Sehnsucht nach der anderen. Mein Lieber, gestatte, daß ich es zynisch sage: Du wirst es bestimmt bereuen, für welche Du Dich auch entscheidest.

Du vergißt etwas Wichtiges: daß sich eheliche Liebe von anderer Liebe dem Wesen nach unterscheidet, wobei es keineswegs auf den Menschen ankommt. Eine Ehe ist sozusagen offiziell für die Ewigkeit eingerichtet worden. Durch gemeinsame Sorgen, gemeinsame Möbel. Einmal hat man den Kram gekauft, und im Laufe der Jahre hat er sich vermehrt, hat ein Gesicht bekommen, hat sich gestaltet wie etwas Lebendiges. Inmitten dieser Welt lebte die Liebe, unbedroht von der Welt, aber bedroht durch sich selbst. Als ihr Feuer beinahe erlosch, wurde sie durch gemeinsame Töpfe, gemeinsame Kohlerechnungen und ein neues, gemeinsam geliebtes Bild in der Zimmerecke, durch die Poesie des Alltags, die stille Sicherheit des Vertrauten am Leben erhalten. Wenn die Liebe zur Geliebten entfliehen will, wirst Du sie nicht durch die Wirklichkeit festhalten können. In dem Moment, wenn Du an Deiner Geliebten alles zu hassen beginnst, was Du früher geliebt hast – feine Finger, einst so zart, heute so widerwärtig zerbrechlich, kleine Ohren, vor einem Jahr so niedlich, heute so merkwürdig blaß –, in dem Moment ist Schluß. Hier gibt es keinen gemeinsamen Grund und Boden für das Leben. Hier gibt es nur die Liebe, nackt, wie ein ausgeraubter Mensch. Wäre Sonia Deine Frau und Helena Deine Geliebte, würdest Du sie beide nicht mit der gleichen Liebe lieben wie heute, sondern mit der umgekehrten. Sonia wäre die Frau, an der Du hängen würdest, voller Mitgefühl und dankbarer Menschlichkeit, und Helena der erregende Stern, der Dir die Welt offen erscheinen ließe.

Nehmen wir an, Du vertraust Dich Deiner Frau an, verläßt sie und beginnst ein »neues Leben«, wie Du es nennst. Zwischen altem und neuem Leben ist eine schreckliche Schranke: die Trennung. In dem Moment, in dem Du in das Gesicht schaust, das Deine Tage jahrelang begleitet hat, das lächelte, weinte, sang, und alles zusammen mit Dir, findest Du in ihm die Erinnerung an alles, was Du erlebt hast: Dieses vertraute Gesicht wirst Du nun nie mehr sehen, diese Worte des gemeinsamen Wortschatzes nie mehr aussprechen, nie mehr heimkehren und schon auf der Treppe wissen, wie Du empfangen wirst? Dieser Mensch hat Jahre neben Dir gelebt und jetzt, gleich, auf einmal soll er verschwinden? Vielleicht wird er einmal krank, vielleicht wird er weinen, vielleicht wird er arm und verlassen sein. Vielleicht wird der Mensch, den Du so gut kennst, einmal sterben. Schrecklicher Schmerz verkrampft Dein Herz. Mehr als Schmerz, es ist die Hölle. Der ganze Kampf des Lebens und der Liebe hatte einen einzigen Sinn: einen Gefährten fürs Alter und und einen Gefährten bis zum Tode zu haben. Und jetzt willst Du diesen einzigen Sinn aufgeben? Du wirst so unendlich leiden, daß Du glaubst, niemanden auf der Welt *gern* zu haben außer dem Gefährten, den Du nicht mehr *liebst.* Und hast Du genügend Kraft, um trotzdem fortzugehen, gelangst Du in die andere Welt erschöpft wie ein verwundetes Tier.

Vielleicht kommst Du dort unversehrt an, wie eine Katze auf alle vier Beine fällt, und Du gesundest. Aber beim ewigen Himmel: was dann? Wieder ein »neues Leben«? Wieder derselbe Kampf zwischen Mensch und Liebe? Wieder Kram,

Töpfe, Kohlerechnungen? Und bestenfalls nach Jahren gewinnst Du wieder einen Gefährten fürs Alter und einen Gefährten fürs Sterben, und warum, ja warum bist Du dann nicht geblieben?

Teurer Freund!
Ich danke Dir tausendmal für Dein aufrichtiges Schreiben. Wenn ich mein Herz zu den Gefühlen zwingen könnte, die es vielleicht in ein, zwei, zehn Jahren empfinden wird, würde ich vielleicht ebenso denken wie Du. Vielleicht wäre das die einzige wahre Weisheit: im voraus denken, denken wie Erfahrene, solange wir Unerfahrene sind. Wenn sich die Intensität der Jugend mit der Bedachtsamkeit des Alters verbinden ließe, sähe die Welt wohl anders aus. Vielleicht hast Du wortwörtlich recht, ich glaube Dir, aber ich habe das nicht erlebt. Deshalb gehe ich. Ich gehe und verspreche mir keinen Sieg, ich wüßte nicht, wo und worüber ich siegen könnte, schon das Fortgehen allein ist ein Sieg. Mein Leben habe ich wie ein Glas Wasser geleert, und nun werde ich dieses Glas neu füllen. Mut wird belohnt und Mut wird bestraft. Alles ist zweischneidig, für alles muß man zahlen, und an beiden Ufern wird man stets das Geschehene bereuen. Das alles weiß ich. Aber wirklich, die Sonne scheint jeden Frühling auf eine Wiese voller Blumen; und wenn das die einzige Sicherheit auf der Welt ist, will ich mich daran klammern.

Nun, mein Teurer, ich reise nach Paris, dann nach London und dann – wer weiß wohin. Wer weiß, wann ich zurückkehre, und wer weiß, was ich dort erlebe. Weder fürchte ich mich, noch freue ich mich, ich warte lediglich, auf das weitere Leben vorbereitet. Es ist sehr gut möglich, daß ich nach einem Jahr einem Freund, der mich um einen Rat bittet, das gleiche sage, was Du mir gesagt hast. Aber das steht eben außerhalb der Zwiespältigkeit der Welt und außerhalb aller gedanklichen Erfahrung als schreckliches Gesetz über uns: Wir sind unverbesserlich. Wir wissen nichts, solange wir nichts versuchen. Und wir können nicht besser als andere leben, die uns vorausgegangen sind.

Dein Jiři

(Milena Jesenská, *Národní Listy,* 13. Februar 1925)

Das große, weiße Schweigen

(Zum Film über Kapitän Scotts Südpolexpedition)

Wie oft haben wir alle schon wiederholt, daß die Wirklichkeit phantastischer ist als die phantastischste Phantasie. Wir haben es nicht oft genug wiederholt. Aber hier ist der Beweis für diese Behauptung. Einen überzeugenderen wird man nicht finden. Vor einem Jahr haben wir schon einen ähnlichen Film gesehen: Sheckletons mißlungene Expedition und vielleicht gerade deshalb, weil diese längst keine so große wissenschaftliche Bedeutung besaß und auch keine so große Tapferkeit gefordert wurde, waren die Aufnahmen besser und interessanter, waren mehr Details zu sehen, denn es war nicht schwer gewesen, sie zu photographieren, es war mehr arrangiert, und der Film wurde sogleich nach der Rückkehr in gutem Zustand entwickelt, während Scotts Aufnahmen viele Wochen neben drei Leichen lagen, ehe sie gefunden wurden, die Bilder sind grau und verblaßt, manchmal starr, und die Technik war damals nicht so vollkommen wie heute. Aber diese Bilder zeigen die fünf heldenhaftesten Menschen der Neuzeit und das tapferste und unglücklichste Abenteuer des Jahrhunderts. Niemals habe ich etwas so hoffnungslos Trauriges gesehen; Sie werden weinen wie ein kleines Kind, und das ist das mindeste, womit Sie die fünf Heroen des zwanzigsten Jahrhunderts ehren können.

Kennen Sie Scotts Tagebuch? Es gibt keinen größeren und spannenderen Roman, jeder Junge sollte es kennen und lieben. Kapitän Scotts Expedition zum Südpol scheiterte, weil er nicht mit Hunden fuhr, sondern mit sibirischen Pferden. Die zotteligen Pferdchen hielten die Kälte nicht aus und starben auf der weißen Ebene. Fünf Männer spannten sich also vor die Schlitten und trabten zum Südpol; wer das liest, hat Tränen in den Augen. Aber wenn man erst den Film sieht, die unüberschaubare weiße Fläche, größer als das Meer, weiß und leer und weiß und eisig und mittendrin kleine Schlitten und fünf Männer im Gespann, fünf gebeugte Gestalten, die ein Zelt ziehen, um ein Stück weiter darin zu sterben, stockt einem der Atem. Und wenn man das Bild vom Südpol sieht, wo fünf Männer unter einer fremden Fahne stehen, weil sie zu spät gekommen sind – Amundsen, der mit Hunden losgefahren war, hatte den Pol einige Tage früher erreicht –, schämt man sich wegen jeder Verzärtelung in seinem Leben, man weint und erträgt kaum den Schmerz, da man nichts kann, nichts vermag, nichts leistet und nicht für eine Sache stirbt. Kapitän Scott schrieb unter dieses Bild zwei Sätze: »Wir sind zu spät gekommen. Ich bedaure das um meiner Kameraden willen.«Wenn es keinen anderen Beweis für ein großes Herz gäbe, wären diese nüchternen Worte und der unprahlerische Ausdruck die höchste Form der Mannhaftigkeit. Das findet man wohl nur bei Männern Englands.

Einsamkeit, Sturm, wahnsinniger Frost, Schneetreiben und unvorstellbare Hindernisse beugten diese Männer nicht. Aber die Vergeblichkeit der Anstrengung und die Enttäuschung lähmten ihre Kräfte. Sie besaßen keinen Willen und keine eiserne Unbeugsamkeit mehr. Und deshalb starben sie. Inmitten der weißen Wüste, in einem kleinen fetzenartigen Zelt, einer neben dem anderen. Heute steht dort ein Grabhügel aus weißen Schneesteinen und darauf ein Kreuz. Auch das sieht man im Film. Oben grauer Himmel, unten eine endlose Schneefläche und mittendrin ein kleiner Hügel. Mehr nicht.

Man sage mir nie mehr etwas gegen den Film. Man komme nicht damit, daß er unkünstlerisch sei, »daß er das Theater tötet und ihm nicht ebenbürtig ist«. Was für Torheiten sind das angesichts des kulturellen und menschlichen Werts dieser Bilder? Was sind alle Dramen der Welt im Vergleich zu dieser Tragödie, die so beklemmend grausam und so englisch trocken dargestellt wird? Ist es nicht ebenso erstaunlich, daß wir die Gesichter von fünf Männern Jahre nach ihrem Tode sehen, als ob wir im Radio einen Mann hören, der in England ein Liedchen singt? Was hat das mit Kunst gemein, und wer von uns weiß, welche Kunst von diesen technischen Wundern erst geschaffen wird?

Heldenmut ist etwas verrückt Sinnloses. Es ist beängstigend, einen Mann zu sehen, der freiwillig im Schnee stirbt, einen Mann, der aus den sicheren Straßen Englands aufgebrochen ist, um zu sterben, und der stirbt, ohne sich zu fürchten. Aber in der Sinnlosigkeit eines freiwilligen Todes steckt die größte Kraft, zu der ein Mensch fähig ist. Vielleicht ist es sinnlos, so zu sterben. Aber vielleicht ist das Leben ohne diesen sinnlosen Tod noch sinnloser. Am sinnlosesten ist die stupide und dumme Wichtigkeit, die wir dem eigenen Leben beimessen. Vor drei Monaten brannte in London das berühmte Panoptikum der Madame T. aus, und mit allen Wachsfiguren von Feldherren, Königen und Kaisern verbrannten auch zwei Wagen Napoleons: der von Waterloo und der von St. Helena. Ist es nicht hoffnungslos, wenn man weiß, was mit Heldentaten nach einigen Jahrzehnten geschieht, wenn sie auf dem Schutthaufen der Geschichte gelandet sind? Warum starben die fünf englischen Helden? Wenn man aus dem Kino auf die belebte Straße tritt und natürlicherweise an die eigene, gefährliche Zukunft der nächsten Stunde denkt, wenn man ans Abendessen, an ein aufgeschlagenes Buch und an die stillen vier Wände seines Zimmers in einer geborgenen Welt denkt, dreht sich einem der Kopf, weil man nicht weiß, was sinnloser ist: dieses lautlose Leben, das unsereins führt, und der lautlose Tod zu Hause im Bett, oder der Tod draußen im Schnee, den nie jemand erklären kann – denn es *ist nicht wahr,* daß man für die Wissenschaft, für das Volk, für eine Idee stirbt; in den Tiefen der Seele stirbt man unter dem Vorwand irgendeiner Begeisterung nur für das eigene Herz. Das Geheimnis eines solchen Herzens – und jedes menschliche Herz ist in unserem eigenen ein bißchen vertreten – weckt furchtbare Ahnungen in uns, die Ahnungen eines Vogels, der in einem Käfig eingesperrt ist. Stevenson hat eine Novelle geschrieben, die weiser als alle Philosophie ist: über einen Jungen, der sich nach der Welt, nach Abenteuern und Erlebnissen sehnt und fieberhaft auf die Gelegenheit zu weiten Reisen wartet; bis er sich in einer Sternennacht bewußt wird, wie klein die Erde ist und wie fern die Sterne am Himmel sind. Wie fest sie stehen und wie ungerührt sie bleiben, wenn ein Mensch vor Anstrengung unter ihnen verbluten würde. Wie unsere Erde einer Mausefalle ähnelt, wenn wir nur einen Moment nachdenken, und wie Wege über Land und Meer nirgendwohin führen. Der Junge der Stevensonschen Novelle lebte auf dem Fleckchen Erde, auf dem er geboren wurde, und verließ es erst, als er gestorben war. Die fünf Männer der Scottschen Expedition gelangten um des Todes willen so weit, wie die Füße einen Menschen tragen. Und doch ist beides nur menschliche Flucht vor einer übermenschlichen Falle. Beider Heldenmut entspringt derselben Quelle: dem tiefsten, menschlichen Bewußtsein.

(Milena Jesenská, *Národní Listy,* 3. Juni 1925)

Es ist nicht gut, sich auf etwas zu freuen

Ist Ihnen schon einmal aufgefallen, daß wir eigentlich nichts anderes tun, als unser Leben in Vorfreude zu verbringen, und daß wir nicht leben können, ohne uns auf etwas zu freuen? Im Winter freuen wir uns auf den Frühling, und wir zaubern uns die Schönheit warmer Abende und die Herrlichkeiten der Sommersonne am Wasser vor Augen. Im Sommer schmieden wir Pläne für einen Skiausflug, stellen uns mit heimlicher Wonne einen geheizten Kachelofen, eine Stehlampe und ein liebes Buch vor, denken an Winterstimmungen im Schnee und an den Reiz eines grauen, verhangenen Himmels. Wir freuen uns auf ein Kleid, das wir bekommen werden, auf ein Konzert, das wir besuchen werden, auf eine Stadt, die wir sehen werden, und auf ein Wiedersehen, das uns bevorsteht. Als ich ein kleines Mädchen war, freute ich mich unbändig – »auf das Leben«. Ich erwartete, daß auf einmal, plötzlich, ganz unversehens das Leben beginnen würde. Ein Vorhang öffnet sich, und nun kommt das Leben. Es kam nichts, und es kamen viele Dinge, aber es war nicht das Richtige, irgendwie war es nicht das Leben, ich merkte nicht einmal, daß ich kein kleines Mädchen mehr war und mich immer noch auf das Leben freute, immer noch darauf wartete. Dagegen war es längst das Leben, auch schon damals, als ich klein war und mich darauf freute. Dinge und Ereignisse, auf die ich mich freute, zogen nacheinander vorüber und waren bei weitem nicht so schön wie die Freude darauf und wurden erst in der Erinnerung wieder schön und in der neuen Freude auf ihre Wiederholung.

Manchmal scheint mir, wir leben am Rande einer Versenkung, in die unsere Gegenwart fällt. Wir sind über die Vergangenheit unterrichtet und befassen uns überflüssigerweise mit ihr, ohne sie ändern zu können, und wir kennen genau die Zukunft und befassen uns überflüssigerweise mit ihr, ohne sie je erraten oder lenken zu können. Das einzige, worüber wir nichts wissen, ist die Gegenwart, der heutige Nachmittag, die Stunde, in der wir uns befinden. Wir hüten die Vergangenheit als Schatz und berechnen die Zukunft, aber vergeuden die Gegenwart auf hoffnungslose Weise. Es dringt kaum bis in unser Bewußtsein, daß sie das Leben ist, und *allein* sie. Wir kochen Tee und meinen, das sei nur ein Zwischenspiel zwischen etwas, was war und was sein wird. In Wahrheit ist es nicht so, sondern das ist das Leben. Etwas anderes ist das Leben nicht. Es ist ruhmlos, gewöhnlich und voller Enttäuschungen, es ist nämlich eine einzige große Enttäuschung, ist das ewige Sitzen im Wartesaal, das Warten auf einen Schnellzug, der nie kommt. Aber diese Waldlichtung mit Heidekraut, Sand und spärlichen Kiefern, durch deren Kronen die Sonne scheint, ist wunderbar schön, dummes Herz, denke jetzt nicht an einen Mann, der dich entweder zu wenig oder zu sehr liebt, denke nicht an einen neuen Mantel mit gebrauchtem Futterstoff und an die Notwendigkeit, ans Steueramt zu schreiben, denke nur an das, was du siehst. Denke einzig und allein daran, erfasse es gänzlich, vergiß alles andere, sei weder traurig noch fröhlich, auch nicht glücklich oder sehnsüchtig, das ist alles Unsinn, sei jetzt gegenwärtig und sei fähig, mein Gott, sei fähig, nur diese Stunde zu sehen und alles auszukosten, was sie in sich birgt. Sei fähig, die Kette aus Angst, Unsicherheit, Schmerz, Unzufriedenheit und Sehnsucht zu zerreißen, ganz einfach: *sei.* Niemand wird dir je ersetzen, was dir gerade entflogen ist, aber über den heutigen Schmerz wirst du morgen lachen. Du hast noch nie etwas erlebt, was du tags darauf nicht in anderem Lichte gesehen hättest und am nächsten Tag wieder in anderem, man kann sich also darauf verlassen: Was dir alles todwichtig vorkommt, ist es nicht. Wenn du deine Sorgen so ernst nimmst, vergißt du leichtsinnig die gegenwärtige Stunde, und sie allein ist in deinem Leben todwichtig, unwiederbringlich verloren und unersetzlich vertan.

(Milena, *Národní Listy*, 22. August 1926)

Nachteile der Nähe

Bei einer Bahnfahrt ins Gebirge können wir uns plötzlich in einer Kurve befinden, wo sich uns ein herrlicher Ausblick bietet. Betrachten wir von dort die Berge, sehen wir klar und plastisch das prächtige Gesamtbild, die mächtigen Konturen und die riesenhafte Regungslosigkeit. Wir erstarren vor Begeisterung, Liebe und Bewunderung, und wenn wir an der Stelle umkehrten und heimführen, bliebe für immer der Eindruck von der Großartigkeit eines Berges im Gedächtnis haften. Der Zug schnauft jedoch auf den Gleisen hinauf, und auf einmal hält er dicht am Fuße des Berges. Wir blicken zum Gipfel, verdrehen den Hals, und je mehr wir schauen, um so weniger sehen wir von dem Berg. Er ist zwar gewaltig, aber wir überschauen ihn nicht mehr, sehen nicht, wie sich sein Gipfel am Himmel abzeichnet, sehen nicht seine Gestalt, und uns entgeht alles bis auf das wenige, was von nahem zu erkennen ist.

Mit den Menschen ergeht es uns ebenso. Sehen wir einen Menschen zum ersten Male, begreifen wir ihn sofort. Wir sehen den Glanz seiner Augen und erahnen sein Inneres, merken, ob er traurig oder ausgeglichen ist, überlegen nicht, wieviel von unserer Ahnung plötzlich entdeckte Verwandtschaft ist, wieviel geheime Reaktion der Nerven, wieviel Phantasie, vom Leben geschärft und diszipliniert, wieviel Absicht, jemanden gerade so zu sehen. Nichts verhüllt uns den Blick auf diesen Menschen. Wir erkennen ihn zwar nicht, sehen ihn jedoch, und das ist weniger und mehr zugleich.

Der Zug des Lebens schnauft auf den Gleisen näher heran, und auf einmal ist uns ein Mensch so nahe, daß wir aufhören, ihn zu sehen. Wir merken es nicht einmal. Aber wir sehen ihn anders als bei der ersten Begegnung und ebenso richtig. Nur jetzt sehen wir nahe Dinge, während wir früher die Umrisse sahen. Der Mensch hat Eigenschaften, die sich täglich äußern, und Eigenschaften, die man so gern vergißt, weil sie nur selten zutagetreten. Der geizigste und habgierigste Mensch der Welt kann schöne Augen haben, und diese Eigenschaft merkt man häufiger als den Geiz. Dagegen hat auch der beste Mensch seine Unarten, die mehr auffallen als seine Güte. Sobald wir an der Seite eines Menschen leben, sehen wir seine guten und schlechten alltäglichen Eigenschaften und vergessen die anderen. Wir tun ihm Unrecht, weil wir ihm zu nahe sind.

Es ist merkwürdig, wenn wir mit derselben Bahn zurückkehren und zur Kurve gelangen, von wo aus wir die Berge zum ersten Male gesehen haben. Wir betrachten sie jetzt aus derselben Entfernung, aber nie mehr werden wir sie wie beim ersten Male sehen. Entweder verzerrt Liebe oder Furcht den Blick. Wir haben schon eine Beziehung zu ihnen. Sie sind uns nicht neu. Auch wenn wir sie von dort nach Jahren wiedersehen, werden wir sie vielleicht sehr lieben, aber nie so neu und zum ersten Male sehen. Mit den Menschen ist es ebenso. Manchmal wünschen wir vielleicht leidenschaftlich, das Gesicht eines geliebten Menschen so wie am ersten Tag zu sehen: so fremd, seltsam fern und unbekannt vertraut. Wenn wir heute in sein Gesicht blicken, sehen wir mehr darin, und wir blicken froher hinein, aber manchmal scheint es uns, als dehne sich dieses Gesicht aus, verdecke den ganzen Horizont, verschwinde und zeige sich nur in einem Lächeln oder einem einzigen Ausdruck. Es ist verlassen vor uns, und wir sind vor ihm vereinsamt. Es kennt sein Ganzes, weiß das und ist traurig, daß es sich nicht ganz zeigen kann; wir blicken auf den Punkt, der nur aus dieser Nähe sichtbar ist, und können nicht alles übrige dazudenken.

Eine Ameise unter dem Schuh eines Menschen hat nie eine Vorstellung davon, wie ein Gesicht aussieht. Und wir vor dem Gesicht eines Menschen wissen ebenfalls nicht, wie das menschliche Herz aussieht.

(Milena, *Národní Listy,* 6. März 1927)

Umziehen

Umziehen gehört zu den traurigen Tagen des Lebens. Umziehen bedeutet zwar, etwas Neues zu beginnen, was auch bei größter Hoffnung unsicher und aufregend ist, aber dafür erkennt man gleichzeitig etwas Altes, was in der Rückschau immer schön erscheint, selbst wenn es unglücklich war. Jahrelang verschlossene Schübe zu öffnen und alles auszuräumen, weckt die Erinnerung an den Tag, als jemand gestorben war. Nachdem man ihn begraben hatte, fand ich sorgfältige Aufzeichnungen über die Ausgaben für Wochen, Monate und Jahre, in Rubriken mit den Überschriften: Essen, Kleidung, Miete und Sonstiges. Damals pochten die Schläfen vor Schmerz über die ameisenhafte, vergebliche Mühe dieser Zahlen, über die boshafte, ewige Vergänglichkeit der Welt. Heute ist ein Stück Leben gestorben, und ich nehme die Quittungen für gereinigte Kleidung, die längst abgetragen ist, bezahlte und unbezahlte Rechnungen, merkwürdige Aufzeichnungen zu damals geläufigen Dingen, die sich inzwischen entwickelt und ein neues Gesicht bekommen haben. Ereignisse sind keine mehr, und sobald sie vergangen sind, werden sie zur Lüge im Lächeln dessen, der klug geworden ist, und unwillkürlich bebt das Herz beim Gedanken an die Gegenwart, die wahrscheinlich heute so brennend nah ist. Nach Jahren und beim nächsten Umzug wird wohl auch sie zur Torheit, die nur ein Lächeln wert ist.

Wer mit einem Koffer irgendwohin fährt, kehrt vielleicht

mit zweien zurück. Die Angewohnheit des Menschen, alles aufzuheben, ist seltsam, ebenso wie das Unterscheiden von Wichtigem und Unwichtigem. Einst hielt ich zerrissene grüne Strumpfbänder für wichtig und habe sie aufgehoben. Gleich daneben liegen eine zerknitterte künstliche Rose, eine alte Puderdose, ein Brief schalen Inhalts, eine leere Parfümflasche, ein unliebsames Geschenk und noch mehr Sachen. Ich bin verzweifelt über die eigene Torheit und weiß nicht, ob ich meine früheren Torheiten respektieren oder energisch sein und nur das Notwendigste mitnehmen soll. Am Ende nehme ich nur das Notwendigste mit, aber vierzehn Tage später wird sich ein neuer Vorrat an Tand und nutzlosen Dingen angesammelt haben.

Wenn alles glücklich gepackt ist, kommt einem die Wohnung, die noch tags zuvor ein vertrautes, gemütliches Heim war, ein Zufluchtsort in hungrigen und müden Augenblicken des Lebens, wie ein unfreundlicher Lagerraum vor. Die Wände sind auf einmal entblößt, schmutzig und kläglich, auf dem Fußboden liegt Packpapier, in einer Ecke lagern lauter überflüssige Dinge, die vorher ihren Platz hatten, die Möbel stehen in neuer Unordnung da, das Zimmer ist taub, aufgelöst, merkwürdig klein in seiner Leere, und alles macht den trostlosen Eindruck eines Gefängnisses.

Möbelträger sind bewundernswerte Menschen. Sie sind wohl die Nachfahren der Zyklopen. Ein Mann kommt, wirft sich das Klavier über die Schulter und trägt es fort. Er hat nicht die geringste Beziehung zu den Dingen, die er die Treppen hinunter und die Treppen hinauf schleppt. Möbelträger sind sehr sachlich und nüchtern, auf ein Poltern und Krachen mehr oder weniger kommt es ihnen nicht an. Versuchen Sie, ihnen die eigene Ansicht über Ihr Porzellan zu erläutern, und Sie werden beschämt verstummen, wenn Sie Vašek sehen – einer von ihnen heißt Vašek –: Er kommt herein, nimmt auf den Rücken einen Bücherschrank und in jede Hand einen Lehnstuhl und wird von seinen Kameraden mit einem

Schrei angehalten: »Mann, du wirst doch nicht leer runtergehen!« Ich empfinde lediglich schüchterne Bewunderung für so riesige Kraft und für die Schweißperlen auf dem sonnengebräunten Gesicht und trage meine ramponierten Stühle selber ergeben zum Wagen.

Unten ist das Zimmer in wilder Unordnung gestapelt. Die Lampen sind umgedreht, die Tische strecken die Beine nach oben, unzählige Körbe und Kisten enthalten viele nutzlose Dinge, inmitten derer man lebt. Vor den Wagen ist eine geduldige Stute gespannt, manchmal sind es auch zwei, geduldige Sklaven des Menschen. Wenn ich jetzt stürbe, könnte alles gleich in die Moldau gekippt werden, dieser Kram ist einzig und allein für mich von Wert, ich erinnere mich wieder an das dicke Notizbuch (ein Pfund Butter und ein Pfund Rindfleisch), und das Herz wird seltsam leer, es sieht aus wie das leere Zimmer oben. Dann zuckelt die Stute los, der Wagen bewegt sich – langsam, holpernd verschwindet er um die Ecke.

Am unangenehmsten ist es, jetzt hinaufzugehen und abzuschließen, die Fenster zuzumachen, sich zu verabschieden. Abschied ist ein überflüssiges Wort, alles ist überflüssig, von dem der Mensch weiß, daß es das letzte ist.

Diese Nacht schlafe ich irgendwo auf einem provisorischen Bett, unruhig und unglücklich, und ich habe einen seltsamen Traum: Mir träumt, ich hätte mich in einen riesigen Hamster verwandelt. Ich wohne in einer feuchten Höhle mit einem Geflecht von Gängen, und in den Backen schleppe ich grüne Strumpfbänder, künstliche Rosen, alte Puderdosen, Kram, Kram und nochmals Kram nach Hause.

(Milena, *Národní Listy,* 17. Juli 1927)

Internationale Werkbund-Ausstellung »Die Wohnung« in Stuttgart

Man braucht nur irgendwo die deutsche Grenze zu überschreiten, um zu erfahren, was vollkommene Organisation des Lebens ist. Zwei Meter nach der Grenzlinie beginnt eine vorzüglich gepflasterte Straße, die sich meilenweit dahin zieht und wie ein Netz über das riesige deutsche Land spannt. Die Abzweigungen sind fehlerlos signalisiert, an den Ecken steht ein Gewirr von Schildern, die lauter gebotene und verbotene Dinge anzeigen. Die Straßen sind beleuchtet, Straßenbahnen fahren in jedem Dorf – in Deutschland gibt es überhaupt keine Kleinstädte, die kleinste Stadt hat eine Straßenbahn, Hotelzimmer mit Waschbecken aus Majolika, mit warmem und kaltem Wasser –, die Verkehrszeichen sind vorzüglich, die winzigsten Kramläden wirken sauber und ordentlich, auf den Toiletten gibt es Handtücher und Seife – sie zu stehlen, ist verboten –, die Bahnhöfe sind schön gebaut und riesig, die Leuchtreklamen flimmern bis in die Nacht, Pferdewagen weichen einem Auto gleich auf ein Hupen aus, ohne daß die Kutscher fluchen, vielmehr springen sie sofort vom Bock zu den Pferden – so ist es angeordnet – einfach ein bewundernswertes Land. Unwillkürlich fragt man sich, warum dieses Land, das den Krieg verloren und seine Währung wieder auf eine solche Höhe gebracht hat, dieses Land, das dieses Jahr imstande war, vier Weltausstellungen mit einem so hohen kulturellen Niveau zu veranstalten, daß sie alle Welt fesselten und Besucher aus ganz Europa anlockten (»Internationale Musik« in Frankfurt, »Theaterkunst« in Magdeburg, die Buchausstellung in Leipzig und »Modernes Wohnen« in Stuttgart), warum dieses Land von so erstaunlicher Tüchtigkeit, ein Land mit Sinn für Anordnungen und Verbote, so schrecklich unangenehm, grau und traurig ist, trotz des Lobes, das wir ihm zollen müssen? Vielleicht deshalb, weil nirgendwo ein größerer Unterschied zwischen Durchschnittsmenschen und der Elite des Volkes besteht als dort. Bei uns hat jeder Mensch ein bißchen von der gesegneten und verdammten, sangeslustigen und armen slawischen Seele, in Frankreich ist jedes Ladenmädchen stolz darauf, Französin zu sein, nur in Deutschland wissen Geist und Gefühl eines normalen Deutschen nichts von Goethe und Mozart. Nichts vom Zauber der deutschen Größen, von der Spannweite ihrer Seele ist ins Volk gedrungen: Es ist ohne Lieder, ohne Trauer und Leidenschaft, ohne Gedanken und Anmut. Es ist sentimental und brutal. Ordnungsliebe ist keine göttliche Gabe mehr, wenn ein Mensch dafür lebt, ordentlich zu sein, anstatt ordentlich zu sein, um leben zu können. Für einen Deutschen liegt der Lebenssinn darin, Befohlenes auszuführen und Verbotenes zu meiden. Es ist kein Zufall, daß man gerade in Deutschland so schlecht ißt. Den Deutschen fehlt jegliche Beziehung zu den Genüssen des Lebens, jeglicher Sinn für die Qualität der Dinge, sie sind einfach blind für den Zauber der Welt. Sie gehen nirgendwohin, wenn es keine Verpflichtung ist, und man merkt mit Erstaunen, daß Pflicht, sobald sie nicht der Weg, sondern das Ziel ist, vor dem Angesicht Gottes und der Unendlichkeit lächerlich erscheint, was die letzte slawische Seele bei der kleinsten Verrichtung und bei jedem Atemzug weiß.

So wie alles ist die deutsche Moderne. Was in Deutschland modern ist, wird zur Konsequenz geführt, wobei Konsequenz nicht immer etwas Unbedeutendes sein muß. In diesem Land entartet jede Moderne allerdings zu Sektierertum, Besessenheit und Verschwörerbanden. Der Kreis um Schönberg und der Kreis um Freud, immer die gleichen Epigonen des Modernen, immer die gleiche hysterische, ungesunde Auffassung von Fortschritt, immer die gleiche Pedanterie und Haarspalterei. Diesem Fortschritt fehlt die Weite eines Genies. Ich sage: Der Kreis um... Die Mittelpunkte dieser modernen Kreise, die Träger und Erfinder der Moderne, sind gerade die deutschen Ausnahmen, bei denen man so schwer begreift, daß ihr Geist und ihr Schaffen zu diesem Land und diesem Volk gehören. In ihrem Volk, ja selbst in ihrem Epigonenkreis stehen sie wirklich einsam auf Bergesgipfeln. Diesem Land fällt es nicht schwer, einen Übermenschen hervorzubringen. Notwendigerweise muß es ein Deutscher sein, der von der Höhe des Übermenschen auf die Abgründe zwischen sich und den übrigen blickt.

Die Stuttgarter Werkbundausstellung brachte alles, was die Welt an Modernem auf dem Gebiet des Wohnens geschaffen hat. Weißenhof, eine Siedlung, die von modernen Architekten erbaut, vom Mauerwerk bis zu Türklinken, Wänden, Stühlen und Betten von ihnen ausgestattet wurde, beweist lediglich, was man bei uns schon oftmals geschrieben hat: Ein moderner Architekt gestaltet nicht nur tote Mauern anders als früher, indem er andere Wertmaßstäbe setzt, ein moderner Architekt denkt mit einer neuen Logik. Modernes Wohnen unterscheidet sich grundsätzlich von früherem. Es ist die Aufgabe eines modernen Architekten, diese neue Idee zu schaffen, zu durchdringen und zu verwirklichen, ihre Konsequenzen für die Arbeit einzuschätzen. Die Stuttgarter Ausstellung zeigt außer Errungenschaften auch viel Wertloses, Unverständliches, Übertriebenes und Plumpes. Insgesamt jedoch ist sie eine Leistung, wenn wir bedenken, wie wenig sich wirklich moderne Häuser von bedeutenden modernen Architekten bisher durchgesetzt haben. Die Häuser, die hier stehen, wurden gebaut, ohne daß die Angst der Besitzer vor zu ungewöhnlichen oder zu einfachen Lösungen die Architekten gebremst hätte. Wir erblicken also eine verwirklichte Stadt mit modernen Gebäuden, wie sie bisher nur in Zeichnungen avantgardistischer Zeitschriften zu sehen war.

Die bedeutendsten Architekten dieser Ausstellung sind ein Franzose und ein Deutscher. Der Franzose Corbusier, ein Schöpfer moderner Architektur, ein Künstler wie Rodin oder Balzac, ein Mann von gewaltiger Schöpferkraft, ein Genius von unendlichem Reiz und Esprit. Ein Franzose, freilich, der eine Beziehung zu Sonne, Gesang und Bewegung hat. Der Deutsche Gropius, zivil, vollkommen und diszipliniert, ohne Schwung und geistige Überhitzung, aber präzise, geschmackvoll im besten Sinne des Wortes, peinlich genau bei der Auswahl aus der Totalität. Gropius ist ein disziplinierter Schöpfer des Modernen, ein züchtiger Erschaffer stiller Harmonien.

Ohne Zeichnungen und Photographien läßt sich nicht viel schildern, leider. Außerdem birgt das Wort Gefahren, die ein Blick auf die Wirklichkeit beseitigen würde: Es erscheint merkwürdig, während die Wirklichkeit überzeugend, anschaulich und hinreißend ist.

Corbusier ist für die Kultur des modernen Wohnens ein Entdecker, wie Baudelaire ein Entdecker der modernen Lyrik ist. Sein Einfamilienhaus wirkt beschwingt, leicht, voller Bewegungsrhythmus, wenn man es von außen betrachtet. Es steht auf Säulen und hat keine Keller. Eingang und Treppe hängen frei im Hausraum, die Treppe führt um die Kessel der Zentralheizung und um die modern ausgestattete Waschküche. Hier gibt es kein ängstliches Vorurteil: Das darf nicht zu sehen sein. Man braucht nicht mit der falschen Sentimentalität einer Moderne darauf zu blicken, die so viele unnütze Worte auf die Schönheit von Maschinen verschwendet. So ist das hier nicht gedacht. Es war einfach notwendig, die Zentralheizung an der Stelle unterzubringen, und sie liegt dort mehr als schön: nämlich wie selbstverständlich. Der gesamte Wohnraum im Parterre ist nicht durch Wände gegliedert. Es gibt keine quadratischen Zimmer, Wände, Decken und Fußböden im bekannten Sinne. Im Parterre ist die ganze Fläche als Wohnzimmer gedacht. Anstelle von Wänden gehen Fenster von der Decke bis zum Fußboden, sie sind so hoch wie das Haus, Doppelfenster, dazwischen Lehmboden mit Blumen. Man ist von einem Garten, von Licht, von unendlichem Raum umgeben. Eine Treppe führt in den ersten Stock, der wie ein Balkon über dem halben Wohnzimmer hängt. Man muß sich tatsächlich einen Balkon vorstellen, dessen Wand nicht bis zur Decke reicht. Die Wand ist gerade hoch genug, um das Bett zu verdecken, das sich hinter ihr verbirgt, oder den Schreibtisch, der auf einem anderen solchen hängenden Balkonblock steht. Vom Schlafzimmer aus kann man sich also hinunter ins Wohnzimmer beugen. Alles ist offen, alles ist voller Raum. Eine Betonblende leitet über in einen keineswegs geschlossenen, sondern nur abgeteilten Raum, wo sich das Bad befindet.

Die Genialität dieses Baus beruht auf der aufgelösten Betonkonstruktion. Das ist kein Haus mit vier Betonmauern, in die Querwände zum Aufteilen der Zimmer eingesetzt werden, sondern alles innerhalb der vier Außenwände – die Treppe, die Querwände, das hängende Stockwerk, die Halbwand des ersten Stocks, die Blende, die das Schlafzimmer vom Bad trennt – alles ist aus Beton. Alles ist aus einem Material in einem Stück geknetet. Bemerkenswert ist, daß auch die meisten Möbel in die Wände eingebaut sind und ebenfalls aus Beton bestehen: also Küche, Tisch, Ausguß und Abwaschtisch, Kleiderschrank, Bücherschrank, Bänkchen um die Fenster, Schreibtisch, alles aus Beton; man braucht nur Blumen hereinzubringen, für die dort so viel Platz bereitet ist, ein paar Stühle, ein Sofa und ein Bett – und das Haus ist eingerichtet. Die transportablen Gegenstände des Haushalts wie Geschirr, Kleider, Wäsche usw. haben ihren Platz in den Räumen, Schränken und Regalen, die mit Wänden und Mauern verbunden sind und aus demselben Material bestehen. Alles auf der Welt ist einfach, simpel und verständlich, wenn es vollkommen durchdacht ist. Dieses Haus ist göttlich einfach. Die Zweckmäßigkeit wird hier zur äußersten Konsequenz geführt, ohne Nüchternheit, Strenge und Programmatik. Das Haus ist ebenso schön, wie es scheußlich sein könnte, wenn es nicht von einem Künstler geschaffen worden wäre. Es wirkt geradezu asketisch, und doch strahlt es einen großen Reiz aus. Hier findet sich nichts Dekoratives, Überflüssiges, weder im Material noch in der Form, und doch ist dieses Haus märchenhaft reich durch seine Pracht und Geräumigkeit, durch die zauberhafte Raumlösung, die herrlichen riesigen Fenster, die Lichtflut. Hier ist alles vorhanden, was man braucht, vornehmlich Bequemlichkeit.

Das Gropiushaus, das daneben steht, ist ganz anders, auch wenn es nicht aus einer anderen Welt stammt. Es ist praktischer, vielleicht. Alles ist solide, fein und geschmackvoll. Die Aufteilung des Innenraums ist normaler, für Mitteleuropa, sein Klima und seine Bedingungen vielleicht annehmbarer. Es ist weder eine Entdeckung noch eine Revolution in der Architektur, es ist nicht so durchschlagend, so betörend schön, dennoch ist das die beste Architektur, die es heute gibt, etwas, was uns in Prag bisher als unerfüllbarer Traum erscheint.

Über das Wesen des modernen Wohnens, über Wände, Farben, neue Materialien werde ich demnächst schreiben. Für heute nenne ich nur noch die anderen Gebäude in Weißenhof: Sehr bemerkenswert drei Einfamilien-Typenhäuser des Architekten M. Stam (Rotterdam), eines jungen Künstlers von hohen Qualitäten. Ein Block Mietshäuser von Mies van der Rohe (Berlin), interessant durch die schöne Lösung der Wohnungsgrundrisse, eine Reihe Typenhäuser von J.P. Oud (Rotterdam), zwei Mietshäuser von P. Behrens (Berlin), engherzige, traurige und schwerfällige einzelne Wohnhäuser von den Architekten V. Bourgeois (Brüssel), G. Schneck (Stuttgart), L. Hilbersheim, Bruno und Max Taut, Poelzig, Döcker, Behrens (Berlin), Josef Frank (Wien). Von einem Tschechen steht leider in Weißenhof kein einziges Haus. Im Ausstellungssaal bei den Zeichnungen und Modellen findet man verschämt in einer Ecke kleine Skizzen unserer vortrefflichen modernen jungen Gruppe: offenbar eilig und unvorbereitet eingesandt, und trotzdem kann diese Gruppe würdig mit modernen ausländischen Architekten wetteifern. Es ist nur unverständlich, warum eine so wichtige Gelegenheit, sich der Welt zu zeigen, bei uns leichtsinnig und lax versäumt wurde, und noch unverständlicher ist, daß es bei uns keinen Organisator gibt, der so wichtige Ausstellungen mit repräsentativen Zeichnungen beschicken könnte – und zwar rechtzeitig.

(Milena, *Národní Listy,* 23. Oktober 1927)

Prager Hinterhöfe im Frühling

Ein Blick aus dem Fenster auf einen Hinterhof stimmt traurig und einsam, am meisten im Frühling. An der Wand hängen Schmutzstreifen vom Regen, und auf dem Dach gegenüber trocknet aufgeblähte, häßliche Wäsche dicker Leute. In den Fenstern lüften Federbetten, und die ungeputzten Treppen- und Toilettenfenster reichen bis hinauf in den Himmel. Eines steht offen, eine Leine mit gewaschenen Handschuhen ist gespannt. Der Hof hat holpriges Pflaster voller Ruß, in einer Ecke grünt ein im Vorjahr weggeworfener Blumentopf. An der Dachrinne sprießt wilder Wein, der in diesem Gefängnis eine unbändige Lebenskraft besitzt. Wer sich aus dem Fenster beugt, weit hinauslehnt, sieht vielleicht, ob die Sonne scheint. Hat er Pech und gegenüber werden gerade Buchteln gebacken, verhüllt der Rauch aus dem Schornstein das Viereck des Himmels, der dann bewölkt erscheint. Manchmal – sehnsüchtiger Zauber eingekerkerter Menschen – ist über den Dächern ein Aeroplan zu hören. Die tägliche Post von Stadt zu Stadt schwimmt über diesen Spucknapf.

Die vier Hinterhofwände von vier Mietshäusern haben ebenfalls Fenster. Sie sind nicht blind, sie sind nur mit Schmutz beklebt wie verschlafene Augen am Morgen nach einer Zecherei und strömen einen merkwürdigen Menschengeruch aus. Niemals erscheint jemand in diesen Fenstern anders als halb ausgezogen. Hosenträger und der Leierkasten eines Einbeinigen hängen durch ein unbekanntes Gesetz zusammen. Zum Hof hin stehen die Leute spät auf, sie zeigen sich ungewaschen und unrasiert, der Hinterhof ist spülichthaft lebendig. An einer Wand sind vier Stockwerke übereinander Pawlatschen, gut für Kartoffelkörbe, Scheuerlappen, ungeklopfte Teppiche und vertrocknete Blumentöpfe. Dort sieht man Frauen in Pantoffeln und Männer ohne Jacke. Abends singen dort Mädchen. Aus allen Fenstern des Hinterhofs singen Mädchen, wenn die Sonne scheint und die Fenster weit geöffnet sind. Sie singen beim Waschen, Bügeln und Kochen. Schornsteinfeger und Dachdecker singen vor sich hin. Zusammen ist das ein einziges Lied, begleitet vom Leierkasten. Es gibt viele Lieder auf dem Hinterhof. Früh werden Teppiche geklopft, wie ein Dreschflügel schmettert der Klopfer, Staubwolken steigen zum Himmel und sinken zurück auf den Teppich. Kurze Zeit später singt mit unsichtbarem Mund die Arbeit an den Herden. Hinter den Fenstern zum Hinterhof arbeiten nur Frauen. Die Schreibmaschinen der Büros klappern, Topfdeckel klappern, ein Bügeleisen, das in weitem Bogen ausgeschüttet wird, klappert. Aller Schmutz der Haushalte wird auf den Hinterhof gewälzt. Im zweiten Stock sitzt ein pausbäckiges Mädchen auf dem Fensterbrett und schält Kartoffeln. Auf die Wand gegenüber fällt die Sonne. Sie bildet einen großen Kreis wie eine Träne.

Hinterhof ist kreuzweise mit Hinterhof verbunden, die Kreuze der Stadt überschneiden sich, fallen mit modrigen Mauern ineinander. In die Höfe sind Werkstätten gepreßt, Tischler stapeln Bretter vor der Tür, Schlosser entfachen eine Feuerglut, Vorsicht, Stufe, in der Werkstatt ist es feucht und bei schönstem Sonnenschein dunkel. Hunde, Kinder und Mäuse. Geliebter Zille, deutscher Bilderdichter dieser Hinterhöfe, die um so schrecklicher wirken je großstädtischer sie sind und die großstädtischer sind als Untergrundbahnen und nächtliche Geschäftsreklame: Niemals vergesse ich das Bild eines solchen Hinterhofes mit einer Gruppe gerade solcher Kinder, die miteinander wetteifern, wer am weitesten spucken kann. Ein Junge prahlt, daß er sogar Blut spucken könne.

Je weiter von der Innenstadt entfernt, um so mehr ähneln die Hinterhöfe diesem »Witz«. Mitten auf dem Hinterhof ist ein Kanal, aus allen Küchen wird dorthin das Spülwasser ausgegossen, die Kinder können kaum beiseitespringen.

Wir reden viel von Ordnung und Hygiene und tun viel dafür, um verdientermaßen den Ruf einer Großstadt zu erlangen. Freilich, diese Hinterhöfe schaden diesem Ruf nicht, Hinterhöfe gibt es überall in großen Städten, bis auf die Städte, wo sie in Gärtchen mit Gras und Bäumen verwandelt wurden, wie z.B. in Stuttgart. Um jedes Haus ist ein kleiner Garten, gerade so groß wie unser Hinterhof. Wir legen einen grünen Gürtel um Prag und scheuen nicht die größten Kosten für Parks und Flußregulierungen – wäre es nicht möglich, ein Aufräumen aller Prager Hinterhöfe anzuordnen? Wenn sich die Hausmeister um diese Hinterhöfe kümmern müßten, als wären sie Gärtner in Privatvillen, wieviele grüne Flecke anstelle grauer Gefängnisse entstünden mitten in der Stadt, wieviele häßliche, traurige Wände wären mit Efeu begrünt, und wieviele Kinder könnten statt in Staub und Schmutz auf Rasen spielen?

In etwas neueren Vierteln sind die Häuser in rechteckigen Blöcken wie an einer Schnur aufgereiht. Die Vorderfront zur Straße, die Rückseite zum Hof. Blickt man vom vierten Stock hinunter, sieht man eine Fläche, die von vier Mauern umschlossen ist, ein winziger Hinterhof ist durch so viele Wände zerstückelt, wie es hier Häuser gibt. Hätte man nicht das Innere dieser Blöcke als Garten für alle Kinder herrichten können? Warum ist dieser leere Platz mit Mauern zugebaut, zumal nie jemand die Hinterhöfe betritt und auch nicht betreten darf? Warum könnte man das Haus nicht nachts hinten zuschließen, wie das mit dem Vordereingang geschieht, und tagsüber offenlassen, so daß man in einen großen Garten geht? Warum müssen wir von einer Seite mit Staub und Lärm der Straße und von der anderen mit Schmutz und Traurigkeit der Höfe umgeben sein, wenn wir so leicht kleine Parks anstelle von Hinterhöfen haben könnten?

(Milena, *Národní Listy,* 29. April 1928)

Ein Aufschrei

§144. Umfrage über den Abtreibungsparagraphen

Ich bin vierzig Jahre. Vor drei Jahren habe ich das achtzehnte Kind bekommen. Noch eines will ich nicht haben. So gern ich Kinder mag, ich würde lieber sterben, weil ich in der Schwangerschaft so schrecklich leide, daß sich das gar nicht beschreiben läßt.

Am liebsten würde ich mich irgendwo verkriechen und erst nach der Geburt herauskommen. In der Zeit bin ich unausstehlich, ich hasse die Menschen, der Mann und die Kinder müssen mit mir leiden. Dann möchte ich meinen unglücklichen, verhaßten Bauch zerschlagen und wegwerfen.

Von achtzehn bis siebenunddreißig habe ich nichts anderes gekannt als schwanger zu sein. Elend, Not und ständige Schwangerschaften. Ist so ein Leben nicht verflucht? Auch wenn ich genügend hätte, wäre das widerwärtig. Aber ich habe immer nur in größter Armut gelebt. Mein Mann verdient wenig – er ist Arbeiter. Wenn ich will, daß er und die Kinder satt werden, muß ich mich mit Kaffee begnügen.

Ich habe das Kind unter meinem Herzen verwünscht, und wenn ich gekonnt hätte, hätte ich es getötet. Sie wundern sich, Genossinnen? Viele meinen wohl, daß es nicht möglich ist, so sein »Ich« zu hassen. Es ist schrecklich, das ist wahr! Aber wenn ich geboren habe, ist der Haß vorbei. Ich vergesse alles und habe das neue Kind gern wie die anderen. Es ist schwächlich, ich tue alles, damit es zunimmt, laufe zum Doktor, und wenn es krank wird, kann ich nicht mal nachts schlafen. Ich will nicht, daß es stirbt, und jedesmal bin ich darüber ganz verzweifelt.

Der Arzt redet mir zu, ich soll nicht weinen, übers Jahr werde ich ein anderes haben, für mich und für das Kleine ist es besser so. Er versteht nicht, daß ich über die überflüssigen Schmerzen weine, die ich für den Totengräber dulde. Warum soll ich jedes Jahr ein Kind kriegen, wenn es bald nach der Geburt stirbt? Sie sind nicht lebensfähig, und ich bin von einer sinnlosen Ordnung dazu gezwungen, ständig Kinder zu gebären und zu begraben.

Ich bin so entkräftet, daß ich kaum meine Beine schleppe. Wenn ich konnte, bin ich in eine Entbindungsanstalt gegangen, wo ich Ruhe habe und mich wenigstens satt esse. Aber oft blieb keine Zeit, um dorthin zu fahren, und so habe ich zu Hause geboren. Es war niemand da, der hätte helfen können – die Nachbarinnen arbeiten. Meine kleinen Kinder wollten essen, sich waschen und anziehen, und ich konnte vor Schwäche nicht aufstehen. Ziemlich oft war nicht mal ein Schluck Kaffee da, ja ich war ganz schwach und hatte gar keine Lust mehr zum Essen.

So habe ich gedacht, daß ich mich nicht mehr quälen will, daß ich zum Arzt gehe und ihn um die Schwangerschaftsunterbrechung bitte. Denn immer quäle ich mich so sehr, schlafen kann ich nicht, das Essen schmeckt mir nicht, und ich bin so apathisch, so niedergeschlagen, daß ich wie tot auf dem Bett liege und Durst habe, aber ich bin zu faul, um Wasser zu holen. Ich weiß nicht, was mit mir los ist. Früher war ich doch ein lebhaftes Mädchen. Wenn es über meinem Kopf brennen würde, ich würde ruhig liegenbleiben.

In der Entbindungsanstalt habe ich das alles dem Professor und den Ärzten geklagt. Sie haben zugegeben, daß das die Wahrheit ist, und daß ich von den ständigen Schwangerschaften zusehends schwächer werde. Als ich dem Herrn Professor gesagt habe, daß ich die ganze Nacht nicht schlafe, weil es mir ständig vorkommt, als ob Läuse über meinen ganzen Körper kriechen, sagt er: »Alles kommt von der Nervosität und der völligen Entkräftung. Das ist etwa so, als wenn jemand eine Last trägt, die er nicht für einen Moment absetzen kann. Ich glaube Ihnen – Sie sind völlig entkräftet. Hüten Sie sich vor einer neuen Schwangerschaft.«

Aber wie ich mich hüten soll, das hat mir der gelehrte Herr nicht gesagt. Ein Arzt hat mir erklärt, es gibt noch keinen garantierten Schutz, und die Mittel, die in Umlauf sind, bieten keine Sicherheit, ja manche sind sogar gesundheitsschädlich. Und wenn ich geschwächt bin, ist die Neigung zur Schwangerschaft besonders groß. Hauptsächlich müßte ich zu Kräften kommen.

Zu Kräften kommen – warum haben sie mich dann nicht irgendwohin zur Erholung verschickt, wenn sie so große Worte machen und die Zeitungen voll sind mit Phrasen, daß die Mutterschaft unterstützt wird.

Aber armen Müttern wird bloß auf dem Papier geholfen – in Wirklichkeit ist für uns kein Geld da. Denn niemand darf unser Elend sehen. Und dann – das paßt nicht zu ihrem Hurrapatriotismus, das ist nichts zum Vorzeigen.

Als ich dann die Herren angefleht habe, sie möchten mir helfen, ich will nicht schwanger sein, weil ich so viel leide und die Kinder sowieso sterben – da haben sie mir gesagt, das Gesetz gilt, sie dürfen das nicht machen. Ich war so verbittert, daß ich ihnen ins Gesicht gesagt habe:

»Wenn ich tausend Kronen hätte, würde das auch ohne Gesetz gehen, aber weil ich arm bin, muß ich leiden, und wenn ich dabei verrecke. Sie haben kein Gewissen, das ist unmenschlich, helfen können und nicht wollen.«

Die Krankenschwester hat mich ermahnt, ich soll nicht grob sein, der Herr Doktor kann nichts dafür. Mich haben die Tränen gewürgt, und so habe ich ihr geantwortet, daß die Gesetze nur für die einen da sind, für uns ja, aber für die Reichen gelten sie nicht.

Jetzt bin ich schon so weit, daß ich das Kind meist im fünften Monat verliere, und wenn ich es austrage, kann ich vor Schwäche nicht gebären. Mir ist so übel, als müßte ich sterben, das Kind ist schwächlich und wiegt viereinhalb Pfund. Es will nicht trinken, und wenn sie es nicht mit Gewalt ernähren würden, würde es vielleicht für immer einschlafen. So wird das ein paar Monate hinausgeschoben.

Ich bin aus eigener Erfahrung überzeugt, daß häufige Fehlgeburten und Schwangerschaften weder einer Frau noch ihrem Kinde dienen. Eine Frau mit Kindern müßte Ruhe und gute Ernährung haben, damit sie schnell zu Kräften kommt. Und ärztliche Beratung, wie sie sich vor einer Schwangerschaft schützen kann. Das ist die Sehnsucht aller Unglücklichen wie mir. Doch im kapitalistischen System werden wir das nicht mehr erleben, deshalb kämpfe ich gegen das System.

(M.Kr., Tvorba, 23. April 1931)

Wer ist der Zensor?

Der Film »Kleiner Mann, was nun?« zeigt deutlich die stillschweigende Zensur, die von der Produktion sogar bei Filmen nach den besten Büchern ausgeübt wird. Falladas gleichnamiges, liebenswürdiges Buch ist nicht revolutionär. Sein gewaltsames Happy-End ist inkonsequent bei der konsequenten Folge der vorangehenden Handlung und beantwortet nicht die Frage, die der Titel stellt. Der Handlungsgehilfe Pinneberg, ein typischer »deutscher kleiner Mann« (übrigens ein kleiner Mann wie überall auf der Welt) liebt Lämmchen, ein tüchtiges, beherztes proletarisches Mädchen. Nach großen Plagen und Erniedrigungen verliert Pinneberg seine Stellung, damit verliert er nicht nur Arbeit und Brot, sondern all die Merkmale vorgeblicher Privilegien, an die sich »bessere« kleine Leute so krampfhaft klammern: Er verliert den guten Mantel, das Selbstbewußtsein, das Gefühl der Ehrbarkeit, er ist kein kleiner Mann mehr, sondern ein Nichts, ein grauer Schatten, dem gegenüber sich jeder etwas herausnehmen kann, er wird ein Mensch von merkwürdiger Scheu, Bitterkeit und Scham. Seine Schande ist vom Hunger gezeugt worden. Am Ende des Buches steht Pinneberg abgerissen und hungrig, ohne Kragen und Hut, vor dem Schaufenster eines Delikatessengeschäftes, er denkt über den grausamen Lauf der Welt nach, und wir fragen uns: Was nun, kleiner Mann? Zu dem kleinen Mann tritt ein Wachtmeister und vertreibt ihn wie einen Dieb von dem Anblick auf Essen. Armut ist nicht nur eine Schande, Armut ist auch ein Verbrechen, sagt das Buch mit bitterem Vorwurf, und der Leser, der sich bei der Vorstellung empört, daß ein Gummiknüppel gegen diesen ehrlichen und unschuldigen Mann geschwungen wird, klappt das Buch enttäuscht zu, weil sich Pinneberg selber keineswegs empört, sondern seiner Frau um den Hals fällt. Trotz dieses Auswegs, der keiner ist, schildert das Buch immerhin den Weg Pinnebergs bis zu seiner größten Schmach, und dieser Weg in der Krise spiegelt klar den allmählichen Niedergang, den Tausende in der kapitalistischen Ordnung erleben. Das wird so konsequent erzählt, daß das Buch trotz der fehlenden Lösung ein ziemlich deutlicher Wegweiser ist, auch wenn der Autor selber Scheidewege meidet, auf Irrwege gerät und keinen Wegweiser sieht. Wäre das Buch wahrheitsgetreu verfilmt worden, hätte nicht viel passieren können – hätte der bürgerlichen Ideologie nicht viel passieren können, will ich sagen. Denn auch im Film gibt es ein an den Haaren herbeigezogenes Happy-End, das aus einem typischen Fall im Handumdrehen einen Einzelfall macht, um nicht die wichtigste Frage der Tausende, die entlassen und arbeitslos sind, zu beantworten: Was nun? Interessanterweise wagt der Film nicht einmal so viel wie das Buch. Und so begegnen wir auf der Leinwand einer jungen Frau, die nicht Lämmchen ist, sondern ein bürgerliches Eheweibchen, das um die Einkünfte ihres Mannes bangt, einem Pinneberg, der nicht die Arbeit verliert, der nicht auf der gesellschaftlichen Stufenleiter absteigt und dem gar nichts geschieht, als daß die Gefahr der Entlassung über ihm schwebt, was die kleine Familie für eine Weile aufregt. Weil es in solchen Filmen nicht möglich ist, den heutigen Problemen auszuweichen, werden diese so gelöst, wie es die bürgerliche Presse tut: zu fünfzig Prozent Anerkennen der Situation durch wahrheitsgemäße Schilderung, zu fünfzig Prozent Verzerren und Verdrehen und optimistisches Beschönigen des Weges, der angeblich aus der Krise hinausführt. So entstehen

Filme wie »Kleiner Mann, was nun?«, so entsteht beleidigender Kitsch wie »Morgenrot«. Filme über Arbeitslose, die fröhlich auf einer Parkbank schlafen, deren Elend als Vergnügen und Zauber bohemehaften Lebens dargestellt wird, mit denen gerade in dem Augenblick Wunder geschehen, wenn ein Bild der Wirklichkeit gezeigt werden sollte. Filme, in denen gütige Millionäre als Retter auftreten. Oder man dreht Reportagen über ganze Regionen, wobei die Wahrheit sorgfältig weggelassen wird, vor der Kamera ziehen geschmückte Hochzeitszüge vorbei, unwirkliche Menschen wie in den Filmen von Ulehla oder Plicka. Hier wird die Reportage zur geschmacklosen Verspottung der Wirklichkeit. Und nicht zuletzt die Flut von Kriegs- und Spionagefilmen, in denen eine schöne, mit Verführungskünsten begabte Frau in Dutzenden von gefährlichen Situationen zeigt, wie süß es ist, sich für die Interessen des Vaterlands zu opfern, und wie tapfer man für dieses Vaterland kämpfen kann. Insgesamt sind das grob tendenziöse Versuche, das Klassenbewußtsein der Menschen zu verdummen, und je mehr die bürgerliche Ideologie die Gefahr ihres völligen Zusammenbruchs sieht, um so mehr spürt sie die Notwendigkeit, sich gleichzuschalten. In Wirklichkeit spricht der bürgerliche Film eine verständliche Sprache: Geht ruhig heim, es passiert nichts.

(m.k., *Svet Prace,* 1. Dezember 1933)

II.
»Die Ereignisse werfen ihre Schatten über die Grenze«

Politische Reportagen 1937–1939

Gestrandete Menschen

(Vom Schicksal deutscher Emigranten)

Das Tagewerk des Reporters ähnelt häufig dem einer Hyäne. Mit dem Notizbuch in der Hand zieht er umher und notiert sich menschliches Elend, um in den Zeitungen davon zu berichten. Wenn er dies ohne ein Fünkchen Hoffnung tut, daß seine gedruckten Worte helfen können, ist er nicht einmal einen Händedruck wert.

Dieser Hoffnung wegen entschuldige ich mich bei allen, die ich in den letzten Tagen in ihren Schlupfwinkeln aufgesucht habe, für meine Neugier und meine Fragen, die ihnen schmerzlich und zudringlich erschienen sein müssen. Ich mußte ihnen wie ein Mensch vom anderen Ufer vorkommen, der mit seinem Bleistift das Maß ihres Leidens festhält. Ich stand beschämt vor ihnen, denn mich erwartete ein freundliches Heim, Arbeit und ein Morgen. Sollte aber der Boden meiner eigenen Heimat dereinst unter der vernichtenden Explosion erbeben, die ihre Heimat erschütterte, dann werden wir voraussichtlich zusammenstehen gegen den gemeinsamen Feind – und ich hoffe, wir sehen uns dann wieder.

Ein jeder kann mit dem anderen Menschen nur soweit mitfühlen, als er imstande ist, sich das Schicksal des anderen vorzustellen. Daher geben meistens arme Leute leichter und aufopfernder als Reiche, daher ist der Soldat imstande, sein Leben für seinen Kameraden einzusetzen, deswegen begibt sich der Polizist auch freiwillig auf die Jagd nach einem Mann, der einen Polizisten erschossen hat, darum verbergen die armen

Bergbewohner Rebellen, die bei ihnen Zuflucht suchen, und aus diesem Grunde unterstützen die Juden in aller Welt die jüdischen Emigranten.

Um wen es geht

In Prag leben heute im ganzen etwa 3500 deutsche Emigranten. Ihrer sozialen Schichtung nach sind sie nicht einheitlich. Unter ihnen sind Arbeiter, Handwerker, Beamte, Angestellte und Intellektuelle. Die erste Kategorie bildet die Mehrheit und setzt sich aus den Funktionären der Arbeiterparteien und der verschiedenen Gewerkschaften zusammen. An zweiter Stelle stehen die freien Berufe, und dann erst kommen die Beamten und Angestellten. Frauen und Kinder bilden ein Fünftel der Gesamtzahl. Die politische Zusammensetzung ist recht bunt, denn das Regime des Dritten Reiches traf nicht nur Kommunisten und Sozialdemokraten. Es ist durchaus möglich, daß wir erleben werden, wie katholische Pfarrer und protestantische Pastoren die Grenze überschreiten.

Die deutsche Emigration ist nicht auf einmal zu uns gekommen wie seinerzeit die russischen Flüchtlinge. Die ersten, die über die Grenze gingen, kamen hier niedergeschmettert, betäubt, manchmal sogar noch blutend an. Sie kamen ohne einen Heller, ohne Papiere, zu Fuß, und hatten einige Tage nichts gegessen. Es waren politische Flüchtlinge, Arbeiter, Redakteure, Schriftsteller und Gewerkschaftler, größtenteils junge Burschen aus der deutschen sozialistischen Jugendbewegung. Viele sind zurückgegangen, viele hat man im Reich dann eingefangen, einige sind vielleicht auch wieder gekommen, viele von ihnen werden niemals mehr irgendwohin emigrieren. Diejenigen, die auf keinen Fall nach Hause zurückkehren konnten, blieben.

Dann begann der Zustrom der jüdischen Emigranten und derjenigen, die durch Mischehen in Gefahr geraten waren, und schließlich der der sogenannten Wirtschaftsemigranten, zum größten Teil jüdische Kaufleute und Unternehmer. Letztere brachten Geld mit – wie, das ist ihre Sache – und sie leben in der Republik ohne Unterstützung, denn mit Geld kann man auch die Einsamkeit am Strande der Verbannung meistern. Es ist interessant, daß von den 3500 Emigranten die Mehrzahl, nämlich 2000, zu der Kategorie gehört, die von keinem Komitee unterstützt wird und keinerlei Zuwendung erhält.

Die dritte Emigrantenwelle ist eigentlich keine Welle mehr. Es sind einzelne, die es ein, zwei, drei Jahre und länger ausgehalten haben. Sie haben ihre politische Arbeit fortgesetzt, obwohl sie gesucht und mitunter auch eingesperrt wurden. Wer nur ein wenig ahnt, was für einen ungeheuren Spitzelapparat ein totalitärer Staat unterhalten muß, um totalitär bleiben zu können, kann sich vielleicht vage vorstellen, was für ein Leben ein Arbeiter, Angestellter, Intellektueller oder heute auch ein eifriger Katholik oder Christ in Deutschland führt, der sich entschlossen hat, für die Erneuerung der demokratischen Freiheiten zu kämpfen. Diese Nachzügler sind meistens Leute, die durch Gefängnisse und Konzentrationslager gegangen sind – manche mehr als einmal. Zurückzukehren bedeutete für sie den sicheren Tod. So sind sie hiergeblieben, ärmer noch als Bettler, denn Bettler hindert niemand daran zu arbeiten. Obwohl die Gesamtzahl der politischen Emigranten in der letzten Zeit fast gleich geblieben ist, änderte sich ihre Zusammensetzung wesentlich. Viele gehen fort in andere Länder, sobald sich eine Möglichkeit, vor allem eine Arbeitsmöglichkeit, findet. Aber der Strom versiegt nicht. Die einen gehen, die anderen kommen, weil die Gründe zur Emigration zunehmend ernster und dringlicher werden als in der ersten Zeit nach dem Reichstagsbrand.

Menschen, die nicht arbeiten dürfen

Als 1933 die erste Welle der deutschen Emigration heranrollte, waren alle Organisationen ratlos. Damals entstand eine Einrichtung, die man heute »Patronat« nennt. Vor euch steht ein Mensch in einem Hemd und mit leeren Händen.

Er ist gesund, darf nicht arbeiten und muß essen. Arbeiterfamilien in den Gegenden um Kladno, Most, Brünn und Mährisch Ostrau haben sich dieser Menschen wegen zusammengesetzt. Geld konnte ihnen niemand geben, weil sie selbst keins hatten. Aber der eine gab am Morgen Kornkaffee, der zweite die Reste des Mittagessens, der dritte kostenlos ein Dach überm Kopf. Allmählich wurden diese Patronate organisiert. Die Leute gaben am Anfang unregelmäßig, dann verpflichteten sie sich, systematisch zu geben. Die ganze Umgebung gewöhnte sich an den Flüchtling. Mancherorts wurden ihm Zeitungen geliehen, andernorts bekam er Schuhe. Gastfreundschaft ist eine würdige Form des Mitgefühls und der Unterstützung. Der Mensch, der seine Heimat verloren hat, möchte sich auch gern durch etwas Arbeit für seinen Teller Kartoffelsuppe erkenntlich zeigen. Er nähme dadurch niemandem ein Einkommen weg, denn der Hausherr würde für diese Arbeit doch niemanden einstellen. Aber der Mensch, der seine Heimat verloren hat, darf nichts anderes tun, als »Danke schön« sagen. Er darf nicht einmal etwas Holz hacken.

Die Patronate nahmen mit der Zeit feste Formen an, und sie sind in der Mehrzahl der Fälle das einzige, wovon der Emigrant lebt. Nehmen wir den Fall von Josef B., der plötzlich aufgefordert wurde, die Gemeinde zu verlassen, in der er 72 gesicherte Mittagessen hatte, um sich in den Kreis Iglau zu begeben. Zwanzig Abordnungen intervenierten für ihn, 210 Einwohner unterschrieben ein Gesuch, damit ihnen ihr Gast gelassen würde – im Grunde ein genügender Beweis dafür, daß der tschechische Mensch ein liebenswürdiger Gastgeber sein kann. Das Gesuch jedoch war nutzlos. Das zuständige Amt antwortete auf die Frage, wie der Emigrant nach Iglau gelangen sollte, mit einem Achselzucken. Man stelle sich nun den Flüchtling vor, zum zweiten Mal um sein tägliches Brot gebracht, wie er Kilometer auf Kilometer zu Fuß zurücklegt, um in einen Ort zu gelangen, den er nicht kennt, in dem er nie war, wo er jedem fremd ist, und wo es eine Menge deutscher Henleinanhänger[1] gibt, die seine wie unsere Feinde sind. Stellt ihn euch vor, wie er dasteht, ohne Obdach, ohne Essen, ohne Arbeitsmöglichkeit, ohne ein Morgen, und sagt mir, wie er das alles ertragen und weiterleben kann? Und dies alles, obwohl es am anderen Ende der Republik 72 gute Leute gibt, die bereit sind, ihm abwechselnd Mittagessen zu geben.

Der zweite Fall, der Schuster S., ist ein gebürtiger Tscheche. Dreißig Jahre hat er in Berlin gelebt. 1931 wurde er deutscher Staatsbürger, 1934 verlor er automatisch die Staatsbürgerschaft und wird zu einem Menschen ohne Staatsangehörigkeit. Er verläßt Frau und Kinder und kehrt in seine Heimatgemeinde zurück, wo er einen Onkel findet, der ihn ernährt. Aus heiterem Himmel erhält er jedoch eine Vorladung, und es wird ihm befohlen, sich innerhalb von sechs Tagen entweder nach Iglau oder nach Pelhřimov zu begeben; sechs Kreise stellt man ihm zur Auswahl. Er sucht sich Humpolec aus, nur um überhaupt etwas zu sagen, der Arme. Erschöpft gelangt er dorthin, findet irgendwo auf dem Lande eine Möglichkeit zur Arbeit und beantragt eine Arbeitsgenehmigung. Diese wird ihm vom Landesamt in Prag, Abteilung 16, am 17. August 1937 bis zum April 1938 erteilt. Darauf erhält er am 9. September vom Landesamt in Prag, Abteilung 22, die Mitteilung, daß er diese Stelle sofort verlassen müsse, »da er keine bezahlte Arbeit annehmen dürfe«. Nun sitzt er in Prag und sieht einen an wie jemand, der aufgehört hat, die Welt zu verstehen.

Der dritte Fall ist von einer andern Art. Er ist charakteristisch für das Schicksal der Menschen, die zu uns emigriert sind. Der Held oder das Opfer ist der Arbeiter K., ein alter Kämpfer in der deutschen Widerstandsbewegung. Er heira-

1 Konrad Henlein, Führer der Sudetendeutschen Partei, der sich für den Anschluß der sudetendeutschen Gebiete an Nazi-Deutschland einsetzte.

tete zu Beginn des Jahres 1933, aber sein Familienleben endete bereits im März. Der Schlag, der die deutsche Demokratie traf, zwang ihn, sich von seiner Frau zu trennen, da sie beide von der SA gesucht wurden. Im Juli gelang es der SA, die Frau von K. zu verhaften. Und in diesem Moment begann der Leidensweg. Ihre Schwangerschaft bewahrte sie nicht vor Mißhandlungen, da die SA wissen wollte, wo sich ihr Mann versteckt hielt. Sie verriet es nicht. Sie brachte das Kind zur Welt, und es wurde ihr weggenommen. Im Austausch dafür bekam sie zwei Jahre Gefängnis. Inzwischen wurde im November auch K. verurteilt. Er erhielt zweieinhalb Jahre. Während dieser ganzen Zeit wußte die Familie nichts voneinander; erst 1936 sah der Mann Frau und Töchterchen. Nach einiger Zeit begannen die Verhöre von neuem, Vorladungen, Drohungen mit der Wiederaufnahme des Prozesses »unter dem Druck neuer Beweise«. Es blieb nichts übrig, als bei Nacht und Nebel mit dem Kind auf dem Arm zu fliehen. Jetzt sind sie in der Tschechoslowakei, wo sich zwei Prager Familien ihrer angenommen haben. Sie fallen niemandem zur Last und sind noch nicht ganz zu sich gekommen. Ihr Familienleben bleibt selbstverständlich, wie bei fast allen, ein Torso, denn das Ehepaar lebt wieder getrennt, ist aber dankbar, daß es zumindest ein Obdach gefunden hat. Sollen sie es wieder verlieren?

Nun noch der Fall des jüdischen Emigranten M. Er ging vor zwei Jahren von Deutschland fort und ließ Frau und Kind zurück. Nach zwei Jahren Aufenthalt hier fuhr er in einen Grenzort mit allen Papieren, die ein Emigrant haben kann, mit einer Identitätsbescheinigung und einer einjährigen Aufenthaltsgenehmigung für die Tschechoslowakei. (Andere Papiere kann er gar nicht haben, deswegen ist er ja gerade geflüchtet. Wenn er aber die Papiere vorlegt, die ihm unsere Ämter gaben, hört er: »Aber das sind doch keine Papiere!«) Er fuhr ins Grenzgebiet, um sich dort nach zwei Jahren mit Frau und Kind zu treffen, um deren Schicksal ihm bange war. Er fuhr mit Wissen und Erlaubnis des Flüchtlingskomitees, dem er unterstellt war. Seine Frau bekam keinen Paß für die Tschechoslowakei, durfte die Grenze aber mit einem Passierschein übertreten, der nur drei Tage Gültigkeit hat. Die drei Menschen hatten zum Treffpunkt ein kleines Gasthaus bestimmt: der Mann, die Frau und das Kind. Der Mann näherte sich diesem Ort, er glaubte, bereits von weitem die Gesichter seiner Lieben zu erkennen – da wurde er verhaftet. Er wies sich mit seinen Papieren aus, erklärte den Grund seines Besuches. Man sagte ihm, das wären keine Papiere. Er wurde in eine andere Stadt überführt, ins Gefängnis gesteckt und nicht angehört. Am dritten Tag trat er aus fieberhafter Sehnsucht, Frau und Kind wieder zu sehen, in den Hungerstreik, da er wußte, daß seine Familie am dritten Tag abreisen mußte. Für diesen Hungerstreik wurde er aus der Republik ausgewiesen. (»Mit diesem Verhalten haben Sie das erfolgreiche Eingreifen der Polizeidirektion des Ortes X erschwert...«) Nach einigen Interventionen wurde ihm die Aufenthaltsbewilligung um weitere vierzehn Tage verlängert, um ihm die Möglichkeit zu geben, nach Amerika auszuwandern. Abgesehen davon, daß es nicht einmal einem von uns gelingen würde, binnen vierzehn Tagen eine Einreisegenehmigung nach Amerika zu erhalten und das Fahrgeld aufzubringen, was sogar die Polizeidirektion wissen könnte, bedeutet das für ihn, wegzufahren und Frau und Kind in Deutschland zurückzulassen.

Emigrantenkollektive

Die Patronate sind nicht die einzige Form der Unterstützung von Emigranten. Es gibt Massenunterkünfte, die von den Flüchtlingskomitees unterhalten werden. Es gibt mehrere solcher Komitees in der Tschechoslowakei und ihre Arbeit ist im Grunde dieselbe. Es ist wichtig, auf zwei Umstände aufmerksam zu machen: die Kontrolle der Komitees über den einzelnen Emigranten ist wesentlich umfangreicher, genauer und gründlicher, als es eine polizeiliche Kontrolle überhaupt sein kann. Unter den Schutz des Komitees gelangt nur der, der die Gründe seiner Emigration detailliert angibt. Seine Angaben werden genau überprüft, was manchmal Wochen dauert und viel Arbeit und Geld kostet. Erst danach wird der Emigrant in ein Kollektiv eingeteilt, bekommt eine Identitätsbescheinigung, wobei das ganze Kollektiv gleichzeitig zum Beschützer seines Lebens wird. Sollte zufällig passieren, daß sich trotz aller Vorsicht ein unwillkommener Genosse einschleicht, dauert es nicht lange, bis er entdeckt wird. Gerade vor kurzem hat ein Kollektiv dem tschechischen Gericht einen Mann Übergeben, der ihm verdächtig vorkam. Wie sich zeigte, zu Recht.

Was ist das, so ein Wohnkollektiv: Eine leere Schraubenfabrik, halb verfallen, eine kalte Gesindestube mit hoffnungslos blinden Fenstern und Löchern, für die die 135 Leute, die dort wohnen, eine Jahresmiete von 28000 Kronen zahlen (früher zahlten sie nur 22000 Kronen, aber der Besitzer hat die Miete erhöht). Jeder dieser 135 Menschen bekommt 20 Kronen pro Woche. Es sieht dort so aus: Kahle Räume mit sechs bis acht Eisenbetten, ohne Bettwäsche, hier und da ein Schrank aus Kisten gezimmert. Eine zu Tränen rührende Bibliothek, ein winziger Raum mit zerschlissenen Büchern, die sorglich geordnet und numeriert sind. Kleist neben Brecht, alles offenbar Geschenke von Menschen, die selbst in Sicherheit leben. Ein Badezimmer gibt es auch, wenn Sie eine kaputte Blechwanne als Badezimmer bezeichnen wollen, aber baden dürfen nur die Kranken, da kein Geld für Kohle da ist. In der Küche in einem Faß Berge von Kohl; Gulasch gibt es einmal in der Woche. 50 Kilogramm Fleisch für 135 Menschen in der Woche, von denen ein Viertel krank ist und zusätzliche oder besondere Kost braucht, das heißt brauchen würde. Im Gemeinschaftsraum bügeln die Frauen die Wäsche, in der Mitte steht ein wackliger Tisch. Stühle sind nur wenige da. In einem Loch repariert ein Schuster Schuhe, in einem anderen ändert ein Schneider geschenkte Kleider. An mir geht ein Junge mit einem Paket Zeitungen vorbei; es sind alte ausgelesene Zeitungen, die er

Milena Jesenská im Alter von dreizehn Jahren am Ufer der Moldau (1909)

Mit fünfzehn Jahren beim Tennisspielen (1911)

Milena Jesenská im Alter von achtzehn Jahren (1914)

Milena Jesenská mit einundzwanzig Jahren kurz nach ihrer Hochzeit (1917)

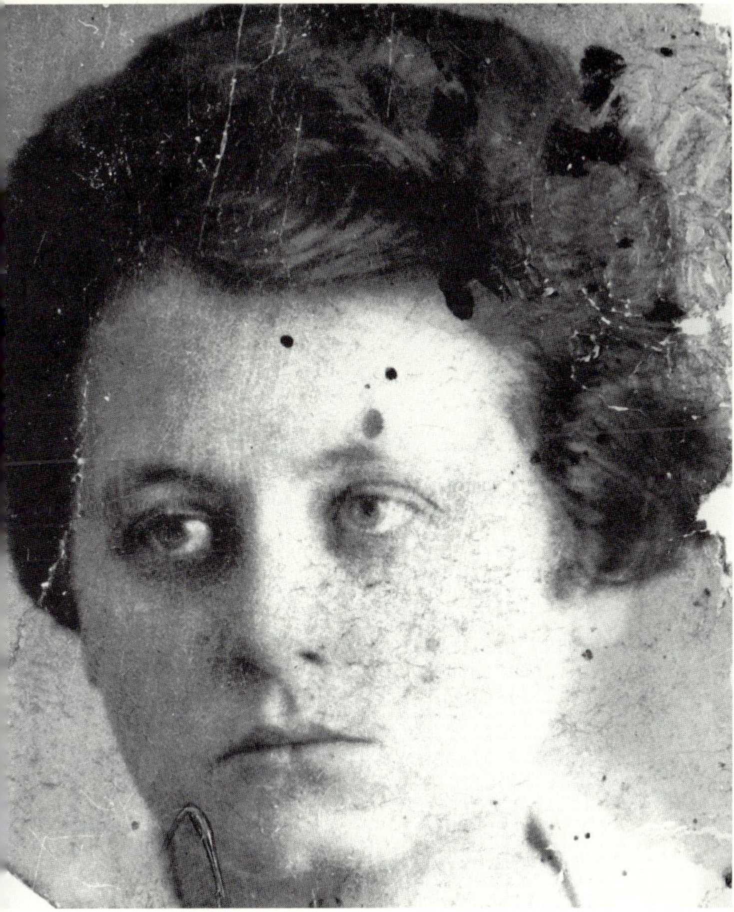

Ausweisfoto aus der Wiener Zeit

Anfang der zwanziger Jahre

Otto Rühle, Milena Jesenská, Staša Jílovská und Graf Schaffgotsch in Buchholz-Friedenwald bei Dresden (1925)

Milena Jesenskás Prager Zimmer nach ihrer Rückkehr aus Wien

Milena Jesenská und Staša Jílovská Mitte der zwanziger Jahre

Mit Karel Teige und dessen Frau Mitte der zwanziger Jahre

Milena Jesenská und Staša Jílovská (1927)

Milena Jesenská mit der Opernsängerin Olga Valouška (1928)

»Erhabene Porträts aus der Redaktion.« Von links: Staša Jílovská, Milena Jesenská, Sekretärin und der Verfasser der Zeichnung V.H. Brunner

Architekt Jaromír Krejcar s paní Milenou vyjížděli neděli co neděli se šesti koňskými silami a vraceli se s dvěma volskými.

»Architekt Jaromir Krejcar und seine Frau Milena fahren Sonntag für Sonntag mit sechs Pferdestärken ins Grüne und kehren mit zwei Ochsenstärken zurück.« Karikatur von Adolf Hoffmeister in »Pestrý Týden«

Milena Jesenská im Sanatorium (1928)

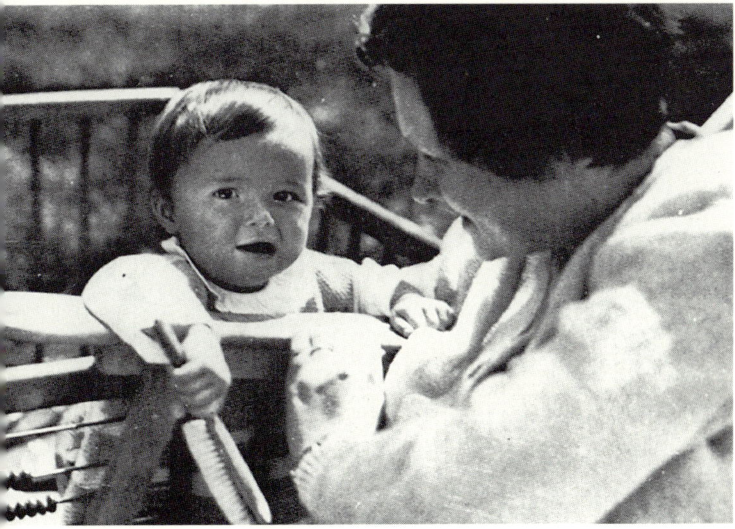

Mit Tochter Jana-Honza (1929)

Mit Tochter Jana-Honza (1929)

Milena Jesenská Anfang der dreißiger Jahre

Milena Jesenská mit dem kommunistischen Redakteur Julius Fučik Anfang der dreißiger Jahre

Freunden aufs Land schickt, die schon viele Tage auf die Sendung warten.

Ich sollte vielleicht die Not, in der sie leben, noch ausführlicher schildern. Sie ist schrecklich. Ein Viertel ist krank, alle sind unterernährt. Ich kann mich jedoch des Eindrucks nicht erwehren, daß es hier noch etwas Ärgeres gibt als ihre Alltagsnot.

Ich habe ihnen ins Gesicht gesehen, ich habe mit ihnen gesprochen. Sie sprechen von ihrem Schicksal, wie Leute nach einer schweren Krankheit mit Gesunden reden. Sie lächeln nur und sagen im Grunde nichts. Denn was sollten sie erzählen, woher die Worte nehmen? Diese Leute sind zum Stillstand gekommen. Sie dürfen nicht arbeiten, sie hören, wie die Zeit verrinnt, sie stehen da und warten auf ein Morgen.

Ich glaube, ich werde niemals diese junge Frau mit dem hübschen Haar und dem schönen Lachen vergessen, die ein wenig trotzig vor mir stand und erzählte: Ja, sie war verhaftet und lange inhaftiert. Ob man sie mißhandelt hat? Nein, nein, bis auf einige Kleinigkeiten. Was heißt das: Kleinigkeiten? Nun, Schläge mit dem Lineal auf den Kopf, Schläge auf die Gelenke. Das sollen Kleinigkeiten sein? Freilich – und wieder dieses unbeschreibliche Lächeln – freilich, das sind in Deutschland Kleinigkeiten. Haben Sie ein Kind? Ja. Das klingt ganz leise und hart. Wo? In Deutschland. Haben Sie Angst um das Kind? Schulternzucken. Ist es nicht ein fürchterliches Bewußtsein, daß es von Nazis erzogen wird? Hätte ich es denn mit hernehmen können? Wie? Wohin? Das ist schon ein Aufschrei, fast ein Weinen. Wie stellen Sie sich die Zukunft vor? Der gesenkte Kopf der jungen Frau richtet sich auf, die Augen mustern mich ganz aufmerksam, ganz sachte und ganz genau: Wir warten, bis wir wieder nach Hause gehen können.

Ich sprach mit einem jungen Mann, der erst ein halbes Jahr in der Tschechoslowakei ist. Er saß in einer Zelle mit Edgar André, einem Hamburger Kommunisten, der ungefähr vor einem Jahr hingerichtet wurde. Er selber kam – nach jahrelanger Haft – aus dem Gefängnis, bevor André seinen Prozeß hatte. Den ganzen Prozeß machte er als Zuhörer mit. Die Nacht, in der André gehenkt wurde, saß er mit der Familie des Verurteilten zusammen, die ganze Nacht. Hamburgs Arbeiter kamen zum Begräbnis. Der Junge sagte einige Worte am Grab seines Kameraden, wurde verhaftet und verbrachte einige Wochen im Bunker, wo er weder sitzen noch liegen konnte. Dann wurde er entlassen, und wie es oft ist, wurde ihm gesagt, der Prozeß gegen ihn würde wieder eröffnet. Er ging also zu uns. Er hat ein kluges, feines Gesicht und auffallend schöne Hände. Er war Bankangestellter. Er ist einer von denen, die noch das Bedürfnis haben, unheimlich viel zu sagen, er ist bis zum Rand voll Angst vorm Wachen, vor Schlägen, vorm Warten, vor Erniedrigungen, voll Liebe für seine Kameraden, die Worte sprudeln aus ihm heraus, auf den Schläfen spannen sich die Adern... »Sind Sie gesund?« frage ich ihn. Auch ein Laie erkennt auf den ersten Blick, daß er ein schweres Nervenleiden hat. Er guckt mich überrascht an: Natürlich!

Was wir für schrecklich halten, ist für sie eine Kleinigkeit. Was uns zu einem Aufenthalt im Spital berechtigen würde, ist für sie Gesundheit.

Andere Komitees bringen ihre Schützlinge in kleinen Kollektiven unter, in privaten Wohnungen, zu fünft, zu sechst oder zu acht. Dort haben sie es ein bißchen »besser«. Außer Kohle und Wohnung bekommen sie 30 Kronen pro Woche. Ich spreche von einem Vierzigjährigen, dessen Kopf schlohweiß ist. Alle frage ich nach der Arbeit. Alle schütteln den Kopf. Zwei von ihnen arbeiten im deutschen Theater als Statisten. Für die Probe bekommen sie drei Kronen, für die Vorstellung fünf. Und dafür laufen sie zu Fuß nachts von Zabehlice nach Prag und zurück, nach einem langen Tag des Wartens und der Arbeit ohne Essen. Ein anderer klopfte zweimal Teppiche in den vier Jahren, in denen er hier lebt, aus Gefälligkeit für einen Teller Suppe.

Und Wohltätigkeit schläft ein...

Die Existenz der Emigranten beruht auf der organisierten privaten Wohltätigkeit. Über diese Wohltätigkeit sollte man auch einige Worte verlieren. Erinnert ihr euch, wie wir die ersten Verwundeten im Krieg bewirtet haben? Mit belegten Brötchen und heißem Kakao. Später sind wir auf den Bahnhöfen über ganze Haufen Verwundeter gestiegen und haben sie gar nicht mehr zur Kenntnis genommen. Im Jahre 1933 konnten die Komitees maximal 35 000 Kronen im Monat durch Sammlungen aufbringen. Heute mit Mühe höchstens 8000. Im Jahre 1934 bekam ein Emigrant noch 6,50 Kronen pro Tag, heute nur noch 4,50.

Ein anderes Komitee kann nur noch 3,50 Kronen bezahlen, und in Brünn gibt es gar nur noch 2,60. Die Wohltätigkeit wird in dem Maß geringer, wie die Not steigt. Denn es gibt eine Art Gesetz: es ist nicht so schwer, eine Katastrophe zu ertragen, aber die lange Stille danach auszuhalten, ist schwer. Wohltätigkeit ist eine Quelle, die langsam versiegt. Und vier Jahre Emigration sind nicht nur Entbehrung, Hunger, Not, Verlassenheit, Einsamkeit, Sehnsucht nach der Heimat und erzwungenes Bettlertum, vier Jahre Emigration sind auch ein schrecklicher, unerträglicher Seelenzustand.

In der Mehrzahl handelt es sich um junge Leute. Arbeiter und Intellektuelle. Diese Menschen verlieren die Möglichkeit zu arbeiten, sich auszubilden, sich weiter zu entwickeln. Sie verlieren den Kontakt zu ihrem Beruf, hängen im luftleeren Raum, verlieren den Sinn fürs Leben. Nicht nur der Hunger entkräftet, auch das erschöpfende, aufreibende Warten.

Es sind fremde Menschen, sie sprechen eine fremde Sprache, und sie kommen aus einem fremden Land. Aber eines haben wir gemeinsam: Beim Wort Hakenkreuz zieht sich uns das Herz mit den gleichen Gefühlen zusammen. Dieses Häuflein Vertriebener kann uns lehren, was das Hakenkreuz ist: sie sind die lebendigen Zeugen einer großen Vergewaltigung und einer mächtigen Lüge. Mit ihrem eigenen Körper legen sie hier unter uns Zeugnis ab, und wer von uns noch ein ungläubiger Thomas ist, weil er nicht selbst gesehen hat, der kann hingehen und sie mit dem Finger berühren.

Auch den kräftigsten Menschen zwingt ständige Unterernährung in die Knie, und auch ein Riese geht an Untätigkeit, die mit Hunger und erzwungenem Bettlertum verbunden ist, zugrunde. Wenn nicht aus diesem Häuflein Menschen, von denen vielleicht einige nichts als Emigranten sind, dessen Kern aber Helden bilden – wenn aus ihnen mit der Zeit kein Geschwür inmitten unserer Gesellschaft werden soll, dann dürfen sie sich nicht in einen demoralisierenden Faktor verwandeln, sondern müssen die Möglichkeit bekommen zu leben. Heute, wo die Krise nicht mehr so bedrohlich ist, wo die Leute wieder Beschäftigung finden, müßte es möglich sein, ihnen Arbeit zu geben, ohne daß sie unseren Leuten eine Scheibe Brot wegessen. Manche von ihnen sind qualifizierte Fachkräfte auf Gebieten, in denen bei uns Mangel herrscht. Andere könnten neue Arbeit finden, die bislang nicht existierte und für sie als andere Form der materiellen Hilfe geschaffen wurde. In Prag gibt es zum Beispiel einige hundert Leute, die ihre Bücher über Emigranten beziehen, damit der Flüchtling eine Provision bekommt. Sonst würden sie das Buch im Laden oder vielleicht überhaupt nicht kaufen. Eine solche materielle Hilfe und Arbeit, die für sie so dringlich ist, kommt nur in Prag oder in den großen Städten in Frage und auch hier nur von Fall zu Fall, nämlich dort, wo sie mit der Umgebung vertraut geworden sind. Dasselbe ließe sich über ihre primitivsten kulturellen und gesundheitlichen Bedürfnisse sagen. Und schließlich auch über die Kontrolle, die aus Sicherheitsgründen erforderlich ist. Wenn Frankreich, Belgien und die skandinavischen Staaten den deutschen Emigranten mehr gewähren konnten, als das internationale Statut festlegt, dann müßte sich auch bei uns eine Möglichkeit finden, ihnen die existentielle und moralische Grundlage im Rahmen der Genfer Konvention zu gewährleisten, die die Tschechoslowakei bis jetzt noch nicht ratifiziert hat. Die Geschichte der tschechischen Emigration ist noch zu lebendig, als daß unser Gewissen gleichgültig bleiben könnte.

(Milena Jesenská, *Přítomnost,* 27. Oktober 1937)

Lynchjustiz in Europa

Ein Fremder, der das Häusermeer einer unbekannten Stadt durchfährt, mag denken, daß er eine Großstadt vor sich hat. Wer dagegen in einer so großen Stadt lebt, daß er zeit seines Lebens nicht einmal wahrnimmt, wie sie in Felder ausufert, der weiß, daß es auf der Welt eigentlich keine großen Städte gibt. Es gibt nur sich verzweigende Straßen, Häuser ohne Gärten und Felder, die eng nebeneinander stehen, rechteckige steinerne Käfige in fünf Stockwerken übereinander. In einer Großstadt lebt der einzelne ähnlich wie auf dem Dorf. Um ihn herum die Nachbarn, gegenüber die Trafik, an der Ecke der Kaufmann. Hausmeister, Briefträger, Steuereintreiber, Telefon, Arbeit, einige Freunde – das ist alles. Frühmorgens stellt ihm der Ladenbursche die Milch und die Tüte Brötchen vor die Tür, der Herr, der neben ihm wohnt, geht fort zur Arbeit, und das Fräulein von gegenüber kommt gerade vom Nachtdienst nach Hause. Mit einem gleichgültigen »Guten Morgen« beginnt der Tag. Alle Schicksale werden in der gegenüberliegenden Trafik registriert. Die Wände haben Ohren, Frauen und Kinder sind redselig. Und so kennt das ganze Haus Ihre Schulden und Sorgen, die Kleider, die Sie tragen und die politische Überzeugung, die Sie vertreten. Wegen dieser politischen Überzeugung grüßt Sie der Herr aus dem ersten Stock etwas nachlässig, der Herr aus dem zweiten ist dagegen besonders höflich. Gehören Sie zum selben Lager wie der Hausbesitzer, können Sie es sich leisten, die Miete leicht verspätet zu zahlen. Haben Sie ein anderes Parteibuch als der Hausmeister, muß sich Ihr Junge besonders sorgfältig die Schuhe abtreten, damit es auf der Treppe keine Tapsen gibt. Geht die Dame aus dem dritten Stock vorbei, grinst das Haus insgeheim, heutzutage etwas bösartig und giftig: die Dame ist Jüdin. Und poltert der Student aus dem vierten Stock in den weißen Kniestrümpfen der Henleinanhänger die Treppe herab, empfängt ihn die eisige Stimmung der aufgebrachten Straße. So zeigt sich nämlich das politische Leben des kleinen Mannes im Alltag. Sein politisches Leben ist derart eng mit seiner persönlichen Situation verflochten, daß es dabei nicht nur um die Ehre gehen kann, sondern vor allem um die Haut. Sein politischer Wirkungskreis umfaßt gewöhnlich nicht mehr als den Radius seines täglichen Lebens: den Platz, dazu drei Straßen, den Weg zur Arbeit und nach Hause, den Ausschank an der Ecke, die Trafik gegenüber sowie acht Quadratmeter – das sogenannte Zuhause. So sieht der Nährboden aus für das, was man ein Pogrom nennt. Ein Pogrom ist unter anderem die Rache des kleinen Mannes am kleinen Mann, ein Kampf übers Geländer der Pawlatschen, von einer Etage zur anderen. Eine lang aufgestaute Wut – mittels Propaganda aufgepeitscht und mißbraucht – wird auf einen Begriff gebracht, kristallisiert und explodiert.

Die Neger Europas

In ruhigeren – und ruhigen – Zeiten mögen die verschiedensten Leute nebeneinander gelebt und sich nicht viel um Politik geschert haben. Sie ging ihnen nicht unter die Haut, berührte sie scheinbar nicht, spielte sich woanders ab. Heute hat die Politik Einzug in die Wohnungen der kleinen Leute gehalten, in Zweizimmerwohnungen mit Küche und Bad, hat an Tischen mit Häkeldeckchen Platz genommen und dröhnt aus dem Radio, aus dem früher nur Lieder klangen. Heute zeigt sich Herr Novotný vor allem als Tscheche und guter Nachbar, Herr Kohn als Jude, der Sohn des Herrn Kellner als wohlgestalter sportlicher junger Mann, der – mitten im friedlichen Smíchov, wo es weit und breit keine Berge gibt – weiße bayerische Kniestrümpfe trägt, und Herr Svoboda, Schneider im Souterrain, als Sozialdemokrat. Unten im Souterrain wohnen auch noch zwei Emigranten, deutsche Sozialisten. Sie leben auf Evidenzkarte[1], sind ohne Arbeit, haben keine Papiere, und ihre Anwesenheit berührt alle Mieter des Hauses – Tschechen, Deutsche, Juden – leicht peinlich. Denn ein Emigrant – das ist ein Neger, dazu ein Neger unter Weißen, der lebt, wo er eigentlich nicht hingehört, damned nigger! Derart hat sich Europa in den vier Jahren verändert, daß es voller Neger ist. Neger dürfen bekanntlich keine weiße Frau berühren, müssen in ihnen zugewiesenen Vierteln wohnen und sind nicht Herren ihrer selbst. Neger im heutigen Wien sind zum Beispiel Juden, Sozialisten, ehemalige österreichische Patrioten, Monarchisten, hie und da Tschechen und des öfteren auch Katholiken. In Amerika kommt es manchmal vor, daß eine von Rassenwahn aufgestachelte Menge einen Schwarzen am nächsten Baum aufhängt – weil er schwarz ist. Kürzlich erregten drei Neger aus Scottsborough, die aufgrund falscher Angaben einer weißen Prostituierten zum Tode verurteilt worden waren, berechtigtes Mitleid auf der ganzen Welt. Europa empfing ihre Mutter mit offenen Armen und forderte mit seinen besten Stimmen Freiheit für die drei unschuldigen Verurteilten. Mit der jahrhundertealten Tradition seiner Kultur sprach Europa zum jüngeren und ungebärdigeren Amerika. In Wien wird niemand an Bäumen aufgeknüpft. In Wien gibt es heute gut eine halbe Million Neger. Bis jetzt hat man ihnen kaum ein Leid getan. Man verbot ihnen »lediglich« zu arbeiten. Ärzte dürfen nicht heilen, Anwälte keine Kanzlei führen, Schriftstellern und Musikern darf niemand sein Ohr

1 Eine vom Flüchtlingskomitee ausgestellte, mit Polizeistempel versehene Identitätsbescheinigung und vorläufige Aufenthaltsgenehmigung, die einen gewissen Schutz, aber keine Aufenthaltsgarantie bedeutete.

leihen. Außerdem beschlagnahmte man »nur« ihr Vermögen und gab ihnen zu verstehen, daß sie sich davonmachen sollten – ziemlich überflüssig, denn wer konnte, hatte sich schon aufgemacht. Ansonsten läßt man sie jedoch leben. Seltsame, grauenhafte, *gesetzeshörige* Lynchjustiz!

Vier Jahre lang lebten diese Menschen in Wien mit angehaltenem Atem. In vier Jahren lernten sie, sich auf vielerlei Weise zu verleugnen und zu schweigen. Sie hüteten sich, aufzufallen oder den geringsten Anlaß zu Mißfallen zu geben – weil sie leben wollten. Bei seinem letzten Versuch um den Erhalt der österreichischen Unabhängigkeit appellierte der ehemalige Kanzler Schuschnigg jedoch gerade an sie. Ausgerechnet an sie, die im Februar 1934 die österreichische Unabhängigkeit verteidigt hatten: Nun traten sie aus ihrem Versteck und dem mühsam erlernten Schweigen, um ihre Stimme zu erheben: auf der Straße, in Versammlungen, zu Hause, auf der Treppe, auf der Pawlatsche, im Wirtshaus und in der Trafik. Sie gaben sich aufs neue zu erkennen. Vier Jahre stiller Selbstverleugnung warfen sie ab wie eine Maske und schickten sich an, die Frage Schuschniggs mit »Ja« zu beantworten. Als Schuschnigg dann am 12. März zurücktrat, standen diese Menschen zum *zweiten Male* entblößt und hilflos vor ihren Feinden, diesmal mit unleugbar schwarzem Antlitz. Vergebens waren vier Jahre Schweigen und Erniedrigung. Ein Drittel der weißen Bevölkerung Österreichs verlor unter seinen weißen Landsleuten jedes Recht, die Arbeit und die bürgerliche Existenz. Es braucht in Europa heute keine farbige Haut, damit jemand zum Neger wird.

Genau weiß eigentlich niemand, wie viele solcher weißer Neger es in Europa heute gibt. Der Völkerbund verfügt zwar über eine Statistik der Nachkriegsemigration, sie ist aber längst überholt und vermittelt nur ein ungefähres Bild der politischen Völkerwanderung. Die Zahlen verraten zudem nichts darüber, warum ein normaler Bürger in einem Land plötzlich zum Neger wird. Die Juden nahmen fast immer und überall eine Sonderstellung ein, und zu Zeiten, die wir als das goldene Zeitalter europäischer Blüte, Kultur und Zivilisation anzusehen gewohnt sind, wurden sie in Osteuropa wie Neger behandelt. Wieviel jüdische Neger gibt es heute? Im Dritten Reich etwa eine halbe Million. In Wien und ganz Österreich ungefähr 300000. In Ungarn leben jüdische Halbneger, die zwar leben und arbeiten dürfen, einstweilen auch noch die Bürgerrechte haben, aber durch Gesetze an den numerus clausus gebunden sind. Nur einem bestimmten Prozentsatz Juden wird erlaubt zu studieren, und es ist so gut wie ausgeschlossen, daß Juden staatliche Angestellte oder Beamte werden können. In solch lebenslanger Quarantäne lebt fast eine halbe Million ungarischer Juden, obgleich gerade sie sich durch großen Patriotismus ausgezeichnet haben. In Polen, wo sehr viel mehr Juden leben, sind sie noch strengeren Einschränkungen unterworfen. Deshalb trifft man in Prag, in Paris und in London auf arme und unterernährte polnisch-jüdische Studenten, die sich mit Leidenschaft und unglaublichem Fleiß dem Medizinstudium widmen, um nach der Promotion ihren Beruf nirgendwo ausüben zu können. Ähnliches gilt für Rumänien. Etwa fünfzehn Millionen Juden gibt es auf der Welt, von denen ein ganzes Drittel außerhalb der Gesetze lebt.

Trotzdem gibt es wesentlich weniger jüdische Neger als solche, die ausgesprochen arisch sind. Fünf Jahre schon ziehen Zehntausende deutscher Emigranten von Land zu Land, von Kontinent zu Kontinent. Seit kurzem zählen zu ihnen die Geächteten des früheren Österreich. Wie viele sind es? Nach recht zuverlässigen Schätzungen circa 300000. Tausende und Abertausende stecken in Gefängnissen und Konzentrationslagern. Sind das schon alle? Bei weitem nicht. Auch ein hundertprozentiger Arier kann heutzutage leicht zum Neger seiner Heimat werden, wenn er zum Beispiel Sozialist oder Demokrat ist, oder wenn er das Evangelium für ein höheres Gesetz hält als diverse Anordnungen. Die Zahl der Neger, die zu

Hause blieben, nirgendwohin gingen und auch gar nicht gehen konnten, ist unübersehbar. Über ihr Leben, ihre Gedanken und Träume, über ihren Alltag wachen auf Schritt und Tritt Blockwart und Nachbarn, die Arbeitskollegen in Fabrik und Büro, ebenso Schule und Sportverein. Eine gesellschaftliche oder politische *Tätigkeit* zog ja immer bestimmte Folgen nach sich, aber erst heute ist es in einem Teil Europas dahin gekommen, daß Millionen Menschen zu Negern werden, einfach weil sie *existieren,* weil sie *leben* und etwas denken, und weil sie gerade die Eltern haben, die nun einmal die ihren sind. Sie brauchen gar nichts Verbotenes zu tun; man erlaubt ihnen ja nicht einmal mitzumachen (die Juden Wiens dürfen keine Hakenkreuzfahnen heraushängen), sie büßen einzig und allein dafür, daß sie auf der Welt sind.

Die Ereignisse werfen ihre Schatten über die Grenze

Aus Presse und Radio erreichen uns Nachrichten von Ereignissen. Die Ereignisse spielen sich in der Nähe ab und werfen ihre Schatten voraus. Es gibt unter uns Menschen, deren Selbstbewußtsein durch die Ereignisse im Ausland erheblich gestärkt wurde. Mit unerhörter Entschiedenheit stolzieren jugendlich-schneidige Waden in weißen Strümpfen über das Prager Pflaster. Andererseits gibt es unter uns Menschen, die sich des Eindrucks nicht erwehren können, daß die Entwicklung der Ereignisse auch bei uns über Nacht lauter Neger hervorbringen kann. Es erreichen uns Nachrichten von Emigranten, die von einer Grenze zur andern fahren, ohne irgendwo Aufnahme zu finden. Von diesen Farbigen beherbergt jedes Land schon mehr, als es wirtschaftlich verkraften kann. Die Staaten haben ihre Grenzen dicht gemacht, der Ansturm von Fremden gefährdet ihr inneres Gleichgewicht. Aber diese Menschen versuchen es trotzdem, ohne Papiere, zu Fuß, mit bloßen Händen. Auf uns liegt der Schatten unzähliger erschütternder Schicksale, hunderter und tausender schmerzlicher Abschiede, Selbstmorde und Demütigungen aller Art. Manche Leute sind nervös geworden. Die stete Tendenz, die Menschen nach Kategorien zu trennen, ist auch zu uns gedrungen. In Weinberge etwa, in Smíchov, Karlin, Holešovice oder Libeň und anderen Vorstadtstraßen ist ein stiller Hauch wechselseitiger Spannung zwischen den Bewohnern zu spüren. Dieser gefährliche Hauch weht aus dem fernen, bedrohlich fremden Deutschland herüber. Im Wirtshaus sitzen die Leute und debattieren. Was wird England tun, wie wird sich Frankreich verhalten, was unternimmt Hitler? In der Tat, das sind dringende und wichtige Fragen. Sie brennen uns allen unter den Nägeln, nicht an sie zu denken, ist unmöglich. Aber vor allem müssen wir uns über etwas anderes im klaren sein: darüber, was wir selbst tun werden. Nicht im internationalen, sondern im privaten Maßstab mit dem Radius von dreieinhalb Straßen, dem Nachhauseweg und einer Zweizimmerwohnung mit Küche. Wir müssen wissen, was wir gerade auf dem Stück Erde, auf dem wir leben, und an dem Platz, an dem wir arbeiten, tun werden. Vielleicht zeichnen sich mögliche Konturen ab, wenn wir uns den toten Ingenieur Weissel und die elf lebenden Schutzbündler ins Gedächtnis rufen.

Elf Schutzbündler

Das vergangene Jahr geizte wahrlich nicht mit furchtbaren Nachrichten. Soviel Furchtbares aus der ganzen Welt drang an unser Ohr, daß wir fast abstumpften. Bombardierte Städte und Tote waren praktisch an der Tagesordnung. Vor dem Hauptfilm sahen wir beinahe regelmäßig Bilder von Frauen, die in Trümmerhaufen nach ihren Kindern und Männern suchen, über den Ruinen eines Heims die Hände ringen oder über etwas, das gleich einem grotesken Bündel Lumpen, auf der Straße liegt und der tote Mann ist. Ich möchte bezweifeln, daß die Welt uns noch größeres Grauen bieten kann. Aber vor drei Tagen ging eine kleine, eine winzige Meldung durch die Presse, bei der dem Leser das Herz stillzustehen drohte. Sie betraf elf österreichische Schutzbündler – Feuerwehrmänner.

Die Schutzbündler kämpften im Februar 1934 mit dem Gewehr in der Hand gegen den österreichischen Faschismus. Sie kämpften, ließen ihr Leben, wurden besiegt – und verurteilt. Elf der Verurteilten hatte ein Ingenieur namens Weisel geführt. Kein politischer Führer, in der Politik nie aktiv, war er eigentlich ganz unbekannt. Er lebte sein Leben wie Sie und ich, war überzeugter Antifaschist und Sozialist. Lange Jahre blieb diese Überzeugung seine Privatangelegenheit, eingegliedert zwischen Privatleben und Arbeit. Dann kam der Augenblick, in dem einige Menschen in Österreich für eine ähnliche Überzeugung das Gewehr zur Hand nahmen, und Ingenieur Weissel stellte sich an ihre Spitze. Er handelte ohne jeglichen Dienstgrad und jeden Befehl. Er folgte nur einer inneren Stimme, die sagte, daß es Dinge gibt, die wir über unser Leben lieben. Er wurde verwundet und verhaftet. Man zerrte ihn aus dem Krankenhaus und hängte ihn ohne Umschweife von der Bahre weg auf. Er starb ohne viel zu sagen, ganz ruhig und selbstverständlich, mit dem Wort »Freiheit« auf den Lippen. Erst jetzt erfuhr die Welt von Ingenieur Weissel – und vergaß ihn schnell wieder. An seiner Seite standen jedoch elf Mitkämpfer, elf Schutzbündler, die, sollte man meinen, weder vergessen konnten noch durften. An diese Elf nun richteten die Nazis die Frage: Wollt ihr eurem neuen Führer die *gleiche Treue* schwören, mit der ihr früher für eure Ideale eingetreten seid? – *Und die Elf antworteten mit Ja.*

Der letzte Monat dürfte uns kaum ein beklemmenderes und warnenderes Beispiel geliefert haben. Diese Elf sollten uns allen, die wir keine Politiker sind und die Ereignisse nur durch das Gewicht unserer persönlichen Überzeugung beeinflussen können, als Warnung dienen. Es ist nicht wahr, daß es auf uns nicht ankommt. Heute kommt es auf alle an – und zwar auf jeden einzelnen. Sind wir bereit, mit ja zu antworten, wenn eines Tages eine politische Kehrtwendung von uns verlangt wird, gibt es für uns weder Rettung noch Retter. Denn man muß sich vor allem selbst um Rettung bemühen, damit einem geholfen werden kann. Wir kennen die Namen der elf Schutzbündler nicht. Auch uns kennt niemand dem Namen nach. Aber es ist und bleibt die größte Krankheit des europäischen Menschen, bereitwillig zurückzuweichen, sich nicht zur Wehr zu setzen, sich zu fügen und unterzuordnen, »weil man halt leben muß«. Zu wissen, wie wir leben wollen, ist das Vordringlichste, und dieses Wie ist für ebenso wichtig zu halten wie das Leben selbst. Jeder von uns steht heute vor der schweren Aufgabe, die Grenze zwischen Besonnenheit und Feigheit, zwischen Mut und Tollkühnheit zu finden. Das gilt nicht nur für unsere führenden Politiker, sondern auch für den kleinen und kleinsten Mann. Denken wir mit Achtung an die tapferen Einwohner von Barcelona und Madrid, die trotz Bombenhagel weiterarbeiten, Handel treiben, unterrichten, ins Kino gehen – mit einem Wort: leben! Der elf Schutzbündler hingegen, die den rechten Arm erhoben, ihren neuen Führer zu grüßen, müssen wir mit Unverständnis gedenken.

Diese zwei Beispiele weisen den Weg, den die Bewohner unseres Landes ruhigen Mutes finden müssen. Ich scheue Zitate und große Worte. Sonst würde ich aus meinen Kindheitserinnerungen den denkwürdigen Satz ausgraben, daß das Volk unbezwinglich steht, wenn die Menschen aus Granit sind.[2]

(Milena Jesenská, *Přítomnost,* 30. März 1938)

2 Jedes tschechische Kind kennt den Satz des großen Dichters Jan Neruda (1834–1891): »Budeli každý z nás z křemene, je celý národ z kvádrú« (Ist jeder von uns aus Granit, steht das ganze Volk unbezwinglich).

Es wird keinen Anschluß geben (I)

Die Trutzburgen der SdP[1]

Wenn man kreuz und quer durch unseren Norden fährt, sieht man auf den ersten Blick zwei Dinge: vor allem eine liebliche, zauberhafte Landschaft, voll sanfter Hügel und Ausblicke in die Weite, die heute in schönster Blüte steht. Der ganze Landstrich ist eingetaucht in frisches Frühlingsgrün, und obwohl es ein Industriegebiet ist, findet sich nirgendwo die übliche Düsterkeit und das gewohnte Grau in Grau. Dann aber fallen die großen, gemauerten, zwei- bis dreistöckigen Gebäude auf, die einsam aus der blühenden Landschaft herausragen, am Rande jeder Stadt, jedes Städtchens, jedes Dorfes. Sie sind bis zu drei Stockwerken hoch; es sind weder Fabriken, noch Mietshäuser, noch Schulen, sondern es ist ein bei uns sonst gänzlich unbekannter Häusertypus mit hohen Fenstern und ausladender Räumlichkeit: die deutsche Turnhalle.

Tschechische Schulen verfügen freilich auch über vorzüglich ausgestattete Turnhallen – aber die sind der Schule angegliedert. Die deutschen Turnhallen sind fast nie mit der Schule verbunden. Dieser scheinbar geringfügige Umstand bewirkt, daß die deutschen Kinder von der Schule zum Turnen in geschlossenen Reihen marschieren und dabei deutsche – nämlich Nazilieder singen. Deutsche Jugend gehört in die deutsche Turnhalle, so liest man, hört man überall. Man begegnet Jungen

1 Sudetendeutsche Partei

und Mädchen in Reih und Glied, wie sie stramm drauflosmarschieren und die Hand zum deutschen – nämlich Nazigruß erheben. Dieses Marschieren, diese Lieder, dieser militärische Schritt, dieses Zusammenscharen in den Turnhallen und der Geist, in dem die Jugend dort erzogen wird: das ist die mächtige Stütze der Henleinbewegung. Aus einer solchen Turnhalle ist auch Henlein selbst hervorgegangen. Hier werden Weisungen und Befehle erteilt, Wachposten gewählt und Kommandos gegeben. Hier festigt sich der Kern der Bewegung.

Als die Regierung die Deutschnationalen und die Nationalsozialistische Partei verbot, untersagte sie den Deutschen nicht, ihre Jugend sportlich zu trainieren, und die Deutschen drillten die Jugend in den Turnhallen darauf, die Rechte zu heben, Deutsche zu hassen, die keine Nazis sind, alle Tschechen in Bausch und Bogen zu verdammen und Juden zu verachten. Sie lehrten sie, daß es auf der Welt einen großen Mann gibt, dem die ganze Liebe und Treue eines jeden Deutschen zu gehören hat, und daß dieser Mann kommen und das Sudetenland befreien wird: ohne Kampf und ohne Gewalt wird er einfach kommen, und sie werden ihn mit der erhobenen Rechten begrüßen, ihm folgen und ihm diesen schönen, lieblichen Landesteil als Geschenk darbieten.

Zuerst wurde geflüstert, er werde im März kommen. Dann im April. Die SdP erließ Aufrufe an alle Deutschen, sich bei ihr einzureihen: Komm zu uns, ehe es zu spät ist – lauteten die Plakataufschriften. Anfangs wurde verkündet, der letzte Aufnahmetermin für neue Parteimitglieder vor dem Anschluß sei der 30. April. Dann wurde er ein bißchen verlängert – bis zum 15. Mai. Und schließlich – wohl aus technischen Gründen – bis zum 30. Mai. [*Fünf Zeilen zensiert*][2]

Und die Soldaten kamen. Nachts, in langen Reihen ohne

2 Bei den gekennzeichneten Stellen handelt es sich um Eingriffe des tschechischen Zensors. Die zensierten Stellen erschienen als weiße Flecken in der Zeitung, so daß sich das Ausmaß der Streichungen nachträglich rekonstruieren läßt.

Pathos, beispiellos ruhig und still. Lange Autokolonnen rollten über den Marktplatz von Reichenberg. Es kamen Soldaten – aber tschechoslowakische. Aus dem Landesinneren strömte das Militär Richtung Grenze. Das Ganze vollzog sich unbeschreiblich geordnet, ruhig und lautlos. Auf dem Marktplatz standen aufgeregt diskutierende Grüppchen. Am Samstagnachmittag war bereits kein einziger Weißstrumpf mehr zu sehen, und diejenigen, die noch am Freitagabend ihre Hand zum deutschen Gruß erhoben hatten, trugen jetzt dreifarbige Plaketten in den Knopflöchern ihrer Mäntel. Die unsrigen sind gekommen, und man muß sagen, gerade zur rechten Zeit. Mit ihrem Kommen haben sie allen heldenhaften Deutschen und Tschechen, die schon jahrelang im Grenzgebiet verzweifelt gegen den Faschismus ankämpfen, gezeigt, daß ihr Ringen nicht umsonst war und sie nicht im luftleeren Raum schwebten, wie sie wohl manchmal annehmen mußten.

Die Hintergründe des 1. Mai

In der Hauptstadt ist die 1.-Mai-Kundgebung eine politische und nationale Manifestation eines Großteils des Volkes. Viele bleiben freilich auch zu Hause, machen einen Ausflug oder gucken einfach zum Fenster hinaus. In der Hauptstadt besitzt sie allerdings nur für einen Teil der Bevölkerung den symbolischen Wert einer Willens- und Freiheitsbekundung. In einer Kleinstadt dagegen gewinnt der 1.-Mai-Zug desto größere Bedeutung, je kleiner das Städtchen ist und je ernster dort die Situation genommen wird. In unserem deutschen Grenzgebiet war der 1. Mai für jeden einzelnen von allergrößtem Gewicht. Nicht nur als Ausdruck seiner politischen Ansichten und Überzeugungen, sondern als offenes Bekenntnis seiner ganzen Weltanschauung. Die Verhältnisse in unserem Grenzgebiet sind so, daß die Menschen dort für ihre Überzeugung mit der ganzen Existenz einstehen müssen. Nicht im Zug der SdP mitzumarschieren, bedeutet für demokratische Deutsche im Grenzgebiet nicht nur, auf die schwarze Liste zu kommen, sondern vor allem, den Arbeitsplatz zu verlieren, fristlos, Knall auf Fall. Aber nicht allein, die Arbeit zu verlieren, sondern auch, nie wieder eine andere zu finden.

In einer größeren Stadt kann sich vielleicht ein Mensch verstecken. Oder zumindest glaubt er sich versteckt. In einer Kleinstadt im Norden – und hier ist der größte Teil der Städte klein – kann nicht einmal eine Maus entschlüpfen. Jeder weiß von jedem. Im übrigen haben die Henleinleute schon dafür gesorgt, sich absolute Gewißheit zu verschaffen. Die Fabrikbelegschaften haben den Befehl bekommen, sich am 1. Mai an ihren Arbeitsplätzen zu versammeln. Aus den Fabriken wurden die Arbeiter dann von Vertrauensleuten der Partei direkt zum Demonstrationszug geleitet.

Wer nicht in der Fabrik arbeitete, wurde von zu Hause, aus dem Geschäft oder von der Werkstatt abgeholt. Besagte Vertrauensleute waren größtenteils Kinder und Jugendliche, 12- bis 18jährige Jungens, haargenau die gleichen wie die, die am 13. März[3] in Wien Fabriken, Bahnhöfe und Redaktionen »übernommen« haben. Jungens aus der deutschen Turnhalle, in weißen Strümpfen, Jungens mit dem Nazigruß. Diese Buben – in Zweier- oder Dreiergruppen – führten erwachsene Männer aus der Fabrik zum Umzug – ihre Väter, Brüder, Onkel, Nachbarn, Kameraden. Jeden, der am demokratischen Umzug teilnahm, setzten diese Kinder auf die »schwarze Liste«. Am 30. April – einem Samstag – kamen Vertrauensleute der SdP in die Fabriken zu den Arbeitern und sagten ihnen: Wenn du morgen nicht mit uns marschierst, brauchst du Montag überhaupt nicht mehr zur Arbeit zu kommen. Diese Leute haben Frauen, nicht immer tapfere und standhafte, und sie haben Kinder, aufgestachelte und über alle Maßen verbohrte – aber hungrige. Sie haben jahrelange Arbeitslosigkeit hinter sich und erliegen der künstlich geschürten Angstpropaganda.

3 Tag des österreichischen Anschlusses an Nazi-Deutschland

[*Eine Zeile zensiert*] Viele von ihnen haben trotzdem widerstanden und sind am 1. Mai für ihre demokratische Gesinnung demonstrieren gegangen.

Leider Gottes waren damals noch nicht die ruhigen, schweigsamen, entschlossenen Soldaten in voller Bewaffnung und Rundhelmen an der Grenze. Damals gewannen viele Leute den Eindruck, ihre Sache sei verloren und niemand würde je ihre Hilfeschreie erhören. Viele, sehr viele Leute haben die Seiten gewechselt, haben sich in die Sieg-Heil-Ruferei eingereiht und die Rechte zum Gruß erhoben. In Böhmisch Kamnitz wurde ein 48jähriger Arbeiter, der bei den Christlich-Sozialen organisiert war, vor das Ultimatum gestellt: Entweder du trittst in die SdP ein, oder du gehst nicht mehr arbeiten. Er ist nicht eingetreten. Am 3. Mai wurde er von der Arbeit gefeuert und am 4. erhängte er sich.

Die psychologische Wirkung dieser Umzüge war nicht zu unterschätzen: der demokratische hatte den Charakter einer Maidemonstration – Gesang, Parolen, Zwischenrufe, Lieder, Fahnen; etwas besonders Starkes, Klares und Verheißungsvolles kam darin zum Ausdruck. Dann rückten die Umzüge der SdP heran: der größte Teil in Uniform (in einem Ort von 4500 Einwohnern bekam der Schuster im April einen Auftrag über 500 Paar schwarze Stiefel), mit militärischem Paradeschritt, geschlossen durch ein Spalier von Leuten marschierend, die Rechte zum Gruß erhoben und dazu im Rhythmus eines Militärmarsches Sieg-Heil-Sieg-Heil skandierend. Die kleinen Ortschaften erzitterten unter dem Eindruck dieser Schritte – war es doch keine Manifestation für Fortschritt und soziale Gerechtigkeit, ja, nicht einmal eine Truppenparade, denn vor Soldaten würde hier niemand erschrecken … [*Acht Zeilen zensiert*]

Keine Wahlen, aber ein Volksentscheid

Einige Gemeinden im Grenzgebiet haben am Sonntag gewählt. Die letzten werden erst am 12. Juni wählen. »Der

11. Juni ist der Tag für unseren Anschluß«, so flüsterte man sich unter der Grenzbevölkerung gegenseitig zu. »Zum letzten Mal wird zum Appell geblasen«, schrieb am 19. Mai *Der Aufbruch* und wurde nicht einmal konfisziert. Am 11. Juni werden die deutschen Soldaten kommen, das Land besetzen und auf einen Schlag werden wir zum Deutschen Reich gehören. Die Wahlparolen der Henleinleute lauten nicht etwa: Wählt die SdP! Wählt Konrad Henlein! Sondern: Bist du ein Deutscher oder nicht? Zeig, ob du ein Deutscher bist! Bist du ein Deutscher oder nur ein Deutschsprechender? Wenn du nicht in die SdP eintrittst, scheidest du freiwillig aus der deutschen Volksgemeinschaft aus! Also: Ja oder Nein?

In eine der größten Fabriken im Grenzgebiet, die unmittelbar an der Grenze gelegen ist und über 3000 Arbeiter beschäftigt, kamen nach dem 1. Mai einige Abgeordnete der SdP. Sie ließen die ganze Fabrik und sämtliche Maschinen mit SdP-Abzeichen schmücken und veranstalteten anschließend ein Festmahl, bei dem sogar der Braten und die Gänse mit Parteiabzeichen dekoriert wurden – Großer Gott im Himmel, wann essen die hiesigen Leute schon einmal eine Gans? –, und im Anschluß an das Festessen spazierten sie durch die Fabrik und suchten sich die deutschen Sozialdemokraten heraus. Sie stellten sich zu ihnen und reichten ihnen die Hand – nach dem Muster des Herrn Bürckel[4] in Wien – sehr freundlich und teilnahmsvoll. Können Sie sich vorstellen, unter welchem Druck derjenige steht, der die ausgestreckte Grußhand zurückweist? Wenn Sie obendrein fast sicher sind, daß eine solche Verweigerung den Verlust der Existenzgrundlage nach sich zieht, nicht nur der eigenen, sondern all derer, die von Ihnen abhängig sind? Trotz dieser Pressionen sind mehr als 600 Leute fest geblieben. Es gab auch viele Überläufer. Anderntags kamen sie zu ihren Organisationen, manche unter Tränen. Sie erzählten, wie es verlaufen war. Sie sagten: ich kann

4 NSDAP-Gauleiter in Wien

nicht mehr. Was sollte man ihnen erwidern? Sie wurden getröstet: wir wissen doch, daß du im Grunde zu uns gehörst. Ist das ein Trost? Hilft hier überhaupt ein Trost? Wollen denn die Leute getröstet werden? Keineswegs, sie wollen Hilfe. Aber auf Dauer kann ihnen nur geholfen werden, wenn der ökonomische Druck von ihnen genommen wird, unter dessen Gewicht sie zusammenbrechen.

Das Grenzgebiet war schon immer eine Industrieregion, die empfindlich auf alle wirtschaftlichen Schwankungen reagierte. Entstand irgendwo anders eine Krise, so verstärkte sie sich hier um ein Vielfaches. Sind zum Beispiel im Landesinneren die Leute schon drei Jahre arbeitslos, so sind sie es hier seit sechs Jahren. Arbeitslose Fabrikarbeiter bekommen hierzulande zehn Kronen pro Woche und täglich eine Suppe – diese Suppe lassen sie kalt werden, damit obendrauf eine schmutziggraue Fettschicht entsteht, die sie gierig abschöpfen und ihren Kindern zu Hause als Brotaufstrich mitbringen.

Heute hat die wirtschaftliche Not in der Grenzgegend noch andere Gesichter: Die Textilfabriken haben viel geringeren Absatz als früher, denn sie waren zum großen Teil auf Kurzwaren ausgerichtet, und die Besitzer von Kurzwarenhandlungen sind Juden. Die Juden aber bestellen keine Ware mehr, denn ihre Geschäfte sind leer, und die Vorräte liegen unangetastet in den Regalen. Vor der Tür stehen Henleinwachen – Nazijugend – und notieren oder fotografieren jeden, der hineingeht. Ich selbst habe ungefähr drei Stunden diese vortrefflichen Vierzehnjährigen beobachtet. Ist der Käufer ein Mensch, dem man etwas anhaben kann, so darf er sicher sein, daß ihn morgen die Drohung erwartet: Noch einmal, und du verlierst die Arbeit, denn du bist ein Volksverräter. Diese Praxis lähmt selbstverständlich die Fabriken unmittelbar, und die Folgen tragen die Arbeiter, indem sie entlassen und herausgeschmissen werden. Daß nur Nicht-Henleinleute gekündigt und gefeuert werden, versteht sich von selbst.

Die übrigen Fabriken, zum Beispiel Glasbläsereien, haben starke Einbußen hinsichtlich der Ausfuhr nach Deutschland erlitten. Nach Deutschland wird wegen der verschärften deutschen Devisenbestimmungen nicht exportiert, und der Verlust beträgt mancherorts 25%, andernorts 75% durchschnittlich aber die Hälfte der Produktion. In der Henleinpropaganda heißt es jedoch nicht: Deutschland läßt die Leute im Stich, die sich zu ihm bekennen, und verschlimmert ihre Situation durch künstlich erzeugten Hunger. Im Gegenteil, die Henleinpropaganda sagt: Wenn wir erst den Anschluß erreichen, wird es keine Devisenbestimmungen mehr geben.

Nach den Wiener Ereignissen wurde hier massenweise Kapital abgezogen. Von den kleinen tschechischen Sparkassen wurde es abgehoben und entweder bei den Prager Zentralbanken eingezahlt oder bei der Kreditanstalt der deutschen Sparkassen. Die Hypothekenanleihen in der ganzen Gegend wurden – obschon bewilligt – wieder storniert mit der offenen Begründung: die politischen Verhältnisse sind ungewiß. Häuser im Rohbau blieben ohne Dach, neue wurden nicht mehr gebaut, das Baugeschäft stagnierte, und viele Bauarbeiter – und das sind nur hiesige deutsche und tschechische Sozialdemokraten und Kommunisten – blieben ohne Arbeit.

In einigen Fällen geschah es, daß in den Fabriken des Grenzgebiets Aufträge aus Amerika, England und Frankreich mit der schönen und klaren Begründung zurückgezogen wurden: wir liefern keine Arbeit für Fabrikanten, die gegen den eigenen Staat arbeiten. Eine ehrenvolle Tat, gut gemeint, aber dennoch eine zweischneidige Angelegenheit. Ehrenvoll deshalb, weil wir zu Recht den Henleinleuten entgegenhalten können: Hier seht ihr, wohin ihr das Land führt. Zweischneidig aus dem Grund, weil neue Entlassungen die Folge sein werden, und wieder werden es nur die Sozialdemokraten sein, die ihre Arbeitsplätze verlieren. Und dies mit dem höhnischen Kommentar: Seht mal, so kümmern sich eure Beschützer um euch!

Auf solch ökonomischem Vulkanboden ist indes der Terror so lange opportun, *wie es dem deutschen Industriellenverband gestattet ist, ihn anzuwenden!* Die Mitglieder des deutschen Industriellenverbandes sind – bis auf seltene, dann aber prachtvolle Ausnahmen – durchweg Mitglieder der SdP. Sie unterwerfen sich alle miteinander den Befehlen der SdP und geben sich dazu her, faschistische Zwangsmethoden in der Wirtschaft anzuwenden. Ohne sie würde sich die Mitgliederzahl der Henleinpartei auf ein Drittel verringern, denn nur sie liefern der Nazi-Ideologie eine wirkliche und echte Waffe an die Hand. Auf sie stützt sich der Terror und sie einzig und allein üben ihn aus. [*Acht Zeilen zensiert*] Die Betriebsräte in den Henleinfabriken sind keine Betriebsräte mehr, die sich für die Interessen der Arbeiter einsetzen. Sie gehören zur DAG – Deutsche Arbeiter Gewerkschaft – und diese Gewerkschaft wird von den Arbeitgebern unterstützt und gelenkt. Es ist genau die gleiche Methode, die in Deutschland angewandt wird, um soziale Einrichtungen zu liquidieren: die Einrichtung bleibt, die Inhalte dagegen werden gestrichen. Die Mitglieder der Betriebsräte sind Deutsche, die Arbeitgeber auch, beide heben die Rechte, beide schreien Sieg Heil und marschieren gemeinsam am 1. Mai im Naziumzug mit. Das ist zwar alles, was ihnen gemein ist, aber auf dem Boden dieses Staates hat man zugelassen, daß soziale Institutionen aufgehört haben, Instrumente des sozialen Fortschritts zu sein, sondern im Gegenteil zu Instrumenten der Naziunterdrückung wurden. Ich bitte Sie, eine Sache muß man doch endlich begreifen: Wenn es jemanden gibt, in dieser Gegend, auf diesem Vulkan, dessen Ausbruch ganz Europa erschüttern würde, der das Recht auf demokratische Meinungsfreiheit aufrechterhält, dann sind das die Tschechen sowie deutsche und tschechische Sozialdemokraten und heutzutage auch die Kommunisten. Menschlich und unparteiisch gesprochen: das arbeitende Volk und die Armen, ja, die Ärmsten der Armen. Unter größeren Opfern, als man es sich vorstellen kann, unter größeren Kraftanstrengungen, als man je begreifen kann. Sie sind die Soldaten an der vordersten Front. Erst nach ihnen kommt heute der Zug mit den tschechoslowakischen Uniformen. Sie haben den ersten Schlag verhältnismäßig gut überstanden, und wir möchten uns dafür bei ihnen bedanken.

Die Arbeitsämter in der hiesigen Region haben keine leichte Aufgabe. Es existiert nämlich keine Vorschrift, nach der ein Fabrikant Arbeitslose *in der Reihenfolge einstellen müßte, wie sie sich gemeldet haben.* Die Beamten bei der Arbeitsvermittlung sind zwar Mitglieder der Arbeiterparteien, aber ihre Vorgesetzten sind vielfach Henleinleute – oder zumindest von Henlein Eingeschüchterte. Wenn ein Fabrikant überhaupt neue Arbeiter einstellt, so reicht er schon vorher eine Liste von Arbeitern bei der Arbeitsvermittlung ein, die zu ihm geschickt werden sollen, wobei er selbst ja die Auswahl getroffen hat. Natürlich sind das Henleinleute. Ich sprach mit einem Kommunisten, der schon das siebte Jahr arbeitslos ist, obwohl in seinem Umkreis henleintreue Arbeiter, die lediglich ein halbes Jahr arbeitslos waren, längst wieder eine Anstellung bekommen haben. Können Sie sich das vorstellen, sieben Jahre ohne Verdienst zu sein? Er ist nicht zum Überläufer geworden und ist nicht der einzige.

Quellen des Terrors außerhalb der Fabrik und Maßnahmen, mit denen man ihm entgegentreten kann

Wenn Menschen solch ungeheurem Druck ausgesetzt sind und sagen: wir können nicht mehr weiter, so müssen wir, sofern wir diesem Druck nicht Einhalt gebieten können, bedauernd die Achseln zucken. Weshalb aber treten Leute zur SdP über, die nicht unter solchem Druck stehen?

Wie zum Beispiel soll man sich die Tatsache erklären, daß Lehrer staatlicher Schulen im gesamten Grenzgebiet (ich war in 27 Gemeinden und habe nicht ein einziges Gegenbeispiel gefunden) durch die Bank weg im Umzug der SdP mitmarschiert sind?

Das läßt sich mit drei psychologischen Momenten erklären:

1. Mit der Stimmung, die nach den österreichischen Ereignissen herrschte.

2. Mit einer ungeheuerlich organisierten Flüsterpropaganda, die sich im ganzen Land wie die Pest verbreitet und die besagt: Auf! Auf! Sonst bist du morgen schon erledigt! Überhaupt fange ich an zu glauben, daß der gefürchtete Kanzler des Dritten Reiches ein unschuldiger Waisenknabe ist im Vergleich zum deutschen Propagandaminister.

3. Mit unserer gänzlichen Unfähigkeit, der Nazi-Propaganda eine demokratische entgegenzusetzen.

Die ersten zwei Punkte sind ziemlich offensichtlich und klar. Es ist begreiflich, daß den Henleinleuten nach den Ereignissen in Österreich ein geruhsamer Spaziergang ins Dritte Reich vorschwebte. Über die Flüsterpropaganda haben wir schon allerhand erfahren, und ich werde dem noch einiges hinzufügen. Der dritte Punkt ist allerdings schwer begreiflich.

Bekanntermaßen leben hier im Norden Deutsche. Deutsche durch und durch, sie können kein Tschechisch, sind hier zu Hause und reden deutsch. Vor dem Jahr 33 lebten hier dennoch deutsche und tschechische Gendarmen sowie Zollbeamte in absolutem Frieden und bestem Einvernehmen miteinander. Die Deutschen kamen auf ein Bier nach Böhmen und unsere gingen nach Deutschland rüber. Sie kannten einander und ihr Umgang war höflich. Nach dem Sieg Hitlers hat sich das über Nacht geändert. Aus Deutschland kamen andere Leute. Die früheren verschwanden spurlos. Das ehedem erträgliche Verhältnis wurde gespannt wie eine Saite und blieb in diesem Spannungszustand. Weder die Tschechen noch die Deutschen hatten noch Lust, sich untereinander zu verständigen. Die vergangenen fünf Jahre haben wahrlich nichts an diesem Zustand verbessert. Aber während der ganzen langen fünf Jahre kehrten die Leute in dieser Gegend müde und abgerackert von der Arbeit zurück, und die einzige Zerstreuung, die sich ihnen bot, war das Radio. Der Rundfunk erfüllt nämlich heute die gleiche Funktion wie zu Zeiten der Reformation der Buchdruck. In der Reformationszeit ermöglichte der Buchdruck dem Menschen, eine eigene Bibel zu besitzen. In unserer Zeit gestattet der Rundfunk jedem, in seiner Küche Konzerte, Unterhaltungssendungen, Sportreportagen – und natürlich auch Nachrichten zu hören. Fünf Jahre genügte es, am Knöpfchen zu drehen, und den Menschen im Grenzgebiet schwappte die Nazi-Ideologie aus den deutschen Sendern direkt in die Wohnung. Es ist klar, daß sie den Sender einstellten, den sie auch verstanden! [*Drei Zeilen zensiert*] ... und als Gegengewicht legten wir halbstündige deutsche Sendungen ein, die größtenteils ungenießbar und unverdaulich waren. Nun denn, heute sind sie perfekt geschult, müdegeredet, niedergeschrien, plappern Sätze nach vom völkischen Raum und alle die Dinge, die man täglich in der *Zeit* nachlesen kann. Jetzt endlich haben sie eine deutsche Sendestation bekommen. Aber in der Henleinzeitschrift *Der Sudetenfunk* steht noch heute kein Wort darüber drin, geschweige denn, daß das Programm aufgeführt wäre.

Oder: in einer Stadt an der Grenze habe ich sechs große Kinos entdeckt. Fünf haben deutsche Filme im Programm, völlig unter Niveau, offensichtlich, einschließlich der Wochenschau, fürs Sudetenland gedreht. Im sechsten läuft: »Die Klatauer Dragoner«. [*Acht Zeilen zensiert*]

Ein anderes Beispiel: Bei uns gibt es, meine ich, verschiedene Vorschriften über die Einfuhr reichsdeutscher Zeitungen. Völlig umsonst, glauben Sie mir. Denn in der Tschechoslowakei erscheinen soviel Nazizeitungen, daß sogar das Ausland von ihnen überschwemmt wird. Wochenillustrierte, in denen Herr Henlein zu sehen ist und nichts als Herr Henlein, ein Wald von erhobenen Rechten, Autos, an denen Nazis wie Trauben hängen, uniformierte Formationen, Jugend, Fahnenwechsel, Wachwechsel, Grüßen der Nazifahne, Aufmarsch der faschistischen Arbeiter am 1. Mai – die gleichen Bilder der Begeisterung, wie wir sie aus Wien, Linz und Steyr kennen, mit dem Unterschied, daß sie dort erst in den Tagen auftauchten, als Deutschland Österreich besetzte.

Wir kennen sie schon heute. *Der Aufbruch. Rundschau. Der Kamerad* (auf der ersten Seite vom 20. Mai eine Zeichnung zur Wahl: Ein Deutscher steht breitbeinig da und sieht zwei Elendsgestalten nach; dazu der Untertitel: Schickt sie heim, ins rote Paradies!) *Böhmische Kamnitzer Zeitung. Illustrierte Presse* (Herausgeber Herr Lischka, Prag). *Zeitspiegel.* Und gegen die Schwemme von derlei Druckerzeugnissen keine einzige demokratische deutsche Zeitung. Es gibt sie zwar – den *Volksboten* zum Beispiel, aber die Abnehmer beziehen sie zumeist, in kleineren Orten durchweg, per Post oder durch ihren Verteiler, denn sie öffentlich zu beziehen, hieße die Arbeit zu verlieren. In kleineren Ortschaften hat die Henleinjugend die Stadt nach einzelnen Blöcken unterteilt, und die Jungens überwachen dort die Häuser. Sie schreiben jeden auf, wer wen besucht, und vor allem, wer welche Zeitungen abnimmt. Fünf Jahre lang haben wir in dieser Atmosphäre fast nichts zur Unterstützung derjenigen Leute im deutschen Lager unternommen, die sich dem Faschismus widersetzten. Ja, in den ganzen fünf Jahren – nicht einmal in den letzten Monaten – hat keiner von uns eine der grundlegendsten Wahrheiten zu erkennen vermocht, eine Wahrheit, die über das Schicksal Europas mitentscheiden wird: daß nämlich Deutscher nicht gleich Deutscher ist.

(Milena Jesenská, *Přítomnost,* 25. Mai 1938)

Es wird keinen Anschluß geben (II)

Quer durch die Familien

Im Grenzgebiet stehen sich Menschen in Todfeindschaft gegenüber. Sie tragen diese gegenseitige Feindschaft schon viele Jahre in ihren Herzen und suchen nach einer Möglichkeit, ihr Ausdruck zu verleihen. Hierfür bietet sich als eine der stärksten Waffen der gesellschaftliche Boykott an.

Auf dem Land sind die Leute geselliger, sie kennen sich besser, hängen in stärkerem Maße voneinander ab, reagieren sensibler auf Grußworte oder gutes Benehmen, sie empfinden es schmerzlicher und als größere Schande, wenn jemand sie übergeht. Der Mann beispielsweise arbeitet in der Fabrik, ist Sozialdemokrat und Deutscher – seine Frau wird, wenn sie durch die Straßen des Städtchens geht, von verächtlichen Blicken verfolgt. Die Kinder zeigen mit den Fingern auf sie, »als ob sie so eine wäre«, die Nachbarinnen kehren ihr den Rücken, die Geschäftsleute bedienen sie nur unwillig und mürrisch, und auch der Pfarrer bedankt sich nicht für ihren Gruß. Vor lauter Kummer wird der Frau ihre Arbeit im Haushalt zum Ekel. Mittags kommen die Kinder aus der Schule: »Mama, du bist ja keine deutsche Frau und Papa ist ein Volksfeind!« Schweigend sitzt die Familie über dem kargen Mittagsmahl. Der Mut des Mannes ist durch den Druck, dem er in der Fabrik ausgesetzt ist, ohnehin schon beträchtlich gesunken, und oft kommt es vor, daß ihm häusliche Tränen, Vorwürfe und Klagen über das schlechte Leben vollends

Přítomnost

ROČNÍK XV V PRAZE 1. ČERVNA 1938 ČÍSLO 22

Anšlus nebude

II.

Napříč rodinami.

V pohraničí stojí lidé proti sobě rozhněvaní na smrt. Tento vzájemný hněv nosí v srdcích už mnoho let, hledajíce způsob, jak jej vyjádřiti. Jednou z největších zbraní je tam společenský bojkot. Na venkově jsou lidé družnější, lépe se znají, více na sobě navzájem závisejí, jsou citlivější na pozdravy a na pěkné chování, považují za větší hanbu a nesou bolestněji, když je někdo opomíjí. Muž třeba pracuje v továrně, je sociální demokrat, Němec — a žena prochází ulicemi městečka, pronásledována opovržlivými pohledy. Děti na ni ukazují prstem, „jako by byla taková", sousedky se k ní obracejí zády, obchodníci ji obsluhují neochotně a zamračeně, farář jí neděkuje na pozdrav. Žena pracuje v domácnosti a žalem se jí práce hnusí. V poledne se vrátí děti ze školy: „Mámo, ty nejsi německá žena! Táta je nepřítel národa". Při obědě sedí rodiny mlčky nad hubenou mísou. Mužova odvaha je zdolávána nátlakem v továrně, a často se stává, že její zbytek dorazí doma slzy, výčitky a nářek na zlý život. A tak to jde týdny, měsíce, roky.

V jedné obci spolu už šest let nemluví rodní bratři. Někde je otec Čech, matka Němka — děti henleinovci, a „bojkotují" doma tátu. Chodí-li děti smíšených rodičů do české školy, nemluví s nimi německé děti z celé osady. Znáte přece děti, víte, jak je třeba držet je na uzdě, aby se nedomýšlely, že všemu rozumí. Nyní si představte, že jim dospělí muži svěří „důležité národní poslání" bojkotovat otce, protože je jenom deutschsprechender, nebo matku, protože je Češka. Jak jsou krutí, jak zaslepení a dvěstěprocentní! Věřte mi: kdyby se dnes zahladily všechny třecí plochy v pohraničí, kdyby tam lidé naráz začali žít jako v ráji — až dospějí t y h l e děti, p a k teprve zažijeme, co je to národnostní zášť!

Mezi rodiči a dětmi, mezi manžely a sourozenci padají věty jako: počkej, za pár dnů budeš mlčet!

Ženy pracují u sedláka na poli, okopávají jednu brázdu a nemluví na sebe. Děti se na cestě ze školy častují nadávkami — „český pse" a „marxistická svině" jsou ještě vlídná slova! — a kamením. Dcera říká rodičům: musíte přestoupit. Učitelé ve škole bojkotují nehenleinovské děti. Obchodníci se dělí velmi ostře na dva tábory: na židovské nebo české, tam kupují Češi, němečtí a čeští nehenleinovští dělníci a těch pár židů, co tu ještě živoří. Pak na německé — totiž nacistické — kteří svoje smýšlení projevují velikými obrazy Henleina nebo SdP odznaků ve výkladech — a tam kupují henleinovci. Před dělnickými konsumy — jak sociálně-demokratickými tak komunistickými — stojí věčně stráže, které si zapisují kupující. Henleinovští důvěrníci svolávají schůze žen a kladou jim na srdce méně nebo více důrazně, aby nenakupovaly v konsumech nebo u Bati. V konsumech proto, že jsou „marxistické", u Bati proto, že je Čech. Poměrně slabá pohrůžka zní: vyřazuješ se z německého národa. Silnější je: připravíš muže o práci.

Při tom musíte vědět, jakou úlohu hrají dělnické konsumy pro lid v pohraničí. V celém kraji je velmi draho. Je to veskrze průmyslová oblast, zemědělské obce jsou tu jen pořídku a zemědělské výrobky zdejší naprosto nestačí pro všechno obyvatelstvo. Téměř všechno se sem dováží. Po celém kraji se na příklad nedostane drůbež — máslo, mouka, luštěniny atd. jsou průměrně o 25% dražší než v Praze. Platy jsou však velmi nízké, neustálá hrozba nezaměstnanosti visí nad lidmi, politické napětí téměř znemožňuje dělníkův zápas o vyšší mzdy. Čeští úředníci u pošty a u dráhy mají většinou 600 až 800 Kč, pro sebe i s rodinami, nezaměstnaných je mnoho. Konsumy jsou tedy pro zdejší lid ještě mnohem významnější než konsumy pro dělnictvo na velkoměstské periferii. Nesmět nakoupit v konsumu znamená platit všechno zboží o 10 až 20% dráže, a při těch několika korunách, které tady lidé vydělávají, je to mnoho, velmi mnoho. O morální podpoře, kterou konsumy poskytují demokratickému lidu svou existencí a společenskými příležitostmi, ani nemluvím.

V Chebu padli dva mrtví. Henleinovci říkají tady docela otevřeně — sama jsem to slyšela — wir brauchen nur einige Tote! Potřebujeme jen několik mrtvých. Pak to začne. Potřebujeme mučedníky, potřebujeme hrdiny. Nuže, mrtví jim zřejmě nepomohli. Ale není divu, že tu padli dva mrtví. Při úžasném hněvu, bojkotu, organisovaném strachu a hrůze, při stálém a stálém dráždění, při bolestných poměrech v rodinách, továrnách a dílnách, v atmosféře, kde se dnes už z t r á c í j a k á k o l i v p o l i t i c k á b a i n á r o d n í m y š l e n k a a zůstává stav psychopatické posedlosti — je to výkon, že nebyli mrtví. Protože zde bere syn nůž do ruky, když mluví s otcem a bratr, když mluví s bratrem. Mluvila jsem se spoustou lidí a každý — bez výjimky každý — potřeboval dlouhou dobu, než vůbec promluvil. Lidé se mluvit bojí. Nejraději by mi byli řekli: odejděte. Pak jsme se trochu spřátelili a teprve pak se z nich slova řinula, jako z lidí, kteří uvnitř hoří.

Děti.

Nacistická výchova ve školách je soustavná a téměř bez trhliny. 14. března přicházeli němečtí učitelé do škol ve slavnostní náladě, nemohli sice vyhlásit svátek, ale nevyučovali. Vykládali dětem dějinný význam dne. Asi takto: „Dříve bývalo Německo porobeno a poníženo, pak přišel velký muž a učinil Německo silným. Dnes může Německo bránit své sounárodovce (Volksgenossen!).

Zajímavé je, že moderní němčina a nová německá slova n e j s o u prostě přeložitelná do naší řeči. Jejich nové utváření je tak těsně spjato s nacistickou ideologií, že nemají náhradu v řeči, která není touto ideologií prosáklá. Přeložte na příklad: „jüdisch versippte" — nemáte-li ve své zemi arijský paragraf! . . . a Německo také své sounárodovce brání. Právě dnes bylo osvobozeno Rakousko, a osoby, německy tam mluvící, staly se Velkoněmci, nepřátelé lidu budou vypuzeni. I my budeme osvobozeni. Československo je naprosto osamoceno, jeho spojenci, Francie a Rusko, nemohou mu při-

den Garaus machen. Und so geht das nun schon wochen-, monate-, jahrelang.

In einem Ort sprechen die eigenen Brüder schon seit sechs Jahren nicht mehr miteinander. Anderswo wiederum ist der Vater Tscheche, die Mutter Deutsche – und die Kinder in der Henleinjugend. Daheim »boykottieren« sie den Vater. Wenn Kinder gemischtnationaler Familien in die tschechische Schule gehen, sprechen die deutschen Kinder aus der ganzen Siedlung nicht mehr mit ihnen. Sie wissen ja, wie Kinder sind, daß man sie im Zaum halten muß, damit sie sich nicht einbilden, alles zu verstehen. Nun stellen Sie sich vor, daß ihnen erwachsene Männer »das wichtige nationale Anliegen« ans Herz legen, den Vater zu boykottieren, weil er nur ein Deutschsprechender ist, oder die Mutter, weil sie Tschechin ist. Wie grausam, wie verblendet sie doch sind und wie zweihundertprozentig! Glauben Sie mir, selbst wenn man von heut auf morgen alle Reibungsflächen im Grenzgebiet beseitigen würde und die Menschen dort friedlich wie im Paradies miteinander leben würden – erst wenn diese Kinder hier groß geworden sind, werden wir erleben, was Völkerhaß tatsächlich bedeutet!

Eltern und Kinder, Eheleute und Geschwister bedrohen sich wechselseitig: »Warte nur ab, in ein paar Tagen wird man dir den Mund schon stopfen!«

Frauen, die beim Bauern auf dem Feld arbeiten und gemeinsam eine Furche behacken, reden kein Wort miteinander. Auf dem Heimweg werfen sich Schulkinder Schimpfworte an den Kopf – »Tschechenhund«, »Marxistensau« sind dabei noch milde Ausdrücke – und beschmeißen sich mit Steinen. Die Tochter sagt zu den Eltern: Ihr müßt die Partei wechseln. Die Lehrer in der Schule boykottieren Kinder, die nicht der Henleinjugend angehören. Die Kaufleute sind in zwei streng getrennte Lager gespalten. In ein jüdisches oder tschechisches, wo Tschechen, deutsche und tschechische Arbeiter, die nicht in der Henleinbewegung organisiert sind, einzukaufen pflegen, und die paar Juden, die hier noch so dahinvegetieren. Und ein deutsches – nämlich nationalsozialistisches – Lager, wo die Geschäftsleute ihre Gesinnung dadurch bekunden, daß sie große Bilder von Henlein oder SdP-Abzeichen in den Auslagen anbringen – dort kaufen die Henleinleute ein. Vor den Konsumgenossenschaften – sowohl vor den sozialdemokratischen als auch vor den kommunistischen – stehen ständig Spitzel, die sich die Käufer notieren. Henleinvertrauensleute berufen Frauenversammlungen ein und legen ihnen mehr oder weniger nachdrücklich ans Herz, nicht in den Konsumgenossenschaften oder bei Bata[1] einkaufen zu gehen. In den Konsumgenossenschaften nicht, weil diese »marxistisch« sind, bei Bata nicht, weil er ein Tscheche ist. Eine verhältnismäßig harmlose Art der Einschüchterung ist: Du sonderst dich von der deutschen Volksgemeinschaft ab. Deutlicher heißt es: Du bringst deinen Mann um die Arbeit.

Dabei muß man sich einmal vergegenwärtigen, welche Bedeutung die Konsumgenossenschaften für die Menschen im Grenzgeblet haben. In der ganzen Gegend ist alles ziemlich teuer. Es ist fast ausschließlich ein industrielles Gebiet, Agrarsiedlungen sind rar, und die hiesigen landwirtschaftlichen Erzeugnisse reichen absolut nicht für die ganze Bevölkerung aus. Beinahe alles muß von woanders angeliefert werden. In der gesamten Region bekommt man zum Beispiel kein Geflügel. Butter, Mehl, Hülsenfrüchte etc. sind hier im Durchschnitt 25% teurer als in Prag. Die Löhne dagegen sind extrem niedrig. Tagaus, tagein lastet die Bedrohung der Arbeitslosigkeit auf den Leuten, und politische Spannungen lähmen die Arbeiterschaft fast völlig in ihrem Kampf um höhere Löhne. Tschechische Bahn- und Postbeamte etwa beziehen ein Gehalt von 600 bis 800 Kronen für

1 Die seinerzeit größte kontinentale Schuhladenkette, benannt nach ihrem Begründer, dem tschechischen Schuhfabrikanten Thomas Bata (1870–1932)

sich und die Familie, und es gibt eine Menge Arbeitslose. Von daher sind die Konsumgenossenschaften für die Bevölkerung hierzulande viel wichtiger als für die Arbeiter, die an der Peripherie der Großstadt leben. Nicht im Konsum einkaufen zu können, bedeutet, alle Waren 10 bis 20% teurer zu bezahlen, und bei den paar Kronen, die die Leute hier verdienen, ist das sehr, sehr viel. Von der moralischen Unterstützung, die die Konsumgenossenschaften der demokratischen Bevölkerung mittels ihrer Existenz und ihrer gesellschaftlichen Möglichkeiten gewähren, will ich gar nicht erst reden.

In Eger gab es zwei Tote [2]. Die Henleinleute sagen ganz offen – ich hörte es selbst –, wir brauchen nur einige Tote. Dann geht es los. Wir brauchen Märtyrer, wir brauchen Helden. Nun, Tote haben ihnen offensichtlich nichts genützt. Aber ein Wunder ist es nicht, daß es zwei Tote gab. Bei einem solchen Ausmaß an Feindseligkeit, Boykottmaßnahmen, organisierter Angst und Schrecken, bei der ständigen Hetzpropaganda, bei diesen schmerzlichen Verhältnissen in den Familien, Fabriken und Werkstätten, in dieser Atmosphäre, in der heute jegliche politische, ja selbst nationale Orientierung verlorengegangen ist und nur noch psychopathische Besessenheit herrscht, ist es geradezu erstaunlich, wenn es keine Toten gibt. Denn hier greift der Sohn zum Messer, wenn er mit dem Vater spricht, und der Bruder zieht es gegen den Bruder. Ich sprach mit einer Menge von Leuten, und jeder – ohne Ausnahme – brauchte lange Zeit, bis sich ihm überhaupt die Zunge löste. Die Menschen fürchten sich zu reden. Am liebsten hätten sie mir gesagt: Gehen Sie weg! Dann aber haben wir uns ein bißchen angefreundet, und daraufhin brach es aus ihnen heraus wie loderndes Feuer.

2 Am 20. Mai 1938 waren zwei Kuriere der SdP, die in Verdacht standen, hochverräterische Dokumente bei sich zu führen, von tschechischen Grenzpolizisten erschossen worden.

Die Kinder
Die nationalsozialistische Indoktrinierung an den Schulen verläuft systematisch und fast lückenlos. Am 14. März kamen die deutschen Lehrer in Festtagsstimmung zur Schule, sie durften den Tag zwar nicht zum Feiertag deklarieren, aber sie hielten keinen Unterricht. Statt dessen erklärten sie den Kindern die historische Bedeutung dieses Tages. Und zwar etwa folgendermaßen: »Früher lag Deutschland geknechtet und gedemütigt danieder, bis der große Mann kam und Deutschland erstarken ließ. Heute kann Deutschland seine Volksgenossen (!) wieder verteidigen.«

Es ist interessant, daß dieses moderne Deutsch und diese neuen deutschen Worte sich einfach *nicht* in unsere Sprache übersetzen *lassen.* Ihre Neuschöpfung ist so eng mit der nationalsozialistischen Ideologie verbunden, daß es keinerlei Analogie dafür in der Sprache gibt, die nicht von dieser Ideologie durchdrungen ist. Übersetzen Sie zum Beispiel einmal »jüdisch versippte«, wenn es in Ihrem Land keinen Arierparagraphen gibt... und Deutschland verteidigt seine »Volksgenossen«. Gerade heute ist Österreich befreit worden, die dortigen deutschsprachigen Personen wurden zu Großdeutschen und die Volksfeinde aus dem Land vertrieben. Auch wir werden befreit werden. Die Tschechoslowakei ist mutterseelenallein, ihre Verbündeten, Frankreich und Rußland, können ihr nicht zu Hilfe kommen, weil zwischen Frankreich und der Tschechoslowakei Deutschland liegt und zwischen Rußland und der Tschechoslowakei Polen. Und so etwas wurde den Kindern in allen deutschen Schulen, auch in den *staatlichen* verkündet!

Der Mathematiklehrer läßt die Kinder Nazilieder singen. Täglich steht in den Klassen das Horst-Wessel-Lied auf dem Programm. Wenn die Kinder zu Ende gesungen haben, fragt der Lehrer: Hat vielleicht einer von euch eine andere Meinung dazu?

Im Turnunterricht fordert der Lehrer, daß die Kinder mit:

Heil oder Sieg Heil grüßen. Einige haben sich geweigert. Es waren nicht viele von diesen armen Würmchen, in einer großen Stadt zwei tapfere, kleine Mädchen. Sie mußten nachsitzen und verloren den Anspruch auf die Gemeindesuppe. [*Zehn Zeilen zensiert*]

Ich sprach in Eger mit einem Industriellen, einer weißen Krähe in einer Schar von schwarzen. Er ist Deutscher, kein Jude und kein Henleinanhänger. Seine Kinder dürfen nicht in die deutsche Turnhalle gehen, und sie dürfen auch nicht an deutschen Aufmärschen, Fackelzügen etc. teilnehmen. Die Kinder sind todunglücklich darüber. Sie sind noch klein und begreifen nicht, warum ihnen die Eltern alle die Dinge verbieten, die die dort ansässigen Jungen so bezaubern. Sie fühlen sich von allem, was in der Schule vor sich geht, ausgeschlossen, sie stehen abseits, für immer gezeichnet. Selbst die Eltern wagen es nicht, den Kindern eindeutig zu erklären, daß sie zwar Deutsche sind, aber keine Nazis, weil die Kinder in der Schule angehalten werden, alles, was sie zu Hause hören, zu erzählen. Und hier in dieser Gegend ist einer vom anderen abhängig. Je mehr so ein Kind ausplaudern kann, umso beliebter macht es sich, umso mehr wird es gelobt und ausgezeichnet. Die Kinder überbieten sich gegenseitig, wenn es um das Ausspionieren der Eltern geht. Sie lauschen zu Hause hinter der Tür und geben dann in der Schule alles wieder, was sie aufgeschnappt haben... Was die Mutter gesagt hat, und was der Vater darauf erwiderte. Fast alle Kinder dieser Region machen das so. Der gewiefteste Geheimdienstler könnte jemandem nicht so viele Einzelheiten entlocken, wie es diesen armen, kleinen, krummen Geschöpfen gelingt. Die Geheimnisse eines jeden Haushalts liegen offen vor dem Lehrer ausgebreitet, und die Eltern fürchten sich nicht nur vor ihren Arbeitgebern, Nachbarn, Verwandten – sondern sogar vor den eigenen Kindern.

Juden, Rufmord und Flüsterpropaganda

Der Bürger eines jeden Landes trägt, bewußt oder unbewußt, irgendeinen Stempel seiner Nation... Dies äußert sich zum Beispiel in der Stärke seines Selbstbewußtseins, die ja wie der Abglanz der Staatsmacht ist, zu der einer gehört. Als in Spanien der Bürgerkrieg ausbrach, tauchten entlang der Küste britische Schiffe auf, wunderschön ausstaffierte Hospitalschiffe, die britische Staatsangehörige an Bord nahmen und sie in Sicherheit brachten. Seit Deutschland an Kraft gewann, und seine Propaganda diese Kraft aufblähte wie ein Segel, das ganz von selbst übers Wasser fliegt, schreiten die Deutschen stolzen Herrschern gleich über die Erde und behaupten, besseren Bluts zu sein als die anderen. Seit der Zeit, da fast auf der ganzen Welt die Juden ein schreckliches Schicksal traf, sie, die Entwurzelten, völlig des Heimatbodens beraubte, man ihnen verbot zu arbeiten und ihnen die Gleichberechtigung nahm, gehen die Juden erfüllt von Furcht, Trauer und Angst über diese Erde. Nirgends wartet auf sie »ein Schiff mit acht Segeln und mit fünfzig Kanonen«. Im Gegenteil, sie irren vergebens von Grenze zu Grenze, nirgendwo finden sie einen Unterschlupf und leben schlimmer als im Ghetto, denn da waren sie zwar geächtet, aber lebten unter ihresgleichen.

Hier im Norden leben nur wenige Juden. Doch Antisemitismus gibt es in dieser Gegend nicht erst seit fünf, sondern seit fünfzehn Jahren. Die paar, die dennoch hier leben – meistens Geschäftsleute, Ärzte, Juristen – verlassen kaum noch ihr Haus. Ich sprach in Asch mit einem Arzt. Er ist schon seit zwanzig Jahren hier ansässig, und weit und breit gibt es kaum einen Menschen, den er nicht schon einmal kuriert hätte. Heute weichen ihm die Leute aus, senken den Blick und, um nicht grüßen zu müssen, gehen sie auf die andere Straßenseite. Patienten hat er fast keine mehr. Wenn mal einer kommt, dann sicher von weit her, vom Ort ganz bestimmt nicht. Seine Tochter – eine erwachsene, gebildete

Frau – besuchte die Schule am Platz, ohne daß jemand in der Klasse mit ihr sprach. Später fand sie eine einzige Freundin. Ihre Eltern hießen diese in ihrem schönen Haus willkommen, als wäre es das eigene Kind. Sie wohnte und lernte bei ihnen. Seit dem 13. März grüßt sie sie nicht mehr. Nicht einmal verabschiedet hat sie sich von der Familie. Auch solche Menschen gibt es auf der Welt – bei den Nazis hält man sie bestimmt für ehren-, ja heldenhaft.

In einem kleinen Landstädtchen, dicht an der Grenze, sollte ich erfahren, was Rufmord bedeutet. Rufmord, das ist Mord durch Klatsch, Lüge, üble Nachrede, erfundene Behauptungen. Hier lebt ein junger, jüdischer Arzt. Man verbreitete über ihn, er verstecke »ein kommunistisches Waffenlager«. Schon die Tatsache, daß er als Mieter in einer Dreizimmerwohnung lebt, spricht gegen die Glaubwürdigkeit dieser Flüsterpropaganda. Ich bezweifle, daß die Kommunisten, vorausgesetzt, sie verfügten überhaupt über Waffen, sie dem gefährdetesten Menschen im ganzen Sudetenland, einem deutschen Juden, zur Verwahrung anvertrauen würden. So offensichtlich dieser Unsinn auch war, die Nachricht vom Waffenlager verbreitete sich wie ein Lauffeuer. Über Nacht veränderte sich seine bescheidene Praxis in einen Ort gähnender Leere. Keiner erwidert mehr seine Grüße, im Gasthaus verstummt alles, wenn er eintritt, und der Kaufmann bedient ihn nur noch widerwillig und mürrisch, am liebsten würde er ihn nicht mehr sehen. Rufmord ist hier eine völlig neue Waffe, und sie verletzt furchtbarer als eine solche aus Stahl. Denn ein Toter wird auf den Friedhof gebracht, wo er seine Ruhe hat. Der Mensch aber, an dem Rufmord begangen wird, muß weiterleben und kann nicht leben.

So leben die deutschen Juden. Die tschechischen Juden sind besser dran. Im tschechischen Lager hat der Antisemitismus des Herrn Stribrny[3] noch keine Wurzeln geschlagen.

3 ultrarechter tschechischer Politiker

Die tschechischen Leute wissen nur zu genau, daß es nicht die Juden sind, die die Bajonette zücken, sondern Angehörige der auserwählten arischen Rasse. Besonders bemerkenswert an diesen Fällen von Rufmord ist, daß der Mensch, der hierbei vernichtet wurde, nicht weiß – und es auch nie erfahren wird –, weshalb und wodurch er zunichte gemacht wurde. Der jüdische Arzt aus Asch hat keine Ahnung, warum die Leute aufgehört haben, ihn zu kennen. Niemand traut sich, es ihm einzugestehen. Sicher würde er sonst fragen: Von wem haben Sie das, um Himmels willen? Verhöre, Untersuchungen würden in Gang gesetzt. Er würde sich wünschen, daß die Leute für ihn Zeugnis ablegen. Aber hierzulande sind die Bewohner so ängstlich, daß sie nichts aussagen, selbst wenn man sie zusammenschlüge. Man erfährt entsetzliche Dinge, Beweismittel werden vorgelegt, aber alle bitten inständig: Bitte, nennen Sie unseren Namen nicht. Wir könnten hier nicht mehr weiterleben. Schon heute können wir kaum frei atmen.

Henleins Zeitschrift, *Der Kamerad,* hat zum Beispiel eine ständige Rubrik, in der folgendes steht: Wir teilen mit, daß sich die Tochter des Bürgermeisters X mit einem Juden verlobt hat. Oder: Der Angestellte der Firma Y hat beim jüdischen Kaufmann Z eingekauft. Mehr nicht. Ohne jeden Kommentar. Das reicht. In der besagten Rubrik sind allerdings die vollen Namen aufgeführt, und diese lautlosen Mitteilungen sind das Signal zum Boykott. Der erfolgt dann umfassend, rasch und systematisch. Manche boykottieren aus Überzeugung, andere aus Angst, es könnte sie das gleiche Schicksal ereilen.

Ein solcher Boykott bezieht sich nicht nur auf Ärzte, Geschäftsleute oder Rechtsanwälte. Mit der grausamen Unlogik alles »Totalitären« richtet er sich auch gegen die Armen. Zusammen mit ihrer blinden Mutter lebt in der Stadt R. eine Schneiderin. Sie ist Deutsche und Arierin. Vor sechzehn Jahren traf diese arme Frau ein Unglück: sie fiel in die Hände eines Heiratsschwindlers, eines Juden, der sie um ihr Geld brachte und schwanger sitzen ließ. Die Frau zog das uneheliche Kind groß. Mit zerschundenen Fingern und gebeugtem Rücken saß sie bis zum Umsinken über der Nähmaschine und verdiente so Stich um Stich weiß Gott nicht leicht den Lebensunterhalt für drei Personen. Und dann fiel die stolze nordische Rasse mit der Heldenhaftigkeit ihrer Ideologie, dem »Schlagt alle Schwachen«, auch über diesen armen Schlucker her. Man entdeckte den Fehltritt der kleinen alternden Schneiderin – für den sie sowieso schon mit ihrem ganzen Leben hatte zahlen müssen und verkündete ihn der Naziöffentlichkeit. Seit das geschah, bekommt sie nirgends mehr Arbeit, und ihr Junge, der bei einem Meister in der Lehre war, wurde augenblicklich hinausgeworfen.

Deutsche gegen Deutsche – Tschechen gegen Deutsche – und leider: auch Tschechen gegen Tschechen

Daß die Tschechen im Grenzgebiet ständig einem schrecklichen Druck ausgesetzt sind, ist eine Tatsache, von der unsere Öffentlichkeit am ehesten Kenntnis hat. Die Ursachen hierfür liegen tief in der geschichtlichen Vergangenheit verwurzelt, und wenn Herr Henlein von der Rechnung spricht, die er der tschechischen Regierung für die Unterdrückung der Deutschen im Sudetenland präsentieren will, so hätten wohl auch die Deutschen noch alte, unbezahlte Rechnungen zu begleichen.

Die Tschechen werden von allen boykottiert – außer von den demokratischen Deutschen. Um der Wahrheit willen muß aber gesagt werden, daß es scheint, als sei den Tschechen selbst nicht viel an der Bildung und Festigung eines demokratischen Blocks (gemeinsam mit den demokratischen Deutschen) gelegen. Der Kardinalfehler unserer Propaganda und unserer Tschechen im Grenzgebiet ist der, daß wir nicht fähig waren, als noch Zeit dazu war, gerade die Deutschen zu unterstützen, die nicht so sind wie die anderen. Daß wir ver-

nechal ji s outěžkem. Ta žena vychovala své nemanželské dítě rozpíchanými prsty, skloněnými zády nad šicím strojem, prací do úmoru. Není to lehké vypíchat steh po stehu pro tři lidi celé dlouhé roky. Nuže, hrdá severská rasa zavalila svou statečností ideologií: „bij každého slabého" i tohoto chudáka. Objevili životní přehmat malé, stárnoucí švadlenky, za který stejně zaplatila celým životem, a „sdělili" to nacistické veřejnosti. Od té chvíle nedostane žena nikde práci, a chlapec, který nastoupil u mistra do učení, byl z učení okamžitě vyhozen.

Němci proti Němcům — Češi proti Němcům — a bohužel: Češi proti Čechům.

Že žijí Češi v pohraničí pod strašným útiskem — je okolnost, o které naše veřejnost nejvíc ví. Její kořeny tkví hluboko v dějinách, a mluví-li pan Henlein o účtu, který bude předkládat československé vládě za útisk sudetoněmeckých Němců, mohli by i Češi vystavit účet nezaplacený a hodně starý.

Češi jsou vesměs bojkotováni — mimo od demokratických Němců, ale po pravdě dlužno říci, že se zdá, jakoby ani Češi o upevnění demokratického bloku (myslím tím společného s demokratickými Němci) příliš nestáli. A to je velká chyba naší propagandy a velká chyba našich Čechů v pohraničí: že jsme nedovedli, dokud byl čas, posílit právě ty Němce, kteří nejsou, jako druzí Němci: že jsme se nedovedli opřít o ten živel v německém táboře, který má sice jinou řeč, ale souběžný světový názor.

S českými úředníky, četníky, dělníky na dráze, na jejich ženy a děti nikdo nemluví. V zemědělských obcích jim nikdo neprodá mléko, ani vajíčko. Děti zkouší, ženy žijí jako jeptišky. Ve Varnsdorfu bylo mnoho Čechů vystěhováno z bytů bez výpovědi. Přišla přímo soudní výpověď (domácí dodal: pro ten český hadr, a myslel tím státní vlajku) a nábytek se ocitl mžikem na ulici. Na radnici je složený nábytek několika rodin — a lidé se potácejí od jednoho známého k druhému na nocleh. Nemohou nový byt nikde dostat. I v Liberci a České Lípě je těžko Čechu dostat byt nebo zařízený pokoj. V hotelích, v restauracích, kavárnách všude jsou lidé slušní, mluvíte-li německy. Mluvíte-li česky, pokrčí jen rameny a nechají vás stát. Ale naopak: jakmile vidí, že jste Čech a snažíte se mluvit německy, jsou dokonce velmi vlídní. Prováděla jsem tuto zkoušku důsledně a nesčetněkrát: drobný lid na potkání velmi vděčně přijímá, když slyší Čecha hovořit německy. Okamžitě ustupuje ze své uzavřenosti a v devatenácti případech ze dvaciti mávne rukou s docela dobráckým úsměvem: co si budeme povídat; ty jsi Čech a já jsem Němec, nech mne, já nechám tebe s pokojem.

A tady je jeden z kořenů zla. Měli jsme si uvědomit, kdo tito lidé jsou a co od nich chceme. Považujeme-li zdejší Němce za německé občany československé republiky —

Protože tito Němci milují svoji řeč — a nevidím důvodu, proč bychom si toho neměli vážit — jsou Němci, ale nejsou nacisté.

Tito lidé a jejich rodiny měli se stát nositeli demokratické propagace, měli morálně i společensky i kulturně podporovat demokratické lidi na severu a měli proti ucelené atmosféře vybudovat druhou ucelenou atmosféru. Místo toho se rozpadli lidé tam poslání podle mechanického klíče politických stran v několik skupinek, navzájem se bojkotujících, a to je vůbec nejsmutnější, co jsem na severu viděla.

Nechci vypravovat o jednotlivých případech, třebaže jsou bohužel často příznačné. Nechci mluvit o náčelnici Sokola, která prohlásila, že na ni nikdo nemůže žádat, aby si v tělocvičně tykala se sousedovic služkou — doufám, že to je vzácná výjimka. Toto prohlášení mělo za následek utvoření české tělovýchovné organisace dělnické, která je v místě dnes silnější, než Sokol. Ale věc je ta: pořádá-li něco Sokol, bojkotují slavnost členové českých dělnických organisací — a naopak. V městečku se utvořily dva české tábory, a český dělník tam stojí pod dvojím tlakem: pod tlakem německého nacismu, pod tlakem českého bojkotu se strany nedělnických organisací a pod tlakem národnostním. Nechci mluvit podrobně o trapném dohadování o společný 1. máj, o tom, že dělníci chtěli zpívat státní hymnu a pak internacionálu a marseillaisu, o tom, že mnoho lidí prohlásilo, že se v tom případě průvodu nezúčastní. Na konec někde odpadla marseillaisa, jinde se zpívala, a zase odpadly celé skupiny českých lidí z demokratického průvodu. Nevím, milujete-li internacionálu a marseillaisu — mimochodem státní hymny našich spojenců — skutečnost však je, že lid je miluje, protože v nich spatřuje nejen spojenecké hymny, ale i písně své dělnické svobody. Nezáleží na tom, jsou-li jimi skutečně — nezáleží na tom, co dělníkům znamenají. Snad jste nepostřehli, že velká většina těch vojáků, kteří tak nesmírně krásně pochodovali na hranice, je dělný lid v uniformě, protože většina našeho národa je pracující lid. Že tedy tento lid je první, který obléká vojenský kabát ...

säumt haben, uns auf den Teil im deutschen Lager zu stützen, der zwar eine andere Sprache spricht als wir, aber die gleiche Weltanschauung hat.

Niemand redet mit den tschechischen Beamten, Gendarmen, den Gleisarbeitern samt ihren Ehefrauen und Kindern. In den Agrarstädtchen verkauft man ihnen weder Milch noch Eier. Die Kinder leiden fürchterlich darunter, und die Frauen leben wie Nonnen. In Warnsdorf wurden viele Tschechen ohne Kündigung aus ihrer Wohnung herausgeschmissen. Es kam direkt die gerichtliche Räumungsklage (der Hausbesitzer gab zum besten: wegen des tschechischen Fetzens und meinte damit die Nationalflagge), und die Möbel befanden sich postwendend auf der Straße. Im Rathaus wurden die Möbel von einigen Familien notdürftig untergestellt – die Leute selbst ziehen von einem Bekannten zum anderen auf der Suche nach einem Nachtlager. Eine neue Bleibe ist nirgendwo in Sicht. Auch in Reichenberg und Böhmisch-Leipa ist es für einen Tschechen schwer, eine Wohnung oder ein möbliertes Zimmer zu finden. In den Hotels, Restaurants, Kaffeehäusern sind die Leute anständig, wenn man deutsch redet. Spricht man aber tschechisch, zucken sie die Achseln und lassen einen stehen. Sobald sie jedoch sehen, daß man Tscheche ist und sich bemüht, deutsch mit ihnen zu reden, werden sie sogar ganz besonders zuvorkommend. Diese Probe habe ich unzählige Male beharrlich durchgeführt: der kleine Mann kommt einem geradezu dankbar entgegen, wenn er einen Tschechen deutsch sprechen hört. Sofort gibt er seine Verschlossenheit auf. In neunzehn von zwanzig Fällen winkt er dann gutmütig lächelnd mit der Hand ab: Was gibt es da noch zu reden? Du bist Tscheche, ich bin Deutscher. Läßt du mich in Ruhe, laß ich dich auch in Frieden.

Und eben da liegt eine Wurzel des Übels. Wir hätten uns früher darüber klar werden müssen, wer diese Menschen sind und was wir eigentlich von ihnen wollen. Wenn wir die hiesigen Deutschen als deutsche Bürger der tschechoslowakischen Republik betrachten ... [*Sieben Zeilen zensiert*] Denn diese Deutschen lieben ihre Muttersprache, und ich sehe keinen Grund, weshalb wir das nicht achten sollten. Sie sind Deutsche, aber keine Nazis.

[*Dreißig Zeilen zensiert*] Diese Menschen und ihre Familien hätten zu *Trägern der demokratischen Propaganda* werden können, zu moralischen, gesellschaftlichen und kulturellen Stützen aller Demokraten im Norden. Sie hätten dieser Atmosphäre der Geschlossenheit eine andere Geschlossenheit entgegensetzen können. Statt dessen zerfiel die Schar derjenigen, die man dorthin gesandt hatte, automatisch gemäß dem Parteienschlüssel in kleine Gruppen und Grüppchen, die sich wechselseitig boykottierten, und *das ist das Traurigste überhaupt, was ich im Norden gesehen habe.*

Ich will nicht von Einzelfällen erzählen, wenn sie auch manchmal charakteristisch sind. Ich möchte mich auch nicht näher über die Sokol[4]-Führerin auslassen, die verlautbaren ließ, man könne von ihr nicht verlangen, daß sie sich in der Turnhalle mit Nachbars Dienstmädchen duze – ich hoffe nur, daß das eine seltene Ausnahme ist. Diese Äußerung hatte aber zur Folge, daß die tschechischen Arbeiter einen eigenen Sportverband gründeten, der mittlerweile am Ort stärker als der Sokol ist. Aber die Sache ist die: Wenn der Sokol irgendeine Veranstaltung macht, wird sie von den Mitgliedern der Arbeiterorganisation absichtlich boykottiert und umgekehrt. Im Städtchen haben sich zwei tschechische Lager gebildet, und der tschechische Arbeiter steht nunmehr unter doppeltem Druck: unter dem Druck des deutschen Nationalsozialismus, unter dem Druck des tschechischen Boykotts, mit dem ihn die Nicht-Arbeiterorganisationen belegt haben, und dem nationalen Druck. Ersparen Sie mir, Einzelheiten von den peinlichen Verhandlungen über eine gemeinsame 1.

4 nationalistischer tschechischer Turnverband

Mai-Kundgebung zu schildern. Darüber, wie die Arbeiter die Staatshymne und dann die Internationale und die Marseillaise singen wollten, und wie daraufhin viele verkündeten, in solch einem Falle würden sie nicht mitmachen. Zum Schluß ließ man mancherorts die Marseillaise weg, woanders dagegen wurde sie gesungen, und als Antwort darauf blieben ganze Scharen von Tschechen dem demokratischen Umzug fern. Ich weiß nicht, ob Sie die Marseillaise und die Internationale lieben – nebenbei erwähnt sind es die Hymnen unserer Verbündeten –, Tatsache ist jedenfalls, daß das Volk sie liebt. Nicht nur, weil es in ihnen die Hymnen unserer Verbündeten sieht, sondern weil es sie schätzt als Lieder, die die Freiheitskämpfe der Arbeiterschaft besingen. Es kommt nicht darauf an, ob sie das wirklich sind – wichtig ist allein, was sie den Arbeitern bedeuten. Vielleicht haben Sie nicht mitgekriegt, daß der größte Teil der Soldaten, die so prachtvoll zur Grenze marschierten, *arbeitendes Volk in Uniform war,* denn der Großteil unseres Volkes gehört zu den Werktätigen. Daß sie immer die ersten sind, die den Uniformrock anziehen...

Der Kleinkrieg der Parteien schrie förmlich zum Himmel – hauptsächlich in der Zeit vor den Wahlen. Am ersten Wahlsonntag hatte die Henleinpartei leichtes Spiel. Auf der einen Seite eine einige SdP, auf der anderen die uneinigen tschechischen Parteien; Parteiagitation, Parteiparolen, Parteiredner und, verlassen von allen, eine deutsche Sozialdemokratie. In vielen kleinen Ortschaften gingen die deutschen Sozialdemokraten gar nicht erst zur Wahl, denn die namentliche Aufstellung eines Kandidaten auf der Wahlliste wäre dem Verlust seiner Existenzgrundlage gleichgekommen. Vereinzelt kam es auch vor, daß beide sozialdemokratischen Parteien gemeinsam kandidierten. Erst jetzt, nach dem ersten Wahlgang, ist die Rede davon, daß alle tschechischen Parteien gemeinsam einen Block bilden sollten, aber auch jetzt wird noch immer nicht in Erwägung gezogen, daß diese *tschechischen*

Parteien die deutsche Sozialdemokratie mit in den demokratischen Einheitsblock aufnehmen sollten. Lassen Sie mich als Beispiel für die Unsinnigkeit und Schädlichkeit der Parteienzersplitterung die Ergebnisse des ersten Wahlgangs in Dux anführen:

SdP	3 669 Stimmen
Deutsche Sozialdemokratische Partei	540 Stimmen
Tschechischer Bürgerblock	378 Stimmen
Volkssozialisten	1475 Stimmen
Tschechische Sozialdemokraten	1357 Stimmen
Gewerbepartei	249 Stimmen

Das macht also für den demokratischen Block alles in allem 4000 Stimmen. Auch wenn es woanders nicht so gut ausgefallen ist, auch wenn es Orte gibt, wo der demokratische Block in der Minderheit blieb, so steht diese Minderheit dennoch in einem ganz anderen Größenverhältnis zur SdP als derzeit die Splitterparteien und Parteichen.

Sie kamen

Nicht im Traum hätte ich daran gedacht, daß so etwas möglich ist, aber ich habe es mit eigenen Augen gesehen. Über Nacht änderte das Land sein Gesicht, und die Stimmung der Leute wechselte. Denn nachts war das tschechoslowakische Militär gekommen. [*Dreizehn Zeilen zensiert*] Auf den Bahnhöfen saßen überall Grüppchen von Rekruten mit Koffern herum, die Züge waren voll von ihnen, und auf jeder Station stiegen neue hinzu. Kein Abschied, keine Blumen an den Mützen, keiner erzählte des langen und breiten, woher er käme und wohin er ginge, niemand quatschte herum, blähte sich auf oder tat sich wichtig. Das einzige, was sie zu sagen hatten, war: Endlich fahren wir! Es ist höchste Zeit, daß wir fahren! Keine Spur von Nervosität, aber auch keine Spur von irgendeiner »Begeisterung«, von Gewinke aus dem Zug heraus und von chauvinistischer Schreierei. Das war vielmehr der äußerst konzentrierte, ruhige Antritt der Streitkräfte zur offenkundigen Verteidigung, der mehr imponierte als alles andere, was wir in den vergangenen Jahren erlebt haben. Nicht eine Spur von jener Soldatentümelei, die uns das Ausland ständig als Beispiel vor Augen führt. Nein, dies hier war eine Armee, die auszog, ihr Vaterland zu verteidigen: Sie bewies uns von neuem: Wenn das tschechoslowakische Volk die Gelegenheit bekommt zu handeln, handelt es vorbildlich.

Am Freitagabend begrüßte mich der Kellner in einem Restaurant mit der erhobenen Rechten und auf mein deutsches »Guten Tag!« antwortete er: »Sieg Heil!« Am Samstag mittag sagte er dann »Topry ten«[1]. Freitag abend sah ich in den Gaststätten, Hotels, auf den Straßen, in den Trafiken und den anderen Läden überall die zum Gruß erhobene Rechte. Samstag mittag keine einzige mehr. Freitag abend war die Stadt ein einziger Bergort – die Männer liefen in Wanderschuhen, weißen Strümpfen und nackten Knien herum, die Frauen in Dirndln. Am Samstag schwärmte die Zivilbevölkerung in normaler städtischer Kleidung aus. Freitags war im Schaufenster eines Verlagshauses eine riesige Aufnahme von der österreichischen Grenze zu sehen, die mit lautem Jubel von deutschen Soldaten niedergerissen wurde. Samstag morgen war sie verschwunden. Noch am Freitag gab es in den Kleidergeschäften nichts als Trachtenjoppen und in den Schuhgeschäften einzig und allein Bergschuhe. Am Samstag waren sie verschwunden. Es sieht so aus, als ob dieser Menschentypus, zu dem auch die Henleindeutschen gehören, nur dann Courage zeigt, wenn er in Reih und Glied marschieren und dabei grölen kann. Sobald er jedoch gezwungen wird, als einzelner aufzutreten, ist es aus mit dem Mut.

Und dann, vergessen wir nicht: Keiner von ihnen wollte und will *Krieg,* sondern den Anschluß. Einen stillen, ruhigen, un-

1 Deutsche Aussprache des tschechischen »Dobrý den« (Guten Tag).

blutigen Anschluß: nur muß man das Wort unblutig so verstehen, daß nicht ihr Blut fließen soll.

Nun denn, einen Anschluß wird es nicht geben. Die Henleindeutschen haben zwei Möglichkeiten: entweder anständige Partner zu werden, denn es gibt keinen Zweifel, daß man ihnen dann entgegenkommen wird. Oder aber ein Pulverfaß unter sich in Brand zu stecken, welches sie über Jahre hinweg zusammengetragen haben – und dann läßt es sich freilich nicht mehr vermeiden, daß auch derjenige mit in die Luft geht, der auf dem Pulverfaß sitzt, wenn der Funke gezündet wird.

Eine andere Möglichkeit haben sie nicht, ich fürchte gerade die nicht, die sie sich am sehnlichsten wünschen: die Wiederholung der österreichischen Ereignisse, die Wiederholung der unblutigen Okkupation, die Wiederholung des Sieg-Heil-Spaziergangs, der Konzentrationslager, der Vertreibung von Menschen aus ihrem Volk und Staat, der Anbringung von Tafeln, auf denen »Juden unerwünscht« steht. Ganz einfach: Sie haben nicht die Möglichkeit zum Anschluß.

Die Henleinleute hier im Grenzgebiet behaupten, wenn hier geschossen werde, so auch in Mlada Boleslav. Das ist ein Irrtum. Wenn überhaupt geschossen wird, dann nur an der Grenze.

(Milena Jesenská, *Přítomnost,* 1. Juni 1938)

Drei Tage im Querschnitt

Am Mittwoch, dem 21. September, geisterte in den Morgenstunden durch ganz Prag die Nachricht: Wir sind allein. Die Regierung hat sich entschieden, das Sudetenland abzutreten. Sie hat diese Entscheidung auf Betreiben der Engländer und Franzosen getroffen, unter direktem Druck beider westlicher Großmächte. In den frühen Morgenstunden waren das lediglich bruchstückhafte Informationen von Telefon zu Telefon, von Redaktion zu Redaktion, von Mensch zu Mensch. Die Leute blieben stehen, das Herz krampfte sich ihnen zusammen, bestürzt, getroffen in ihrem tiefsten Glauben. Allein? Es war so unglaublich, daß wir es nicht glaubten. Es war nicht zu glauben, und wir konnten dem auch keinen Glauben schenken. Niemand wußte etwas, alle begannen wir jedoch zu ahnen.

Nachrichten pflegen sich wie Lauffeuer zu verbreiten. Sensationsmeldungen verstummen von selbst wieder, authentische Nachrichten dagegen behaupten sich hartnäckig, verdichten sich, gewinnen Gestalt, beginnen zu atmen, zu leben. Mittags war es schon keine bloße Nachricht mehr, sondern etwas Lebendiges, das plötzlich zwischen uns stand. Es begann zu atmen und das menschliche Herz wie im Zangengriff zu umklammern. Selbst am Abend wußte noch niemand etwas Genaues, aber die Leute hielten es zu Hause in der Einsamkeit nicht mehr aus. Und als es dämmerte und der Rundfunk den erzwungenen Beschluß der Regierung verkündete, die Grenzen preiszugeben, waren die Straßen schon voller Leute. Aus den Vororten strömte die Menschenmenge zur Stadtmitte, auch auf dem Land setzte man sich in Bewegung.

Sie kamen in Arbeitskleidung, Frauen mit Kopftüchern, die Kinder auf dem Arm, Männer aus Kanzleien, Werkstätten, von daheim. Das war noch keine Demonstration, das war eine Wallfahrt. Eine verzweifelte, qualvolle, erschütternde Wallfahrt. Jeder Mensch kann für seine Freiheit sein Leben hergeben, für die Freiheit zu sterben ist seine Pflicht und sein Recht. Aber hier geschah etwas anderes; man hatte den Menschen gesagt, sie dürften nicht umsonst sterben. Darauf sagten die Leute: Zu kämpfen ist nie umsonst.

Bewußt oder unbewußt trägt nämlich jeder Mann und jede Frau aus dem Volk diese Gewißheit von der Stunde der Geburt an bis zum Tode in sich. Die Menschen kämpfen um ein größeres Stück Brot, um Nahrung für ihre Kinder, um eine bessere Stube, um ein Buch und um geistige Klarheit. Sie plagen sich ab für die Zukunft der Kinder, für die Versorgung ihrer Frauen, für einen ruhigen Lebensabend. Nichts wird ihnen geschenkt, nicht einmal das Begräbnis. Unablässig gelten ihre Bestrebungen einem besseren Leben oder wenigstens der Freiheit, die eigene Sprache zu sprechen, und dem Recht auf Freiheit und Mitsprache bei öffentlichen Angelegenheiten. Nie hat es etwas umsonst gegeben, und nie hat etwas mehr Blut gekostet als die menschliche Freiheit. Und so entstand im Laufe der Jahrhunderte das ungeschriebene Gesetz auf Erden: Wer nicht kämpft, bekommt nichts. Wer sich nicht verteidigt, verliert alles.

Dieses Gesetz trieb die Menschen auf die Straße. Ich glaube nicht, daß sich so etwas oft wiederholen kann: Die Menschen weinten, weil sie das ihrige nicht verteidigen durften. Sie saßen auf Bürgersteigen und scharten sich um die Zeitungsredaktionen. Fremde sprachen mit Fremden, aber sie sprachen eine gemeinsame Sprache: Wir können und wir wollen uns nicht unterkriegen lassen. Der Mann auf der Straße weiß nichts vom Verlauf und der Dynamik diplomatischer Eingriffe. Er hat keine Vorstellung von dem Wert eines Versprechens, von den Taktiken, mit denen sich dieses umgehen läßt, vom Gewicht, welches den Berechnungen der Generalstäbe beizumessen ist, und von der ökonomischen Wirklichkeit. Er kennt die heutige Kriegsführung nicht und kann sich die Ereignisse nicht ausmalen, die unmittelbar nach Kriegsausbruch eintreten würden.

Gegen Morgen wichen Verzweiflung, Enttäuschung und Zorn allmählich, und nüchterne Überlegungen gewannen die Oberhand. Völlig umsonst forderte der Rundfunk dazu auf, Ruhe zu bewahren. Niemand störte sie. Die Fabriken blieben geschlossen. Die Frauen kochten nicht. Die Vorstädte waren wie ausgestorben. Die Läden menschenleer. Der Menschenstrom verschmolz zu einer Demonstration. Mancherorts und zeitweilig zu einer organisierten, größtenteils jedoch zu einer spontanen Demonstration. Tausende von Leuten setzten sich in Bewegung, und nicht ein einziger verstieß gegen die Ruhe. Zehntausende zogen durch Prag. Dabei fuhren Autos, läuteten Telefone, die Post hielt ihren Betrieb aufrecht, und Zeitungen erschienen. Die Lastwagen schoben sich nur mühsam vorwärts, aber niemand hupte. Die Leute gingen auseinander, und die Lastwagenfahrer fuhren fast scheu und behutsam. Jeder verstand jeden. Ein Zug von Menschen passierte die Narodní, er wälzte sich wie ein Strom dahin, niemand sang, kaum, daß etwas gerufen wurde, man marschierte nur. Die ersten Männer im Zug riefen den Menschen auf dem Bürgersteig zu: Nehmt den Hut ab! Runter mit ihm! Und die Männer auf dem Trottoir zogen die Hüte und sagten: Recht habt ihr. Wenn jemand im Ausland über uns verbreitet hat, in Prag seien Unruhen und Aufruhr entstanden, so hat er nicht nur gelogen, sondern überhaupt nicht verstanden, worum es ging. Die Leute haben der Regierung, der Welt und sich selbst vorgeführt, daß sie allein auf die Logik des

Muts bauen, der seinerseits Wut erzeugt – auch in dem Moment, in dem ein so mächtiger Verbündeter wie Frankreich wankelmütig geworden ist. Nie zuvor hat es eine ernstere, konzentriertere und echtere Demonstration gegeben, auch keine *ruhigere.* Und niemals auch eine von größerem Gemeinschaftsgeist. Am Samstag sagte der verantwortliche Minister, daß sich keine Regierung in der Tschechoslowakei fände, die einen Volksentscheid zulassen könnte, und wenn sie sich fände, würde sie sofort gestürzt werden. Drei Tage später erfüllte sich die Vorhersage: die Regierung trat zurück.

Donnerstagnachmittag

Am 22. September glich die Stadt einem aufgestörten Bienenschwarm. Vor den Lautsprechern auf den Straßen versammelten sich Trauben von Menschen. Die Menschenansammlungen warteten auf die neue Zusammensetzung der Regierung. Sie demonstrierten nicht mehr, sondern standen herum, unterhielten sich, warteten. Hie und da besann sich jemand darauf, daß er noch nicht gegessen hatte. Widerwillig aß er ein Stück Brot oder Brötchen. Frauen hielten ihre Kinder auf dem Arm. Auf dem Gehsteig standen Burschen, Kinder, Greisinnen. Hier unterhielten sie sich lebhaft, dort verharrten sie in Schweigen. Aber nirgendwo – in der ganzen hunderttausendköpfigen Masse – glaubte jemand, daß dies das Ende sei. »Wir werden doch aufbrechen!« »Aber natürlich werden wir das!« »Und wenn wir das tun, werden wir nicht allein sein!« Die Männer erzählten von Kriegserlebnissen. Legionäre trugen ihre Militärabzeichen und Auszeichnungen – heimliche Appelle an die Tapferkeit. Die übermüdeten, matten Augen fielen den Leuten fast zu, denn alle hatten sie die Nacht und den darauffolgenden Tag auf dem Bürgersteig zugebracht, ohne zu essen und zu schlafen. Endlose Kombinationen, Mutmaßungen, Voraussagen, nicht endenwollendes Warten, Ungewißheit, lange, aufreibende Stunden. Wir alle begriffen in diesen Tagen, was sich in den letzten Monaten in Österreich zugetragen hatte: genau das gleiche war dort geschehen. Auch dort waren solche Stunden vergangen. Stunden zwischen Hoffen und Bangen, in denen die Menschen tage- und nächtelang hin- und hergerissen wurden von der Tapferkeit zur Ohnmacht, von der Entschlossenheit, das Leben aufs Spiel zu setzen, zur bitteren Notwendigkeit, kampflos aufzugeben. Stück für Stück wurde ihnen Glaube und Zuversicht genommen. Müdigkeit, Kleinmut und Stumpfheit griffen um sich. Nach sechs Monaten dieses grausamen Spiels siegte der deutsche Reichskanzler, ohne überhaupt kämpfen zu müssen. Die zermürbten, zerschlagenen, gebrochenen Menschen nahmen die Knechtschaft ruhig auf sich, bedeutete sie doch ein Ende des qualvollen Zauderns.

Donnerstag abend kehrten auch die Einwohner Prags nach Hause zurück, ein jeder wie nach einer schweren Krankheit. Noch ein paar solcher Tage – und wir hätten verloren. Keiner hält die Spannung in seiner gesamten geistigen und gefühlsmäßigen Existenz über Tage hinweg aus. Der Entschluß, kämpfen zu gehen und sich zu verteidigen, gefaßt unter solchen Umständen, wie sie am Donnerstag bei uns eingetreten sind, bedeutet die größte Anspannung, zu der ein lebender Mensch fähig ist. In den Tagen der größten Sorgen und der schrecklichsten Angstzustände können wir dennoch von Glück reden, daß diese Stunden nicht lang anhielten. Kann doch den Menschen eine wahrhaft tödliche Müdigkeit überkommen, und niemand könnte ihn in diesem Augenblick zur Tapferkeit auferwecken.

Freitagnacht

Am 23. September begannen sich Anzeichen dieser Müdigkeit zu zeigen. Die Menschen versuchten zu arbeiten. Sie hörten auf zu sprechen und suchten nach etwas, wohin sie sich mit ihren Gedanken und Vermutungen flüchten konnten. Sie streckten ihre Hände nicht nach Zeitungen aus, standen nicht an den Lautsprechern. Man wich einander aus. Die Frauen gingen wieder wie gewohnt einkaufen und stellten sich an den Herd. Die Kinder gingen zur Schule. Die Stadt regte sich in stumpfer, träger Ruhe. Das Stadtzentrum sah fast aus wie immer. Auch die Menschenansammlungen verschwanden. In den Fabriken wurde wieder gearbeitet, in den Bergwerken förderten die Bergleute Kohle, die Behörden walteten ihres Amtes. Die letzten Rädchen des alltäglichen Lebens gelangten eher durch Beharrlichkeit als durch Arbeit ans Ziel. Und dann kam um zehn Uhr abends die allgemeine Mobilmachung.

Wir standen nicht gemeinsam an den Rundfunkempfängern. Jeder stand für sich allein. Aber eines weiß ich ganz sicher: Allen Menschen in diesem Land fiel ein Stein vom Herzen. Als wäre ein neuer Luftzug hereingeweht, als ob neue Kraft aufgekommen wäre. Noch waren die letzten Worte der Mobilisierungsverkündigung nicht verklungen, schon rannten die Menschen auf die Straße. Einige ohne Mäntel, andere in Arbeitskleidung. Männer mit Koffern, begleitet von Frauen ohne Kopfbedeckung, die sich in aller Hast angekleidet hatten. Wenigstens bis zur nächsten Kreuzung. An der Kreuzung stand schon ein Grüppchen. Die Fahrer der Elektrischen fuhren die Wagen ins Depot, die Schienen blieben leer. An jeder Straßenkreuzung entstand augenblicklich ein ziviler Hilfsdienst für Transportfragen. Die Leute hielten Autos an, zählten die freien Plätze und belegten sie mit Rekruten. Egal, ob es ein Taxi war oder ein Privatfahrzeug, es mußte fahren – und es fuhr gern. Die Besitzer von Privatwagen kamen in Nachtgewändern, in Pantoffeln und Mänteln herausgelaufen, schoben die Autos aus der Garage und fuhren los. Die Grüppchen wuchsen an, vereinigten sich zu kleinen Rinnsalen, aus jeder Straße kam ein kleines hervor, auf der Hauptstraße wurde es zum Fluß, in der Stadtmitte schließlich schwoll es zum Strom an. Die Frauen nahmen tapfer Abschied, dies sei zu ihrer Ehre gesagt.

Je später es in der Nacht wurde, desto mehr belebte sich das Stadtzentrum. Auf den Straßen standen Leute und grüßten. Durch die Straßen fuhren andere, und auch sie grüßten. Die Volksmenge wurde immer dichter, und der Menschenstrom wuchs. War es Begeisterung? Ich kann es nicht sagen. Wir sind kein Volk, das begeistert in den Krieg zieht. Dafür herrschte eine Atmosphäre der größten Bereitschaft, des Aufatmens und der Aufmunterung, jedermann lächelte, aber niemand sang. Die Menschen begrüßten einander, aber sie jubelten nicht. Jeder ging unsagbar gern, aber keiner ging berauscht von der Aussicht auf Kampf. Nirgendwo habe ich je eine Menschenmenge erlebt, die sich so harmonisch bewegt hätte. Kein schiefes Wort, nicht eine leere Phrase, kein Versagen, ja nicht einmal eine Spur von Durcheinander. Die Bahnhöfe waren belagert, an den Zügen hingen Trauben von Menschen. Niemand mußte dem anderen Mut einflößen. So sachlich, wie die Mobilmachung verkündet worden war, so wurde sie auch in Gang gebracht. Dem Menschen, der durch die Straßen ging, schnürte es die Kehle zu. Vor Tränen? Vor Stolz? Vor Ergriffenheit? Erleichterung? Ich weiß es nicht. Eins aber weiß ich genau: Ein Volk, das sich so verhält, kann nicht umsonst kämpfen.

Viele Autos fuhren durch die Stadt, voll von Menschen, die aufs Land zogen, mit Federbetten, Kindern und Paketen voller Lebensmittel. Niemand hielt sie auf. Niemand sagte ihnen, daß sie den Straßenverkehr behinderten. Mit dem Zug reisten auch viele Zivilisten weg. Auch sie fuhren geordnet, auch für sie blieben Plätze übrig. Mitten in den größten Verkehr kam der erste Verdunklungsübungsalarm. Niemand wußte, daß es kein Fliegerangriff war. Die ganze Menschenschar begab sich ruhig in die Luftschutzkeller. Wehrpflichtige, Passanten und ihre Frauen. In den Häusern wurden die Bewohner von Wachmannschaften des Zivilschutzdienstes in die Keller gebracht. Darunter gab es Frauen mit Kindern, die ihre erste Nacht allein verbrachten. All das vollzog sich in absoluter Ruhe, ohne

Weinen, ohne Klagen, ohne Tränen. Und da wußte noch niemand, daß wir doch nicht allein waren.

Aus der Stadt strömten Züge, Privatwagen und Lastautos weit weg in die Ferne, und vom Land zog der Strom in umgekehrter Richtung zur Stadt. Im Dunkeln. In mustergültiger Ordnung. Vor dem Flugplatz Ruzyn traten junge Männer mit Koffern ihren Dienst an, sie fanden sich in tiefstes Dunkel gehüllt. Rund um Ruzyn war der Himmel rabenschwarz. Der Lichterschein über dem friedlichen Prag war erloschen.

Samstag früh

Die Stadt hat sich verändert. Die Parkanlagen sind aufgerissen, die Fenster mit schwarzem Papier beklebt, in den Schulen sind Soldaten einquartiert worden. Der Abend bricht mit der Dämmerung an, und in der Nacht erscheint die Stadt wie eine apokalyptische Vision. Tagsüber steht eine laue Herbstsonne über der Stadt. Nachts ist der Himmel sternbesät. Über diesen Himmel sollen Bombenflugzeuge angeflogen kommen?

Noch sind wir hier viele, die nicht fortgegangen sind. Wir warten.

(Milena Jesenská, *Přítomnost,* 28. September 1938)

Es geht über unsere Kräfte

Hüten wir uns davor, jenem Kreis von Menschen anzugehören, der sich durch große Worte wie Recht, Gerechtigkeit und Moral blenden läßt. Das soll keineswegs heißen, daß ich nicht voller Leidenschaft für die *wirkliche* Bedeutung, den *echten* Klang dieser Worte eintrete, die für mich von jeher der einzig wahre Wert auf Erden waren. Wer Augen hat zu sehen und Ohren hat zu hören, der weiß, wie diese großen und schönen Worte seit eh und je von den Mächtigen mißbraucht wurden, wenn es darum ging, den Schwachen Bürden aufzuladen. Wieviel Unrecht geschah allein letztes Jahr beim Klang von Marschmusik im Namen von Recht und Menschlichkeit. Allzuviele Menschen fielen dem Frieden zum Opfer, über den die Welt jetzt jubelt. Noch immer verbargen und verbergen sich schändliche Verletzungen der Menschenrechte hinter Moral und hochtönenden Phrasen. Niemand auf Erden sehnt sich mehr nach Recht und Großmut als gerade der Arme, denn er braucht sie wie das tägliche Brot. Stets, wenn es darum ging, ein Volk davon zu überzeugen, es müsse grausam handeln, und dieses Volk es nicht begreifen wollte und sich weigerte, verblendete man es mit schönen Lügen. Das bisher Gesagte schicke ich den nun folgenden Zeilen voraus, weil diese nur dann einen Sinn haben, wenn ich wirklich offen schreiben kann, wahrheitsgetreu und schonungslos.

An dieser Stelle setzte ich mich bereits früher mit allem Nachdruck für die Unterstützung und Sicherheit der Demokraten unter den Sudetendeutschen ein. Das tat ich in einer Situation, *in der der tschechoslowakische Staat noch in der Lage war, diese Unterstützung und Sicherheit zu gewährleisten.* Und deshalb, glaube ich, wird mich niemand verdächtigen, ich wünschte heute nicht genauso heftig wie gestern das gleiche. Aber inzwischen hat sich die Situation verändert: heute kann der tschechoslowakische Staat ihnen diese Unterstützung und Sicherheit *nicht mehr geben.* Diese Lage ist bitter, und ich weiß nicht, ob sie schmerzlicher für uns ist oder für sie. Anstelle von Andeutungen und verschwommenem Herumgerede sind *deutliche Worte* nötig. Und uns muß klar sein, daß, obwohl wir nicht viel machen können, *schnell etwas geschehen muß.*

Die Sache ist so: Wenn die Grenzziehung zur besetzten fünften Zone so grausam bleibt, wie sie heute ist, oder selbst, wenn sie ein wenig bereinigt würde, steht eines fest: jenseits dieser Grenze leben viele Tschechen, die natürlich zu uns gehören. Niemand kann wissen, auf welche Weise die komplizierten Options- und Besetzungsprobleme für den einzelnen gelöst werden. Doch selbstverständlich sind diese Tschechen im Dritten Reich die ersten, die ein Recht darauf haben, in die Tschechoslowakei zu kommen. Auch aus der Slowakei und aus Karpatho-Rußland dürften viele tschechische Intellektuelle hierher zurückkehren, Menschen, die – wenigstens vorläufig – ohne Arbeit sind. Allein das führt zu einer enormen Überbevölkerung in dem kleinen Teil der Tschechoslowakei, der uns blieb. Wir sind sehr arm geworden. Selbstverständlich werden wir weiterleben, doch ganz bestimmt schlechter als bisher, und das gilt für jeden einzelnen. Es dürfte eine ganze Weile dauern, bevor wir wieder anfangen können, Landstraßen anzulegen, Fabriken und neue Eisenbahnstrecken zu bauen, wovon die Zeitungen jetzt schon schreiben.

Vor allem müssen wir erst einmal das Gestern liquidieren. Sollte es uns nicht gelingen, in Ruhe und Ordnung wirtschaftlich das zu ersetzen, was gestern noch unser war, und alle Folgen der riesigen Umwälzung und der Vertreibung von Hunderttausenden Menschen zu meistern, so wird es uns ergehen wie einem Rettungsboot, das vom untergehenden Schiff mehr Menschen aufnimmt, als es tragen kann, und dann in den Wellen versinkt.

Aus dem von deutschem Militär besetzten Sudetenland flohen demokratische Deutsche zu uns. Ich brauche Ihnen nicht erst lange zu erzählen, was sie durchmachten, was sie in ihren Heimatorten erlebten, und was sie erwarten wird, falls sie zurückkehren müssen. Viele dieser Menschen wurden genauso wie tschechische Grenzbewohner, wie tschechische Gendarmen und Zollbeamte ins Dritte Reich verschleppt. Alle diejenigen, die jetzt erst das Land verlassen wollen, dürfen nicht mehr fliehen, weil ja sogar solche, die schon früher kamen, hier bei uns ohne Wohnung, ohne Nahrung, ohne Geld, ohne Arbeit und ohne jede Aussicht auf Arbeit sind. Unter den Flüchtlingen gibt es Frauen, die keine Ahnung haben, wo ihre Männer geblieben sind, nicht wissen, wie und wann sie sie je wiedersehen werden. Ja, selbst verlassene Kinder gibt es. In ganz Prag findet sich kaum ein Haus, in dem keine Flüchtlinge untergekrochen sind. Und das sind noch die Glücklichen, solche, die hier jemanden haben. Tausende aber liefen ganz einfach ins Unbekannte hinaus. Ich will nicht ihre Not beschreiben, ihre Angst und die Entbehrungen, die sie litten. In den letzten fünf Jahren sahen wir mehr als genug, wie Deutsche leben, die der deutschen Volksgemeinschaft entflohen waren. Unsere Flüchtlinge leben haargenau so.

Ich bin ein tschechischer Zeuge dafür, wie diese Menschen fünf lange Jahre im Norden unseres Landes ausharrten. Mit unglaublichem Herzensmut und voller Entschlossenheit standen sie auf seiten der tschechoslowakischen Republik. Sie kämpfen schon seit fünf Jahren, und niemand von uns kann und darf das je vergessen. Doch von heißer Dankbarkeit und schmerzlicher Hochachtung können Menschen nicht leben. Wenn jetzt Krieg wäre, hätten wir heute höchstwahrscheinlich einige hunderttausend Tote. In diesem Frieden haben wir einige hunderttausend Gefallene – und diese Gefallenen leben. Der lebendige Mensch will essen und leben. Und wir, an deren Friedensfronten diese Menschen fielen, ohne zu sterben, vermögen wahrscheinlich nicht, ihnen auf die Dauer das zum Leben Nötige zu geben. In der Grauenhaftigkeit des Krieges gibt es noch etwas wie einen schwachen Schimmer von Gerechtigkeit: wir stehen alle bewaffnet an unserer Stelle, und wir werden fallen, je nachdem woher die Kugel kommt. In der Grauenhaftigkeit des Friedens heißt die ausgesprochen grausame Ungerechtigkeit: alle die für uns waren, sind gefallen.

Aber nicht wir sind es, die diesen Frieden gemacht haben. Er wurde uns aufgezwungen. Erlauben Sie mir, zu bemerken, daß »aufgezwungen« als Wort zu schwach ist. Und da liest man in den Zeitungen von der großen Anerkennung, die der Tschechoslowakei zuteil wird für die Opfer, die sie dem Weltfrieden gebracht hat. Das ist ein Irrtum. Wir brachten keinerlei Opfer, denn Opfer bringt man nur freiwillig. Die Wahrheit lautet ganz anders: wir wurden geopfert, und nun drängen sich bei uns einige Tausende lebender Gefallener, dazu die deutschen und österreichischen Emigranten, denen wir Asyl gewährten. Für alle diese Menschen tragen nicht wir die Verantwortung, sondern die englische und französische Regierung, die sich diesen Frieden gewünscht haben.

Die hunderttausend geflohenen und immer noch zu uns flüchtenden demokratischen Deutschen bedeuten nicht nur ein menschliches Problem und eine Frage der Humanität. Sie sind vor allem auch ein schwieriges innenpolitisches Problem. Wenn dieses Problem nicht schnell und planmäßig gelöst wird, kann daraus unsägliches Elend erwachsen. Unser Volk ist zwar geduldig, gutmütig und anständig, mit tiefem Sinn für Recht und Unrecht. Aber nun ist dieses Volk gedemütigt, gereizt und voller Selbstmitleid. Von Schmerz und Überbelastung, von zuviel Druck und zu tiefer Enttäuschung ist bis zur Sehnsucht nach Rache nur ein kleiner, ein gefährlich kleiner Schritt. Von jeher war Rache der Ausdruck gequälter Rechtlosigkeit. Nur hat sie sich oft nicht dort entladen, wo sie am Platze gewesen wäre, sondern dort, wo sie es gerade konnte. Rache ist Akt der Schwachen gegenüber Schwächeren.

Wenn wir unser Volk derart belasten müssen, daß es überbürdet wird, dann ist vorauszusehen, gegen wen sich sein Zorn wenden wird. Erlauben wir – besser gesagt, erlauben die westlichen Großmächte –, daß aus einem Volk, das weiter leben will, ein Volk wird, das selbst die Unschuldigen in den Abgrund stößt – oder über die Grenzen jagt (und in diesem Fall nicht nur Unschuldige, sondern unsere Mitkämpfer) –, dann kann unser Volk einen tiefgehenden moralischen Bruch erleiden, von dem es sich nicht leicht wieder erholen wird.

In den Zeitungen steht, daß in Frankreich und England für demokratische deutsche Flüchtlinge Sammlungen veranstaltet werden. Bis jetzt schickte man schon die Summe von zwei Millionen Kronen nach Prag. Dafür sollten wir wohl Dankeschön sagen. Leider kann ich das nicht. Und ich glaube, niemand von uns kann das, die wir diese Tage, diese Nächte und Wochen durchlebten. Wir schwiegen, als sie uns Milliarden stahlen, unsere Berge, Wälder, Bergwerke, Eisenbahnen, die Arbeit von zwanzig Jahren. Aus unserer Generation kann kaum jemand unterwürfige Dankbarkeit empfinden. Wir waren hart zu uns selbst – so hart, daß es kaum zu fassen ist. Doch zu euch müssen wir auch hart sprechen. Zwischen euch, die ihr unsere Verbündeten seid, und uns ist es nicht zu Ende. Ihr habt an der Wiege unseres jungen Staates gestanden, und ihr wurdet zu seinen Parzen.

Also: eine Summe von zwei Millionen ist wenig. *Sammeln ist überhaupt wenig.* So hoch ich auch private Initiative von Leuten schätze, die *unbeteiligt* an unserem Schicksal sind, so hoch ich zum Beispiel den schwedischen »Aufruf an alle Nationen zur Hilfe für die hungernde Tschechoslowakei« auch schätze, ebenso entschieden vermisse ich einen *Plan der Westmächte* zur Rettung jener Menschen, die wir auf Dauer unmöglich ernähren können. Wir wissen, was bei Sammlungen herauskommt: Suppen und abgetragene Kleider für Menschen ohne ein Zuhause. Das ist augenblickliche Hilfe – aber um die geht es nicht. Vorläufig hungert noch niemand in der Tschechoslowakei. Auch wir werden Suppen austeilen. Wir tun es schon. Es handelt sich nicht um eine Hilfe für die hungernde tschechoslowakische Republik, es geht darum, wie und wo man Menschen ansiedeln kann, die zwischen zwei qualvollen Bedrohungen stehen: dem Konzentrationslager im Dritten Reich und der absoluten Arbeitslosigkeit in unserem verarmten Land, das alle Kräfte anspannen muß, um die eigene Zukunft zu sichern, den eigenen Landsleuten Arbeit zu verschaffen. Die Tschechoslowakei kann für die Flüchtlinge eine Durchgangsstation sein. Aber wie kann man eine Durchgangsstation sein, wenn alle umliegenden Staaten ihre Grenzen dicht machen und höchstens einmal zehn Leute nach endlosen Kapitalgarantien aufnehmen, während Hunderttausende, die ohne einen Heller dasitzen, nirgends hereingelassen werden. Durch die Teilung der tschechoslowakischen Republik wurde nicht nur ein Krieg erspart, sondern dadurch ersparten sich die französische wie anscheinend auch die englische Regierung große finanzielle Verluste. Ein bescheidener Bruchteil dieser ersparten finanziellen Verluste würde genügen, den deutschen Flüchtlingen in der Tschechoslowakei zu einer neuen Existenz zu verhelfen.

Dazu wäre vor allem nötig:

1. Die Grenzen irgendeiner der französischen oder englischen Kolonien für eine Million deutscher Auswanderer zu öffnen.

2. Geld zusammenzubringen, doch nicht um endlose Suppen für Hungrige zu kochen – denn der Lebende ist ja heute ebenso hungrig wie morgen und übermorgen, wie in einem Jahr oder in zehn Jahren, ist hungrig bis zu seinem Tode –, sondern Geld, das man zur planmäßigen und organisierten Umsiedlung jener Heimatlosen verwendet.

3. Der tschechoslowakischen Regierung mitzuteilen, bis wann mit dieser Hilfe zu rechnen ist. Ihr konntet sehr schnell, ja geradezu in Windeseile handeln, als es um »die armen, unterdrückten Henleins« ging. Jetzt aber heißt es, ebenso blitzschnell zu handeln, wo es um die wirklich Entrechteten geht, um jene, die auf vorgeschobenem Posten als Wächter der Demokratie gestanden haben, die also auch die Hüter *eurer* Ideen waren und die für diese gefallen sind, ohne das Leben zulassen.

4. Daß man die tschechoslowakische Regierung den genauen Termin verbindlich wissen läßt, an dem die Abreise dieser Menschen möglich wird. Eine Übergangshilfe werden wir dann, selbst in der jetzigen Situation, schon finden. Für eine absehbar kurze Zeit wollen, können und müssen wir alle mithelfen.

Ich glaube, die Erfüllung dieser Forderungen dürfte das kleinstmögliche Maß an Verantwortung darstellen für diesen Frieden, den ihr so billig bekommen habt.

(Milena Jesenská, *Přítomnost,* 12. Oktober 1938)

Im Niemandsland

In Paris fand während der letzten Tage eine Sitzung statt, die einberufen worden war vom Hochkommissar des Völkersbundes zur Hilfe für die Flüchtlinge aus Österreich und Deutschland (sowie der deutschen und jüdischen Flüchtlinge aus den besetzten, ehemals tschechischen Gebieten). Vorsitzender dieser Tagung war Sir Herbert Emerson, und für die Tschechoslowakei sprach dort Marie Schmolka, die Leiterin des Prager Zentralkomitees für Flüchtlinge. Ihr Bericht war eindringlich, offen und klar. Sie führte unter anderem aus:

»Die Tschechoslowakei gab den Flüchtlingen Asyl und zwar so, daß es ihnen – natürlich relativ – besser ging als in anderen Ländern. Nach dem Münchener Abkommen ist es für die Tschechoslowakei jedoch praktisch unmöglich geworden, Asyl wie bisher zu gewähren. Der weitere Aufenthalt deutscher Flüchtlinge in der Tschechoslowakei bedeutet nicht nur eine große Bedrohung für die Flüchtlinge, sondern auch eine politische Gefährung der nachbarlichen Beziehungen zwischen der Tschechoslowakei und Deutschland.«

Das ist eine sehr klare Sprache, umso erstaunlicher, als sie von der langjährigen Vertreterin der Interessen der Flüchtlinge und Emigranten kam. Doch wer ist eigentlich Marie Schmolka? Ich lernte sie kennen, als ich meinen ersten Artikel über diese gehetzten Menschen schrieb und dafür nach Zahlen und Details suchte. Sie wohnt in der Altstadt, in einem winzigen Gäßchen, das ich, als gebürtige Pragerin, nicht kannte, in einem kleinen windschiefen Haus mit Holzstiege. Sobald man aber die Wohnung betritt, umfängt einen eine sonderbar harmonische und kultivierte Atmosphäre, wunderschöne Bücher, Plastiken von Sturga, alte, schöne, dunkle Möbel und ein Telefon, das nicht aufhört zu läuten. Auf den ersten Blick findet man sie wahrscheinlich nicht hübsch. Frauen, die den ganzen Tag bis spät in die Nacht arbeiten, die Jahre hindurch fremdes Leid mitansehen müssen, sind vielleicht nicht hübsch. Nein, hübsch ist sie nicht, aber wunderschön. Etwas, das von innen kommt, macht dieses Gesicht so ausdrucksvoll und stark, als wäre es aus Stein gehauen. Diese Frau kennt jeden Menschen persönlich, der in den letzten fünf Jahren über die Grenze kam. Sie kennt sein Schicksal und weiß von den Gefahren, die er durchlitt. Die Flut dieser Schicksale ließ ihr eigenes ganz unwichtig werden. Sie bewegt sich ständig zwischen Krankheit, Leben und Tod, besucht Behörden in London, Paris und Prag, fährt ins Niemandsland, in die Flüchtlingslager und war auf dem Schiff, das nach der Besetzung Österreichs zwei Monate lang vor Preßburg auf der Donau lag. Wohin sie blickt, fast nichts als Hoffnungslosigkeit, und nach unendlichen Bemühungen gelingt es ihr, etwas Hoffnung zu erwecken. Dabei ist sie bewundernswert ruhig, wie es gläubige Menschen oft sind.

Als mir im September ganz schlimm zumute war, ging ich, um ein Weilchen bei ihr zu sitzen. Sie verbreitet um sich ein Gefühl von Sicherheit, Selbstverständlichkeit, Sachlichkeit und ein hohes Maß an Furchtlosigkeit, so daß mir die Momente, die ich in ihrem Lehnstuhl verbrachte, zum Liebsten gehören. Es gibt viele Frauen, die in der öffentlichen Wohlfahrt tätig sind, wie man das so schön nennt – aber nur wenige von ihnen verdienen Bewunderung. Diese Frau betreibt keine öffentliche Wohlfahrt. Sie geht für ihr Volk auf Pilgerschaft im demütigen Stolz – oder in stolzer Demut – ihrer besten Vertreterinnen. Sie ist nicht der Typ eines Funktionärs, eines Vereinsmenschen, den man als aufopfernd bezeichnen könnte. Sie ist der ruhige Fährmann ihres unglücklichen Volkes in einer Zeit, die dieses schwerer traf als andere Nationen und alle anderen Völker. Als ich ihr heute gegenüber saß, war sie sehr glücklich. Nach langem Bemühen zeigt sich endlich ein Hoffnungsschimmer, und nicht nur für einen, für zwei oder zehn der Flüchtlinge, sondern für sehr viele Menschen. Sie werden Arbeit in einem Staat finden, den sie noch nicht nennen darf, oder werden in Übergangslager in England, Frankreich und Skandinavien untergebracht, solange ihre Paßangelegenheiten nicht erledigt sind. Man kann so gut wie sicher sagen, daß die Mehrzahl dieser Menschen ihre letzten Weihnachten hier verbringt, und binnen eines Jahres alle Insassen des Niemandslandes verschwunden sein werden.

Vor Jahren sah ich in Prag einen Film, der »Niemandsland« hieß – es war ein deutscher Film.[1] Seither haben wir nie wieder einen so schönen Film gesehen, und ich fürchte, es wird noch viel Wasser die Moldau hinunterfließen, bevor Menschen wieder auf diese Weise die Wahrheit werden sagen und zeigen können, wie das damals in Deutschland möglich war. Niemandsland nannte man im Weltkrieg das Gebiet zwischen den Fronten, den Streifen ausgedörrter Erde zwischen zwei Stacheldrahtzäunen. Dorthin hatte der Krieg – im Film – vier Menschen verschlagen: einen Engländer, einen Deutschen, einen Schwarzen und einen russischen Juden. Vier verstörte Menschentiere aus den verschiedensten Ecken der Welt, den verschiedensten Gesellschaftsschichten, mit verschiedenen Sprachen und Schicksalen. Schon in diesem Film war der russische Jude stumm – er wurde von einem der bedeutendsten Schauspieler im damaligen Europa gespielt, von Sokoloff, einem Mann mit dem Gesicht eines traurigen Äff-

1 Victor Trivas (1931). Drehbuch nach einem Entwurf von Leonhard Frank und dem Regisseur. Mit Ernst Busch, Wladimir Sokoloff, Hugh Stephans Douglas, Lows Douglas, George Peclet u.a.

chens und typischen Judenaugen: dunklen, traurigen Augen, die aus Jahrhunderten in Jahrhunderte blicken. Sokoloff lebt heute in Amerika und spielt kleine Charakterrollen, meist komische, denn Amerika hat, trotz seines Verständnisses für den europäischen Geist, im bangen Antlitz des europäischen Juden noch nichts anderes entdecken können als eine etwas komische Figur. Für mich bedeutete die Gestalt dieses Schauspielers etwas Prophetisches: der kleine, zerdrückte Jude aus dem Niemandsland, der Stumme inmitten Redender, der zwischen Ausgestoßenen noch Gezeichnete, mit seinem Lächeln und den Augen, aus denen der Schmerz von Hunderttausenden blickt, der von einem Jahrhundert ins andere zieht. Voller Verstand, Herz und Seele – ohne Land, ohne Heimat, ohne Sprache. Sie sind im Grunde genommen stumm. Ich hörte von einem Rabbiner, der in Palästina lebt und nur noch hebräisch spricht; der niemandem in seiner Umgebung erlaubt, eine andere Sprache zu gebrauchen, und der der Jugend Liebe zu dieser etwas künstlichen Muttersprache der Juden beibringt. Aber manchmal, zu Hause, in einem Winkel, wenn es dämmert, da summt er vor sich hin – russische Lieder. Palästina ist die Heimat und Hebräisch die Muttersprache. Aber Rußland ist das Land der Geburt, und die russischen Volksweisen sind Lieder des Geburtslandes, die die Mutter sang, die Frauen im Dorf, die Kinder in der Schule und die Männer auf dem Feld. Das Land der Geburt mit seinen tausend Klängen, Gewohnheiten, Farben und Formen prägte die Seele dieses Mannes. Der Mann ist ihm dankbar, denn die Sprache des Geburtslandes formte seine Gedanken und seine Worte. Aber dann kam jemand und sagte: Du hast hier nichts zu suchen! Mach, daß du fortkommst! Der Jude wanderte und wanderte, erreichte das Gelobte Land und spricht von nun an nur noch hebräisch und schindet sich ab auf einem Acker, der wiederum nicht ihm gehört, mit aller Kraft, mit der ihm eigenen stolzen Demut, mit ganzem Willen. Aber abends, in der Zimmerecke, wenn es dämmert – singt er leise russische Lieder. Das ist die Stummheit des Juden aus dem Niemandsland.

Vor Jahren sahen wir »Niemandsland« im Kino, und weil dieser Film im Jahr 1918 spielte, glaubten wir Narren, daß all das der Vergangenheit angehöre. Damals gingen wir erhobenen Gefühls nach Hause, fest überzeugt, daß wir heutigen Menschen einer freien und strahlenden Zukunft entgegengehen. Damals hatten wir noch nicht erlebt, in welch merkwürdigen Windungen und Umwegen, Weichen und toten Gleisen der Gang der Geschichte verläuft.

Heute haben wir das Niemandsland gleich hinter der Scheune, nur einen Steinwurf weit entfernt. Zwischen der deutschen und der tschechischen Grenze – oh, Gott, was ist das für eine Grenze, ein Stückchen Draht übers Feld, eine Stange übern Weg, ein Strick von Baum zu Baum, ein Kind könnte das Ganze niederreißen, es ist zum Weinen – befindet sich an manchen Stellen immer noch ein Streifen Niemandsland. Zuerst zog die tschechische Armee fort von hier, dann kamen deutsche (ungarische, polnische) Helden und beförderten hierher Juden aus den besetzten Gebieten. Aus dem übriggebliebenem Gebiet der Tschechoslowakei kamen weitere Juden geflüchtet. Manche, um die Anordnungen zu befolgen, manche, weil sie um ihren Besitz fürchteten, andere aus Angst um ihre Lieben, die im besetzten Gebiet geblieben waren. Über den tschechoslowakischen Stacheldraht kamen sie hinweg. Über den deutschen Stacheldraht aber nicht mehr. Zurück über den tschechoslowakischen Stacheldraht ließ man sie auch nicht. Die Stacheldrähte des Jahres 1938 sind fest und widerstandsfähig. Und geschehen ist es auch, daß junge ungarische Burschen bei Nacht das ganze Dorf aufweckten, die Juden rausholten – Frauen, Männer und Kinder –, sie im Hemd aufs Lastauto jagten, mit ihnen ins Niemandsland fuhren, sie dort absetzten und das Weite suchten. Anfangs waren dort ihrer zehn, der Kälte ausgesetzt auf einem unbebauten, nackten Feld. Dann hundert. Dann tausend. Lange dauerte es, bis sie die Bewilligung erhielten, zu jüdischen Familien in die Tschechoslowakei zu ziehen. Das wurde erst gestattet, als die englische Garantie eintraf, daß die Juden der öffentlichen Wohlfahrt nicht zur Last fallen, sondern auswandern werden. Während der ganzen Zeit, in der die Vertriebenen bei Wind und Wetter auf den Feldern oder in den Wäldern lagen, wurden sie von Juden, die ihre Heimat noch nicht verloren hatten, ernährt. Manche kamen von weither. Aber auch böhmische und slowakische Bauern, ja sogar deutsche Bauern und deutsche Arbeiter brachten ihnen Essen. So ist nun mal der Mensch, er hilft auch dem Tier, wenn es am Verhungern ist, selbst wenn dieses Tier zu einer niederen Rasse gehört. Das menschliche Herz ist eine seltsame Sache, schön und ewig.

Wie konnte es aber geschehen, daß eine Schar von 300 Menschen – wie zum Beispiel in Preßburg – bei Nacht und Kälte auf einem Feld bleiben mußte? Und das im Jahrhundert des technischen Fortschritts und der Wohnkultur? Wie konnte so etwas geschehen nach dem Münchener Frieden? Folgendermaßen: Der Vater gräbt mit bloßen Händen in die harte Erde drei Löcher. In jedes legt er ein Kind. Dann flicht er aus trockenem Maisstroh kleine Dächer, die er über die Gruben breitet. Er selbst sitzt auf der Scholle neben ihnen. Hätten die Menschen ringsum nicht geholfen, wären sie wahrscheinlich vor Hunger, Kälte und Scham gestorben. Aber die Leute helfen. Sie bringen Essen, warme Kleidung, Planen, ein Zelt, einen ausrangierten Möbelwagen. In diesen Wagen legt man etwas Stroh, und das ist nun der Platz für die Bedürftigsten: für den Mann mit der Magenblutung, für die Frau, die in ein paar Tagen ein Kind erwartet, für die andere, die ihres schon auf dem Feld gebar und das Baby in geschenkte Fetzen wickelte, für den Greis, der blind auf einem Häufchen Stroh in der Ecke sitzt. Darunter zwei Kranke, ein schwer tuberkulöser Mann mit rasselndem Husten und einer mit unbekannter Krankheit und hohem Fieber. Alle übrigen wohnen in Erdlöchern oder liegen ganz einfach am Boden mit dünnen Zeltbahnen zugedeckt. Zwischen den Menschen läuft ein jüdischer Arzt aus Österreich hin und her, der eine Bewilligung erhielt, das Lager zu verlassen und auszuwandern. Er lachte nur: wie könnte er weggehen? Er ging als letzter. Während der ganzen Zeit sah man ihn in seinem dünnen Rock umhergehen, und keinen Moment verlor er seine Ruhe und Überlegenheit. Wenn Kinder mit bis aufs Blut erfrorenen Fingern zu ihm kamen, sagte er tröstend: »Komm, ich geb dir eine Salbe.« Und den Gästen vom Ausschuß, die vor soviel nacktem, menschlichem Elend erstarrten, erklärte er: »Das ist alles halb so schlimm, wie es aussieht. Kommen Sie nur weiter. Glauben Sie mir, der Mensch gewöhnt sich an alles.«

Um Wasser mußten sie kilometerweit laufen. Essen brachte man ihnen aus der nahen und fernen Umgebung in Säcken. Und doch reichte es nicht aus: 300 Menschen zu ernähren ist nicht einfach. Sogar Waschschüsseln bekamen sie. Doch einige davon verschwanden. Aber wie konnten die verschwinden, zerbrach man sich den Kopf. Ringsherum war doch Stacheldraht! Und dann kam man dahinter: Von jenseits des Stacheldrahts bot man den Armen im Austausch gegen die blechernen Waschschüsseln Essen an. Wie man sieht, kann selbst an den Menschen im Niemandsland noch verdient werden.

So lebten die Leute wochenlang. Heute haben sie alle ein Dach überm Kopf. Doch entlang der polnischen Grenze leben immer noch ungefähr 6000. Man errichtete für sie provisorische Baracken. Und bald werden alle fortfahren. Um die Wahrheit zu sagen, nicht alle. Die Alten und die Kranken können nicht weg. Die müssen schon hier in irgendeinem Winkel sterben. Aber die Kinder, Männer und Frauen, die Gesunden und Arbeitsfähigen fahren alle fort. Nächstes Weihnachten werden sie irgendwo unterm eigenen Dach leben.

Es ist nicht unsere Schuld, daß sie bei uns so Schweres erlebten. Solange unser eigenes Haus noch nicht eingestürzt war, solange war es uns möglich, gastfreundlich und liebenswürdig zu sein. Heute können wir ihnen nur ein neues und gutes Leben wünschen, irgendwo weit von hier. Und das wünschen wir ihnen von ganzem Herzen.

(Milena Jesenská, *Přítomnost,* 29. Dezember 1938)

Adieu, Jules Romains![1]

Ich fühle mich gerade deshalb berufen Ihnen zu schreiben, weil unter meinem Brief lediglich ein unbekannter Name stehen wird. Politiker, Dichter und Repräsentanten der tschechischen Kultur, mit denen Sie sich voriges Jahr im Frühling anläßlich des französisch-tschechischen Bündnisses zuprosteten, haben Ihnen, wie Sie schreiben, viele Polemiken, Artikel, Memoranden, ja sogar Gedichte zugesandt. Ich als Nicht-Politiker kann nur einen rein persönlichen Brief schreiben. Vor einem halben Jahr hätte ich dies wohl nicht gewagt. Ich hatte angenommen, daß Politik ein Betätigungsfeld für geschulte Politiker sei und wir anderen gut daran täten, uns nicht in derart komplizierte Angelegenheiten einzumischen, von denen wir so wenig verstehen. Dann kamen Tage, die, wie Sie schrieben, Frankreich einige Milliarden kosteten – und den französischen Verbündeten, die Tschechoslowakei, noch einiges mehr. In diesen Tagen habe ich erkannt, daß Politik im menschlichen Leben ebenso wichtig ist wie die Liebe. Sie dringt unter die Haut, rückt auf den

1 Auf die Kritik der tschechoslowakischen Öffentlichkeit am Verhalten der französischen Politiker und Schriftsteller – insbesondere André Maurois und Jules Romains – nach dem Münchener Abkommen antwortete Jules Romains in der französischen Zeitschrift »La Dépêche«. Seine Rechtfertigung, die mit keinem Wort den Bruch des Bündnisses von seiten Frankreichs erwähnte, war in der *Přítomnost* vom 25. Januar 1939 abgedruckt worden.

Leib wie ein engsitzendes Hemd und nistet sich wie die innersten Gefühle im Herzen ein. In diesen Tagen dachte ich an meinen besten Freund, der stets behauptete, politische Artikel solle man schreiben wie Liebesbriefe, mit der gleichen aufrichtigen Vertrautheit, Ernsthaftigkeit und der gleichen fieberhaften Ungeduld. Werden sie nicht so abgefaßt, sind es keine politischen Artikel, sondern bloßes Papier, das keinen für sich einnehmen wird. Und solange völlig unpolitische Menschen »die Politik«, nämlich das, was geschieht, für sich nicht als ebenso wichtig erachten wie ihre Privatsachen, wird sich die große Masse gleichgültig von den Ereignissen treiben lassen, ohne sich zu vergegenwärtigen, daß diese bis in ihre Wohnung vordringen und mit Platz nehmen an der Suppenschüssel, die mittags gefüllt wird. Es sei mir daher als namenlose Angehörige des tschechischen Volkes, im übrigen auch als Ihre Leserin, gestattet, Ihnen zu schreiben – Ihnen, der Sie als Schriftsteller in meinem Leben eine so große Rolle gespielt haben.

Ich gehöre zu der Generation, die in ihrer Jugend die Jahrhundertwende erlebt hat. Mein Gott, was waren wir für eine Generation! »Schöngeister« nannte man uns und in der Tat zu Recht. Wir ernährten uns von der Kultur, wir verschlangen sie, überfütterten uns mit ihr. Wenn wir am Moldauufer entlanggingen, flüsterten wir leise Březinas Verse vor uns hin. Jeder Takt sämtlicher klassischer Symphonien und Kammermusikstücke war uns vertraut. Wir lasen Dostojewski, Tschechow, Turgenjew, Flaubert und Stendhal mit der gleichen Begeisterung wie die jungen Leute heute Detektivgeschichten. Nächtelang lasen wir, ganze Abende lauschten wir der Musik, wir kamen aus einer gewissen Verzauberung nicht heraus. Das gewöhnliche Leben empfanden wir für unsere zarten und erhabenen Seelen als zu hart und zu rauh. Allem, was nach Schweiß, menschlicher Schinderei, ja überhaupt nach Menschen roch, gingen wir sorgfältig aus dem Weg. Als Menschen galten uns nur diese oder jene Gestalten aus einem berühmten Roman und dann, freilich, wir Auserwählte. Wir lebten in dem trunkenen Begeisterungsrausch kultureller Schönheit. Krachend fuhren die ersten Schläge des Krieges störend in unsere Träume. Wir waren Fremde gewöhnt, die durch Prag liefen und als einziges, was sie auf Tschechisch sagen konnten, »Schönes Fräulein, Küßchen!« riefen. In den ersten Kriegstagen lernten wir Fremde kennen, deren einzige tschechische Worte »Es tut weh« waren. Auf den Bahnhöfen lagen in den Wartesälen verbundene Verwundete, die Krankenhäuser waren voll von zerschossenen menschlichen Leibern, armseligen, vereiterten Stücken menschlicher Existenz. Es war ein Erwachen in eine schreckliche Wirklichkeit.

Und in diesem ersten klaren Erwachen äußerst empfindsamer Menschen erreichte uns Ihr Buch »Sur les quais de la Villette«. Pariser Vorort und Streik. Angreifende Autobusse. Im Unterschied zu der Literatur, die wir bisher kannten, ging es hier nicht um die Seele des Menschen, sondern um die Straße in Aufruhr. Einem Polizeikordon steuerte im Generalstreik eine geschlossene Formation von Autobussen entgegen. Und der Mensch, der dort das Geschehen lenkte, war ein Busfahrer; nicht nur einer, es waren Hunderte. Straßen, Autobusse und das *Volk* – das haben Sie uns nahegebracht. Wir fingen an, keineswegs mehr außergewöhnliche Menschen wahrzunehmen, sondern das normale Volk. Sie haben uns gelehrt zu verstehen, daß jeder Mensch außergewöhnlich ist und die Schar dieser außergewöhnlichen Menschen das Volk darstellt. Sie haben den Schleier des schöngeistigen Denkens zerrissen, einen gewaltigen Riß haben Sie ihm beigebracht; plötzlich eröffneten sich uns neue Horizonte. Ich sage nicht, daß Sie mehr getan haben. Aber für uns war dies ungeheuer viel. Wir waren empfindsam und liebten die Wahrheit. Später suchten wir dann bereits selbst nach ihr.

Zeitlebens verspürte ich eine Liebe zu menschlichen Gesichtern. Es hat etwas Seltsames mit dem menschlichen Antlitz auf sich, vermag man in ihm zu lesen, ist es ein kleines Wunderwerk. Oftmals habe ich an die Wand meines kleinen Studierstübchens Fotografien von Menschen gehängt, die ich nicht einmal kannte: ihre Gesichter gefielen mir ganz einfach. Zwischen diesen hing auch Ihr Bild, Meister. Solch ein grob modelliertes Gesicht und eine große Höckernase, ein kühnes Gesicht und viele schwarze Haare. Hinter Ihnen war alles voller Bücher, und vor Ihnen stand der Schreibtisch. Ein solches Gesicht an der Wand ist ein bißchen wie ein Kamerad – oder Kumpan, wenn Sie wollen – ein Mensch, der mit in diesem Zimmer wohnt. Freut man sich, schaut man es an, weint man, blickt man ebenfalls darauf. Es gehört ein wenig zu Ihnen selbst und sagt etwas über Sie aus oder zumindest denkt man, daß es das tut. Für mich bedeutet es die unendlich schmerzhafte Rückkehr aus fünfzehnjährigen Träumen auf den Boden der Erde. Obendrein verkörperten Sie für mich, wie für uns alle, Mut, Wahrhaftigkeit und Kühnheit. Ihr Bild hing dort bis...

Vor einigen Tagen erst las ich Ihre Rechtfertigung in der *Přítomnost.* Wäre ich Politiker, würde ich Ihnen alle Fakten über die Septembertage, sofern sie uns bekannt sind, schildern; in der Hoffnung, daß eine so klare Sache auch für Sie einsichtig sein wird. Ich bin jedoch kein Politiker. Ich bin nur Angehörige eines kleinen Volkes, welches von der Politik betroffen ist. Daher vermag ich Ihnen auch keineswegs politisch zu erwidern, sondern persönlich und kann Ihnen lediglich das sagen, was Ihnen jeder beliebige Angehörige dieses Volkes zu sagen hätte. Wir sind ein tapferes und reifes Volk – aber ein kleines. Kleine Völker erlitten viele Katastrophen nur in der Folge dessen, daß sie klein waren. Jeder von uns akzeptiert diese Folge als selbstverständlichste Sache der Welt.

Gerade weil uns diese Tatsachen so geläufig sind, können Sie uns schwerlich glauben machen, irgendeine Großmacht schlösse aus purer Liebe ein Bündnis mit uns ab. Es gibt wohl Sympathien zwischen Staaten und vielleicht auch Verwandtschaften. Weder das eine noch das andere reicht jedoch aus für eine militärische Übereinkunft. Eine gemeinsame Sache und gemeinsame Interessen sind vonnöten, damit Staaten solche Abkommen treffen. Wenn Frankreich sich dazu entschlossen hat, ein derartiges Bündnis mit uns einzugehen, so war es Frankreich, das an unserem Bündnis ein Interesse hatte. Jeder kleine Bauer und jeder Flickschuster wird Ihnen das sagen. Da uns Frankreich im entscheidenden Moment nicht zur Seite stand, hat es uns natürlich verraten, das ist klar. Aber es hat auch sich selbst verraten. Besser gesagt: vor allem sich selbst. Wenn das französische Volk behauptet, es sei nicht notwendig, in den Krieg zu ziehen wegen drei Millionen Deutscher, die heim ins Reich wollen, so hat es sich geirrt, denn vielleicht war es doch notwendig, in den Krieg zu ziehen vieler Millionen Franzosen wegen und um ganz Frankreichs willen. Solange Sie, Meister, von den Septembertagen als von einer Katastrophe sprechen, die die Tschechoslowakei getroffen hat, solange Sie sich nicht anschicken, von der Katastrophe zu reden, die Frankreich getroffen hat – solange wird Ihre Rechtfertigung gegenstandslos sein.

Möge jemand anderes mit Ihnen das politische Geschehen erörtern. Doch die Wahrheit der ganzen Ereignisse wurde zu teuer bezahlt, als daß wir sie nicht klar und deutlich sähen und nicht die *persönliche* Notwendigkeit verspürten, darauf zu antworten.

Nur eins noch: Sie sprechen von der Moral unseres Volkes und von der des französischen Volkes. Kein Volk auf der Welt liebt den Krieg. Jedermann fürchtet ihn. Lebendiges Fleisch liebt das Leben, keineswegs Wunden, Eiter und Verwesung. In jenen Septembertagen sind die Unsrigen eingerückt und zum Teil auch die Eurigen. Keiner von uns wollte sterben. Wir sind tapfer und selbstverständlich angetreten wie auch ihr. Als wir jedoch ohne gekämpft zu haben zurückkehrten, habt ihr gelacht und gejubelt – wir aber haben geweint. Ihr habt gejubelt, daß es euch erlaubt war zu leben. Vielleicht hat jemand dafür Verständnis. Nur nicht wir – weil wir weinten, daß es uns verwehrt wurde zu sterben – *für unsere gemeinsame Sache,* die tschechische und französische, Meister.

Vieles hat sich heute bei uns verändert. Das Volk ist sensibel und in bewundernswerter Weise empfindsam. Es verzeiht viel eher eine offene Feindschaft als einen beschönigten Verrat. Unser Dorfbewohner oder der Fabrikarbeiter sagen heute über die Deutschen: Alles, was recht ist, sie verstehen ihre Sache. Und über die Franzosen: Dazu möchte ich nichts sagen. Ich weiß nicht, ob Sie diese Mitteilung erfreut.

Adieu, Jules Romains!

(Marie Kubešová, *Přítomnost,* 1. Februar 1939)

Guter Rat ist Goldes wert

Nach den Ereignissen von München hat sich bei uns vieles geändert. Das ist eine offenkundige Wahrheit, und sie beginnt bereits langsam langweilig zu werden. Ich freue mich schon auf eine Zeit, in der man nicht jeden Artikel mit dieser selbstverständlichen Voraussetzung beginnen muß, daß wir es nicht gewünscht haben, es aber trotzdem geschah und wir es nun eben zu ertragen haben. Vielleicht sollte man erst einmal so lange abwarten, bis nicht nur wir, denen es an die eigene Haut geht, sondern bis auch all jene außerhalb unserer Grenzen, die auf uns schauen, begriffen haben, daß sich bei uns etwas Grundlegendes geändert hat: nicht genug damit, daß beinahe ein Drittel ehemaligen tschechischen Gebietes verloren ging, daß Hunderttausende der Unsrigen jenseits der Grenze blieben, jetzt heißt es auch noch auf Rechtskurs gehen. Die Notwendigkeit einer guten Beziehung mit dem deutschen Reich zeitigt Folgen, die wir alle tragen müssen. Wir haben zwischen folgenden Möglichkeiten zu wählen: entweder werden uns weitere Schläge treffen oder wir müssen die Konsequenzen der neuen Situation auf uns nehmen. So ist die Lage, und ihr gemäß haben wir zu leben, zu schreiben, uns zu verhalten, ihr entsprechend müssen wir uns um unser Nationalbewußtsein, unsere nationale Selbständigkeit und um den Ausdruck dessen bemühen, was wir Tschechen national nennen. Wenn jemandem diese Aufgabe gering erscheint, dann hat er noch nicht begriffen, was mit uns geschehen ist.

Es scheint, als habe unser kleines Land, das in letzter Zeit so Schweres erleiden mußte, nicht aufgehört, die Welt zu interessieren. Das kann uns nur tief seufzen lassen: leider – denn jetzt nutzt uns das Interesse der Welt kaum noch etwas. Als es um die Teilung ging, da gab es weit und breit keine Freunde. Und wenn es heute um irgendeine Hilfe des Auslands geht, so ist sie an zig widersinnige und sich widersprechende Bedingungen geknüpft. Aber sobald es darum geht, sich an den Lautsprecher zu stellen und Ratschläge zu erteilen (in Form von Tadel und Vorwürfen), dann gebärden sich auf einmal viele wie Helden...

Es gibt keine mutigeren Menschen – am Mikrofon und 3000 Kilometer weit entfernt – als die Funktionäre der Komintern. Einige Male im Laufe der Woche sprechen sie den Bewohnern jener europäischen Staaten, die in letzter Zeit so allerhand durchzumachen hatten, Optimismus und Mut zu. Es gibt nichts Erhebenderes als gewisse Schlagworte von lebendig vergossenem Blut. Solange wir das *Rudé Právo* noch hatten, konnte unser Volk im großen und ganzen ruhig sein, denn nach jeder Niederlage, die wir erlitten haben, war auf der Titelseite in Riesenschlagzellen zu lesen: »Die Arbeiter werden es nicht zulassen!« – »Die Arbeiter werden keinen Zollbreit Boden abtreten!« – »Das werktätige Volk erklärt kategorisch...«

Nach München, nach dem Abtreten der ersten, der zweiten, der dritten und schließlich der vierten Zone, nach der Flut von Flüchtlingen, diesem nur allzu bekannten Anblick, der sich uns so tief eingeprägt hat und nie mehr aus dem Gedächtnis unserer Generation verschwinden wird: der Anblick der über die Landstraßen rollenden Planwägelchen, obenauf die Großmutter, die Kinder, die Hühner, die Ziege und die Federbetten – nach alldem war es stets unendlich beruhigend, die kommunistischen Zeitungsverkäufer auf dem Wenzelsplatz rufen zu hören, daß die Arbeiterklasse es nicht zulassen werde, daß die Sowjetunion es nicht dulden werde – und so weiter und so fort.

Mit beklommenem Herzen lauschte ich stets auf diese Rufe und fragte mich, wie so etwas überhaupt möglich ist. Wie läßt es sich nur erklären, daß die kommunistische Presse in den letzten sechs Jahren von der Beurteilung der Wirklichkeit ebenso weit abweicht wie zum Beispiel die Schilderung einer Landschaft durch einen Farbenblinden. Eine mögliche Erklärung für diesen sehr komplizierten Prozeß ist sicher die Tatsache, daß die Komintern in der ganzen Welt, in allen Staaten pseudorevolutionäre Ämter einrichtete, sie mit Funktionären besetzte und dadurch einen neuen Menschentypus schuf, nämlich den Kominternbeamten mit einem Monatsgehalt von 1200 Kronen. Die Aufgabe dieser Funktionäre bestand darin, ihre Pflicht zu tun, das heißt in dem betreffenden Land, in dem sie gerade saßen, eine sogenannte revolutionäre Situation herzustellen. Da die Moskauer Arbeitgeber der Komintern mit ihren Angestellten sehr streng sind, werden diese Leute, sobald sich die Politik in dem jeweiligen Lande nicht nach Wunsch entwickelt, mit dem gleichen Mißtrauen verfolgt wie zum Beispiel der sowjetische Arbeiter, wenn er das vorgeschriebene Soll bei der Herstellung von Schuhen nicht erfüllt. Aufgrund dieser Tatsache entfalten nun diese kommunistischen Funktionäre ihre Tätigkeit. »Ein Programm verkünden, Fragen aufwerfen und eine Tätigkeit entfalten«, sind die beliebtesten Redewendungen auf allen Versammlungen, Sitzungen, Schulungskursen und Referaten auf den Zellenabenden. Je größer und tragischer die Uneinigkeit zwischen den einzelnen politischen Gruppierungen der Arbeiter wurde, je erdrückender die Schläge waren, die auf ihre alten Ideale niederprasselten, umso optimistischer und anfeuernder tönten die Schlagzeilen der kommunistischen Presse, umso massiver wurde die Massenproduktion an Mut und umso entschiedener verfluchte man jeden, der in der Lage war, dieser Propagandahypnose nicht zu verfallen, und der sich bemühte, die Dinge so zu sehen, wie sie wirklich waren.

Nachdem das *Rudé Právo* zugrunde ging, begann man von jenseits der Grenze her mit einer lautstarken Propagandatätigkeit. Ich gestehe, daß mich tiefer Jammer erfüllt, wenn ich in meinem Zimmer Radio Moskau auf tschechisch höre – Jammer darüber, daß der Mann, 3000 Kilometer weit von uns entfernt, in einer derart papierenen Sprache redet, in so unwirklichen Worten und bombastischen Phrasen, denen man anmerkt, daß er von der wahren Situation in der Tschechoslowakei keine Ahnung hat, daß ihn jemand informiert hat, einer von der Sorte, die »eine Tätigkeit entfalten« und die über die komplizierten gesellschaftlichen Ereignisse dahertrampeln wie der Elefant im Porzellanladen. Das ist kein lebendiger Tscheche, der da zu uns spricht, sondern ein Kominternfunktionär. Ihn beschäftigen nicht unsere Sorgen, sondern die der Komintern, die Sorgen Moskaus.

Zur »Entfaltung der Tätigkeit« des Kominternsenders gehört auch »die Analyse der sozialen Verhältnisse, die Kritik an ihnen und die Suche nach Auswegen«. Die Analyse, die die Komintern durchführte, fiel noch stets von einem Extrem ins andere. Ihre Kritik ist schwarz-weiß und übergeht mit Stillschweigen alle widersprüchlichen, scheinbar unerklärlichen, komplizierten gesellschaftlichen Erscheinungen. Ihr Suchen nach Auswegen äußert sich entweder in Geschimpfe oder in Zweckoptimismus. Ihr Geschimpfe ist dabei besonders interessant. Es erinnert mich an einen Mann, der mitten in einer Pfütze sitzt und aus vollem Halse einen anderen anbrüllt, den ein vorbeifahrender Wagen mit Dreck bespritzt.

Radio Komintern wendet sich zweimal in der Woche an uns, und der Ton seiner Sendungen ist ungnädig. Seit ungefähr drei Wochen spricht der Moskauer Sender von der faschistischen und böswilligen Grausamkeit, mit der wir uns den politischen und wirtschaftlichen Emigranten und den eigenen Staatsangehörigen jüdischer Konfession gegenüber verhalten.

Für diesen beneidenswert postierten Sender hat sich offenbar bei uns überhaupt nichts geändert. Da gab es kein München. Nicht den Tatbestand, daß wir jetzt vor allem mit dem deutschen politischen und wirtschaftlichen Druck zu rechnen haben. Daß die Erste Republik jedem großzügig Asyl gewährte, der darum ansuchte, ganz gleich, ob es ungarische, deutsche, österreichische oder polnische Flüchtlinge waren, diese Tatsache existiert ganz einfach nicht. Nichts ist dem Sender Komintern davon bekannt, daß die klein gewordene Fläche unseres Landes mit eigenen Flüchtlingen überladen ist, solchen, denen doch wohl in erster Linie unsere Fürsorge gelten muß. Und schließlich bedeutet denen in Moskau »auctoritas non veritas facit legem«, ein Umstand, der heute sichtlich die Grundlage jeglichen politischen Geschehens ist – so gut wie gar nichts. Sie strafen unser Verhalten mit Verachtung. Diese Ergüsse der Kominternverachtung – und die Komintern sitzt in Moskau – ergießen sich über unser Handeln in einer Flut von Beschimpfungen. Der Mensch, dem sich über dem Schicksal jener, für die auf unserem geschrumpften Floß kein Platz mehr ist, immer wieder das Herz vor Mitleid zusammenzieht, steht vielleicht einen Moment unentschieden da, steht und hört in Mitleid und Teilnahme befangen zu. Nach zwanzig Minuten Getöse kommt aber eine merkwürdige Vorstellung in ihm hoch, merkwürdig, weil das Gehirn, vom Propagandagedonner von allen Seiten gehetzt, erst langsam die simple Wahrheit herausfindet, es in der überwältigenden Flut der Halbwahrheiten eine Welle dauert, bis er sich der wahren Begebenheiten bewußt wird.

Im Artikel 129 der neuen sowjetischen Verfassung, die man die Stalinsche nennt, heißt es unter anderem: Die UdSSR gewährt Bürgern auswärtiger Staaten, die wegen Verfechtung der Interessen der Werktätigen oder wegen wissenschaftlicher Betätigung oder wegen nationalen Befreiungskampfes verfolgt werden, das Asylrecht.

Soweit die Äußerung der Sowjetunion in einem wichtigen Dokument, nämlich ihrer eigenen Verfassung. Wie sieht es damit in der Wirklichkeit aus? In Wirklichkeit läßt die UdSSR schon seit fünf Jahren keine Emigranten mehr hinein. Die letzten waren die österreichischen Schutzbündler nach den Wiener Barrikadenkämpfen vom Februar 1934. Man sagt, die Sowjets hätten mit ihnen keine guten Erfahrungen gemacht. Die Schutzbündler sollen es abgelehnt haben, sich aus den wichtigsten Industriestädten in die Provinz schicken zu lassen. Voller Begeisterung hatten sie in den Fabriken Leningrads, Moskaus und Charkows zu arbeiten begonnen. Doch nach wenigen Tagen wurde ersichtlich, daß sich die Arbeitsweise des westlichen Menschen ganz und gar von der des Sowjetbürgers unterscheidet, sowohl was die Qualität anbetrifft als auch das Arbeitstempo. Dazu kam, daß die sozialdemokratischen Arbeiter aus Wien und Linz, die sich 1934 gegen die Faschisten zur Wehr gesetzt hatten, ganz andere Vorstellungen von persönlicher Freiheit, von Versammlungsfreiheit sowie vom Lebensniveau besaßen als die Arbeiter in der UdSSR. Die Vielzahl der daraus entstehenden Konflikte bewog die Schutzbündler, sich zur Rückkehr in die Heimat zu entschließen. Da aber mußten sie feststellen, daß solches nicht erlaubt war. Die UdSSR bezweifelte nämlich, daß die Schutzbündler – wieder in der Heimat – gute Propagandisten für die Sache des Kommunismus sein würden.

Eine große Anzahl von ihnen wurde verhaftet, viele als Gefangene nach Sibirien oder in die großen Industriegebiete geschickt. An dieser Stelle wäre die Überlegung am Platze, mit welchen Kräften eigentlich die sowjetischen Großbauten verwirklicht werden, die Staudämme, die Talsperren und die Kanäle? – Wer war es denn, der im Laufe der Weltgeschichte stets und allerorts Riesenbauten, die Zeugnisse der großen Kultur, ausgeführt hat, von den Pyramiden zu den Landstraßen in Französisch-Guinea bis hin zum Wolgadamm?

Schon ab 1934 verschlossen die Sowjets den Emigranten ihre Grenzen. Obwohl der Artikel 129 der sowjetischen Verfassung im Jahre 36 formuliert wurde. So blieben die Flüchtlinge aus Deutschland bei uns. Sie lebten hier zwar elend, aber sie lebten. Irgendwann 1937 sprach ich mit einem von ihnen und fragte ihn: »Warum gehen Sie eigentlich nicht in die Sowjetunion? Sie sind doch Kommunist? Sie haben doch in Deutschland für den Sieg des Kommunismus gekämpft? Also warum gehen Sie nicht dorthin?« – Und er antwortete mir: »Sie lassen uns nicht rein. Nicht mal eine Maus kommt durch. Und außerdem – ich wollte auch gar nicht. Wenn ich mich einsperren oder erschießen lassen soll, dann geh ich besser gleich nach Hause zurück. Dort weiß ich wenigstens, weshalb sie mich einsperren...«

Das sind wahrhaft bittere Worte. Und sie kamen von einem Menschen, der fast zwanzig Jahre Kommunist war, der alles durchmachen mußte, was ein Kommunist in Europa auszustehen hatte – von monatelanger Arbeitslosigkeit bis zu Gefängnis und Emigration. Aber außer ihrer Bitterkeit verraten diese Worte, daß sich die Kommunisten, soweit sie einfache Arbeiter sind und keine Funktionäre, wahrhaft wenig Gutes vom Asyl in Sowjetrußland versprechen.

Als im Völkerbund das Weiterbestehen des Nansen-Komitees behandelt wurde, jener übernationalen Behörde, die sich im Weltmaßstab um die Flüchtlinge kümmert, trat gegen die Fortsetzung dieser Tätigkeit nur ein einziger Delegierter auf, nämlich Litwinow, der Vertreter der Sowjetunion.

Als sich im Jahre 1936 die vier faschistischen Regimenter Francos der Hauptstadt Spaniens näherten, wurde Madrid von den Freiwilligen der Internationalen Brigaden gerettet. Die Internationalen Brigaden brachten der heimischen spanischen Armee die erste militärische Ausbildung bei. Die Internationalen Brigaden umfaßten mehrere 10000 Soldaten – wirklich mutige Leute. Als dann Barcelona fiel, blieben ungefähr 8000 von ihnen in Spanien. Damals sandte die Regierung der spanischen Republik an alle Konsulate in Barcelona Fragebögen mit folgenden Fragen: Sind Sie bereit, Ihre Bürger zurückzunehmen? Kommen Sie für das Reisegeld ab der spanischen Grenze auf? Garantieren Sie Straffreiheit? Nun: Die Tschechoslowakei nahm alle ihre Bürger zurück, selbst in das Elend, das sie nur noch bieten konnte. Dabei waren die Tschechoslowaken ohne Wissen ihrer Regierung in den Spanienkrieg gezogen, ganz auf eigene Faust. Die Sowjetunion hingegen weigerte sich, die Menschen wieder aufzunehmen, obgleich sie selbst sie nach Spanien geschickt hatte, ja sie auf Befehl der Sowjetunion dorthin gegangen waren. Allerdings handelte es sich bei diesen Leuten um Deutsche, Österreicher, Ungarn, Jugoslawen und Polen. Offiziell waren sie meist keine Sowjetbürger. Sie waren nichts anderes als Kommunisten. Nach langen Beratungen nahm Mexiko die Hälfte von ihnen auf. Die andere Hälfte mußte in Spanien bleiben.

Mit der Abkommandierung der Freiwilligen in die Internationalen Brigaden hatten die Sowjets zwei Fliegen mit einer Klappe geschlagen. Sie wurden sowohl einen großen Teil der Emigranten los, die sie früher einmal aufgenommen hatten – in Moskau blieben nur ausgewählte Funktionäre –, und verfügten außerdem in Spanien während des Bürgerkriegs über zuverlässige Kader. Wenn man versucht zu erfahren, was von den deutschen Emigranten, die in der Sowjetunion Zuflucht gesucht hatten, eigentlich übrig blieb, kommt man dahinter, daß die Knochen der meisten deutschen Kommunisten vor Madrid liegen. Dasselbe Schicksal traf jugoslawische, ungarische und polnische kommunistische Emigranten. Von 80000 Freiwilligen in Spanien blieb ein Zehntel übrig, und auch die ließ man nicht in die Sowjetunion zurück. Ebenso wenig dürfen andere dorthin, solche, die vom Schicksal gezwungen wurden, ihre bisherige Heimat zu verlassen.

Niemand ist zu beneiden, der sich nach Sowjetrußland gerettet hat... und dennoch! Für Europa repräsentiert die Sowjetunion das Land, das am ehesten sozialistische und auch andere Emigranten aufnehmen und verkraften könnte. Wieviel Boden wartet dort aufs Urbarmachen! Was könnten die Emigranten in Sibirien, im Fernen Osten und den Ostrepubliken alles leisten! Wie oft hören wir vom Mangel an qualifizierten Kräften in Industrie, Landwirtschaft und Wissenschaft – und die Emigranten aus dem Westen sind sicherlich ausgezeichnete Arbeiter. Auch wenn die Sowjetunion eine oder zwei Millionen Emigranten aufnehmen würde, was wäre das für ein Land mit solch großer Fläche, mit solchen Möglichkeiten und seinen 170 Millionen Einwohnern? Was wäre das für ein Land, wo die Mehrheit der Emigranten die Rolle des Pioniers spielen könnte? Warum hält sich die Sowjetunion nicht an ihre eigene Verfassung, wenn sie für die kleine Tschechoslowakei soviel Ratschläge und Vorwürfe parat hat? Könnte uns das vielleicht ihr Sender einmal erklären? Außerdem würde uns auch interessieren, was aus den vielen tschechischen und slowakischen Kommunisten und einfachen Arbeitern geworden ist, die vor Jahren in die Sowjetunion gingen, teils um sich Strafen zu entziehen, teils um in Rußland zu arbeiten? Würden wir da vielleicht am Ende erfahren, daß der größte Teil von ihnen in den Gefängnissen der GPU sitzt?

So und nicht anders behandelt die UdSSR jene Menschen, die töricht genug waren, zu glauben, daß Kommunist-Sein dasselbe bedeutet wie unter sowjetischem Schutz stehen. So benimmt sich die UdSSR zu Menschen, die sie schulte und in die Welt hinaussandte, damit sie die kommunistische Lehre verkünden. Sobald sie zu Emigranten werden, haben sie zum »Vaterland aller Werktätigen« keinen Zutritt mehr. Man nimmt sie wohl deshalb nicht auf, weil sie den Westen kennen, weil sie einen Begriff bekommen haben von Freiheit, von sorgfältiger Arbeit und von Menschenrechten. Vielleicht auch, weil sie nicht genug Verständnis aufbringen für den Personenkult. Das füge ich deswegen hinzu, um nicht in den Verdacht zu geraten, daß ich die westlichen

Kommunisten etwa bedauerte, daß sie nicht in die UdSSR hinein können. Unter ihnen sind Menschen, die ich hochachte, und andere, die ich zutiefst verachte. Aber, wer es auch immer sei, meine persönliche Abneigung wird nie soweit gehen, daß ich einem von ihnen wünschte, er solle heute im »Vaterland aller Werktätigen« aufgenommen werden...

(Milena Jesenská, *Přítomnost,* 8. März 1939)

Prag, am Morgen des 15. März 1939

Die großen Ereignisse, wie gehen sie vor sich? Unerwartet und schlagartig. Sind sie aber eingetreten, stellen wir jedesmal fest, daß wir *nicht* überrascht sind. In uns schlummert ein ahnendes Wissen kommender Dinge, das nur übertönt wird durch Verstand, Willen, Wunschdenken, Angst, tägliches Getriebe und Arbeit. Sobald wir uns all dessen bis auf unser innerstes Gefühl entledigt haben, wird uns schlagartig klar: ich hab's ja gewußt. Nicht umsonst laufen heute so viele von uns herum mit einem »ich hab's ja geahnt, ich hab's ja gesagt«. Ich glaube ihnen. Alle haben wir es geahnt. Und hätten wir auf unsere innere Stimme gehört, wenn wir allein zu Hause saßen oder matt in der Dämmerung erwachten, und hätten wir unsere Gefühle in Worte zu kleiden vermocht – Gefühle sind echter als die oft verzerrten bewußten Überlegungen –, dann hätten wir sagen können: wir sehen es kommen. Doch in der Logik der Dinge liegt gleichzeitig ihre Unlogik. Auf irgendein einschneidendes Ereignis wartet jeder im Leben: Glück, Not, Krankheit, Hunger, Tod. Wenn es aber eintritt, erkennt er es nicht. Das einzige, was er weiß, ist, daß es sich seiner ganz bemächtigt, ohne ihm Zeit oder sonst eine Möglichkeit zum Handeln zu lassen.

Als am Dienstagmorgen um vier Uhr das Telefon läutete, Freunde und Bekannte anriefen und der tschechische Rundfunk anfing zu senden, sah die Stadt unter unseren Fenstern so aus wie in jeder anderen Nacht. Die Lichter zeigten dasselbe

Muster, die Kreuzungen bildeten dasselbe Kreuz. Nur, daß schon ab drei Uhr nach und nach die Lichter angingen: bei den Nachbarn, gegenüber, unten, oben, schließlich die ganze Straße entlang. Wir standen am Fenster und sagten uns: auch sie wissen es schon. Wir weckten andere durchs Telefon: wißt ihr schon? Ja, sie wußten. Fahle Dämmerung über den Dächern, hinter den Wolken ein blasser Mond, unausgeschlafene Gesichter, eine Tasse heißen Kaffees und regelmäßige Meldungen übers Radio. So kommen die großen Ereignisse zu uns: sachte und unerwartet.

Die deutschen Zeitungen brachten eine Reportage über die Soldaten auf dem Weg nach Prag: Still liegt die Stadt in der vorfrühlingshaften Dämmerung, den Männern in der Wagenkolonne klopft das Herz: wie wird es drinnen sein? Wie werden sich die Menschen in diesen fremden Straßen verhalten? In der Vorstadt halten sie den erstbesten Fußgänger an. Es ist ein Arbeiter, der zur Arbeit geht. Sie erkennen auf den ersten Blick, daß er alles weiß. Er bleibt ganz ruhig und zeigt ihnen still und gelassen den Weg.

Wie immer, wenn sich Großes begibt, verhalten sich die Tschechen beispielhaft. Dem tschechischen Rundfunk sei Dank für die knappe Sachlichkeit, mit der ausdauernd und geduldig alle fünf Minuten gemeldet wurde: das deutsche Heer rückt von der Grenze nach Prag vor. Verhaltet euch ruhig. Geht zur Arbeit. Schickt eure Kinder zur Schule.

Ganz wie sonst, traten Schwärme von Kindern um halb acht den Schulweg an. Wie sonst fuhren Arbeiter und Angestellte zur Arbeit, und wie sonst waren die Straßenbahnen überfüllt. Nur die Menschen waren anders. Sie standen da und schwiegen. Noch nie habe ich so viele Menschen schweigen gehört. Auf den Straßen gab es keine Ansammlungen. Es wurde nicht diskutiert. In den Büros hob keiner auch nur den Kopf vom Schreibtisch. Ich weiß nicht, worin dieses einheitliche Verhalten von Tausenden wurzelt und woher mit einem Mal der übereinstimmende Rhythmus so vieler Menschen entspringt, die sich nicht kennen: am 15. März 1939, um fünf nach halb neun, rückte das Heer des Deutschen Reiches auf der Narodní ein. Auf den Bürgersteigen strömten die Menschen wie gewohnt. Niemand sah hin, niemand drehte sich um. Die deutsche Bevölkerung aber hieß das deutsche Heer willkommen.

Auch die deutschen Soldaten verhielten sich uns gegenüber anständig. Überhaupt ist es sonderbar, wie anders die Sache gleich aussieht, wenn sich eine Formation in Einzelpersonen auflöst: dann steht ein Mensch dem anderen gegenüber. Auf dem Wenzelsplatz traf ein tschechisches Mädchen eine Gruppe deutscher Soldaten. Es war bereits der zweite Tag des Einmarschs, unser aller Nerven waren angegriffen. Und weil der Mensch erst am zweiten Tag das Geschehene so richtig ermessen und begreifen kann, schossen ihm die Tränen in die Augen. Da geschah etwas Merkwürdiges: einer der Soldaten – ein ganz einfacher, gewöhnlicher – trat auf es zu und sagte: »Aber Fräulein, wir können doch nichts dafür . . .!« Es klang, als wolle er ein kleines Kind beschwichtigen. Er hatte ein deutsches Gesicht mit ein paar Sommersprossen, leicht rötliche Haare und steckte in der deutschen Uniform. Ansonsten unterschied er sich durch nichts von unseren Soldaten – auch er ein einfacher Mann, seiner Heiniat ergeben. Und so standen sich die beiden gegenüber »und konnten nichts dafür . . .«. In diesem einfachen, schrecklich banalen Satz liegt der Schlüssel zu allem.

In einem Wagen der Straßenbahn spielte sich folgendes ab: Ein junger Tscheche mit einem Streifen am Ärmel führte das große Wort: was wir jetzt unternehmen und wem wir's jetzt zeigen würden, daß jetzt endlich aufgeräumt und kurzer Prozeß gemacht würde. Außer dem Streifen trug er ein Hakenkreuz am Revers seines Mantels. Durch seine Sprüche verstummten schließlich die anderen Gespräche, bis im ganzen

Wagen tiefes Schweigen herrschte. Da erhob sich mit einem Mal ein deutscher Offizier in der Ecke, trat auf den Grünschnabel zu und fragte auf *tschechisch*: »Sind Sie Tscheche?« Aufbrausend und ungeheuer selbstbewußt kam die Antwort: »Ja, ich bin Tscheche.« Darauf nahm ihm der Offizier das Abzeichen mit dem Hakenkreuz ab und sagte ganz ruhig und bestimmt: »Dann haben Sie kein Recht, so etwas zu tragen.«

Sehen Sie, es gibt Augenblicke, da möchte man zu einem deutschen Offizier hingehen und sagen: Ich danke Ihnen.

Vor ein paar Tagen hatte ich ein Gespräch mit einem Deutschen, einem Nationalsozialisten, versteht sich. Er verbreitete sich ausführlich und mit Bedacht über die Situation der Tschechen sowie über die Vor- und Nachteile, die uns seiner Ansicht nach daraus entspringen. Da heute noch alles im Fluß ist, und selbst gut informierte Leute nicht mehr als bloße Meinungen zu diesem Thema äußern können, sind diese Ausführungen hier nicht von Interesse. Interessant ist aber, was er über die Tschechen dachte. Geradezu verlegen fragte er mich: Wie erklären Sie mir, daß eine derart große Zahl Tschechen zu uns kommt und mit Heil Hitler grüßt?

Tschechen? Das muß ein Irrtum sein.

Es ist keiner. Sie kommen zu uns auf die Ämter, heben den rechten Arm und sagen Heil Hitler. Warum? Ich könnte Ihnen von einem Schriftsteller erzählen, der sich eifrig darum bemüht – schon jetzt und zwar sehr pressiert –, daß seine Dramen in Berlin aufgeführt werden. Ich könnte Ihnen von vielen erzählen, die uns im Übereifer mehr entgegenkommen, als sie müssen, ja, sich geradezu abstrampeln. Wissen Sie, jeder Deutsche hat Verständnis für Nationalstolz und nationales Rückgrat. Unterwürfiges Verhalten ruft bei einem Deutschen von heute nur ein mitleidiges Lächeln hervor, glauben Sie mir.

In nur zwei Tagen hat sich das Stadtbild bis zur Unkenntlichkeit verändert. In den Kneipen sitzen Männer in Uniformen, die wir nicht einmal von Bildern her kennen. Durch die Straßen fahren Wagen, die wir nie zuvor gesehen haben. Sie fahren hierhin und dorthin, wissen immer, was sie zu tun haben, kurz, sie verhalten sich entschieden und zielbewußt. In den Buchhandlungen gehen vor allem Prager Stadtpläne und französische und englische Bücher. Soldaten sind in Gruppen unterwegs, bleiben vor den Schaufenstern stehen, betrachten sie und unterhalten sich. Bei alledem ist nicht ein Rädchen, eine Feder oder eine Maschine stehengeblieben.

Am Altstädter Ring liegt das Grab des Unbekannten Soldaten. Heute ist nichts von ihm zu sehen, nur ein riesiger Berg Schneeglöckchen. Eine seltsame Kraft, die insgeheim die Schritte der Menschen lenkt, führt Scharen von Pragern hierher; jeder legt einen Strauß Schneeglöckchen an diesem kleinen Grab großer Erinnerungen nieder. Den Umstehenden rinnen die Tränen über die Wangen. Nicht nur Frauen und Kindern: auch Männern, die Tränen nicht gewohnt sind. Auch das ist wieder ausgesprochen *tschechisch*: man hört kein Wehklagen, spürt weder Furcht noch Verzweiflung oder sonst einen Ausbruch heftiger Gefühle. Da ist nur Trauer. Irgendwie muß sie sich äußern, ein paar hundert Augen gehen von ihr über. So entstehen wohl nationale Gebräuche, so mögen die Grundsteine zu langjährigen Traditionen gelegt werden. Jeden 15. März werden tschechische Mütter mit ihren Kindern hingehen und am Grab des Unbekannten Soldaten einen Strauß Schneeglöckchen niederlegen. Das gräbt sich ins Bewußtsein der Menschen ein als großer Opfergang.

Im Rücken der trauernden Menge sah ich einen deutschen Soldaten vorbeigehen, der stehenblieb und salutierte. Er blickte in die vom Weinen geröteten Augen, auf die Tränen und auf den zugeschneiten Berg Schneeglöckchen. Er sah: das Volk weinte, weil er da war. Und salutierte. Er verstand offenbar, warum wir trauerten. Ich blickte ihm nach und dachte an die »Große Illusion«: werden wir wirklich einmal nebeneinander leben – Deutsche, Tschechen, Franzosen, Russen, Engländer – ohne uns gegenseitig Leid anzutun, ohne uns hassen zu müssen, ohne uns Unrecht zu tun? Werden sich wirklich eines Tages die Staaten so verstehen, wie wir als einzelne uns verstehen können? Werden je die Grenzen zwischen den Ländern fallen, so wie zwischen uns, wenn wir uns näherkommen? Wie schön wäre es, das zu erleben!

(Milena Jesenská, *Přítomnost,* 22. März 1939)

Anhang

Biographische Skizze

Milena Jesenská kam am 10. August 1896 zur Welt. Ihr Vater, der aus einer alten, national gesinnten tschechischen Familie stammte, war einige Jahre zuvor nach Prag gezogen und hatte hier Milena Hejzlarová, die Tochter eines Landschulinspektors, geheiratet. Von der ansehnlichen Mitgift richtete er sich eine zahnärztliche Praxis ein. Daneben lehrte er als Professor der Kieferchirurgie an der Prager Karls-Universität.

Jan Jesensky war ein vornehmer Mann, ein Dandy mit Hang zu Frauengeschichten und Kartenspiel, ein Choleriker und Eigenbrötler. Von der Mutter ist nicht viel bekannt. Die künstlerisch begabte Frau war von schwacher Gesundheit. Sie litt an perniziöser Anämie, die sie jahrelang ans Bett fesselte. Der Kontrast zwischen der zarten, bettlägerigen Mutter und dem vitalen, erfolgreichen Vater, der die Kranke noch blasser erscheinen ließ, wenn er elegant und beschwingt von beruflicher Verpflichtung oder privatem Vergnügen nach Hause zurückkehrte, ist an dem Kind nicht spurlos vorübergegangen. Das Gefühl von Liebe und Mitleid für die kranke Mutter wich mehr und mehr der Bewunderung für die väterliche Welt.

Im Jahre 1907 brachte Professor Jesensky seine elfjährige Tochter in das Prager Mädchengymnasium »Minerva«, und eine ältere Mitschülerin erinnerte sich später, welches Aufsehen das Paar damals erregte. Beide waren ausgesprochen elegant gekleidet, der Vater trug dem Mädchen die Bücher und geleitete es bis zum Schultor. Milena hatte ein graues Kostüm an, und auf ihrem blonden gelockten Haar saß ein breiter dunkler Veloursshut, von dem ein buntes Bändchen flatterte.

Seine Tochter ausgerechnet auf das Minerva-Gymnasium zu schicken, zeugt von der Widersprüchlichkeit des als ausgesprochen konservativ geltenden Jan Jesensky. Die Schule war Ende des 19. Jahrhunderts auf Privatinitiative des Vereins für Frauenstudium, »Minerva«, entstanden, dem eine Reihe namhafter progressiver tschechischer Frauen und Männer angehörte. Im März 1890 hatte der Verein beim Wiener Reichsrat eine Petition mit 4810 Unterschriften eingebracht, die für die Einrichtung eines Mädchengymnasiums votierte. Zur damaligen Zeit konnten Schülerinnen das Abitur nur als sogenannte Privatistinnen an Knabenschulen oder im Ausland erlangen. Der Antrag wurde bewilligt, und im September 1890 startete die Minerva als erstes humanistisches Mädchengymnasium Mitteleuropas. Zu Beginn verfügte die Schule nur über höhere Klassen, und als Lehrkräfte fungierten Professoren der Knabengymnasien, wo die Minervistinnen auch noch einige Jahre das Abitur – oder, wie es in Prag, hieß die Matura – ablegen mußten. Im Jahre 1903 wurde die Minerva ein rechtmäßiges Gymnasium mit acht Schulklassen und der Befugnis, den Schülerinnen das Abitur abzunehmen. Zu dieser Zeit kam die erste weibliche Lehrkraft an die Schule, die selbst einmal Schülerin der Minerva gewesen war.

Auch als später – Anfang des 20. Jahrhunderts – andere Mädchengymnasien gegründet wurden, blieb die Minerva immer etwas Besonderes. Die ersten tschechischen Doktorträgerinnen der Medizin hatten hier ihr Abitur abgelegt, und die Absolventinnen waren selbstbewußte, zielstrebige junge Damen, aus denen sich später die dünne Schicht der emanzipierten Frauen der ersten tschechoslowakischen Republik rekrutierte. Über die Minervistinnen gab es Liedchen und Reime (»Nerv mich nicht, du Mädchen von Minerva!«), Skandale und Geschichten.

Acht Jahre, von 1907 bis 1915, verbrachte Milena Jesenská auf dem Minerva-Gymnasium, und in dieser Zeit sollte sie wie beim Schuleintritt noch einige Male Aufsehen erregen. Etwa als sie ein paar Jahre später am Franzenskai, dem Studentenkorso Prags, flanierte. Diesmal nicht im schicken Kostüm, sondern im engen, knöchellangen Rock, und nicht mit dem Vater an der Seite, sondern den beiden Freundinnen Staša und Jarmila, die ebenfalls Minervistinnen waren.

Die Situation zu Hause war mittlerweile immer bedrückender. Dem langsamen Siechtum seiner Frau maß Professor Jesensky keine große Bedeutung bei. Er setzte sein geselliges Leben fort und hielt es für angebracht, die Krankenpflege weitgehend der jungen Tochter anzuvertrauen, die damit völlig überfordert war. Den Tod der Mutter muß Milena zuletzt als Erlösung empfunden haben. Jetzt stand ihr der Weg zur Welt des Vaters offen. Nicht mehr ans Haus gebunden, beginnt sie ihre Streifzüge durch Prag, und es scheint, als habe das junge Mädchen in den folgenden Jahren einen zähen Kampf um die Aufmerksamkeit des Vaters geführt.

Schenkt man den Schilderungen der Zeitgenossen Glauben, so war Milena Jesenská bereits in der Vorkriegszeit eine stadtbekannte Persönlichkeit, deren Extravaganz im provinziellen Prag auffällt – sie macht nächtliche Ausflüge auf den Friedhof, durchschwimmt die Moldau in Kleidern, um rechtzeitig zu einem Rendezvous zu kommen, unternimmt kleptomanische Streifzüge durch Prager Geschäfte, gerät in einen ersten Konflikt mit der Obrigkeit, als sie um fünf Uhr morgens im Stadtpark beim Magnolienpflücken erwischt wird. Für den Schaden hat stets der Vater aufzukommen, hat sich zur Tochter zu bekennen.

Sie liest Dostojewski und Hamsun, verehrt Lord Byron und Oscar Wilde. Mit ihrer Freundin Staša geht sie Arm in Arm zusammen über den Graben, den Korso der Deutschen Prags. Bewußt androgyn, betont lesbisch. Die Mädchen lassen kein Vergnügen aus, sind auf ständiger Suche nach Abenteuern und nehmen jede Gelegenheit wahr, die Umwelt zu brüskieren. An Ideen mangelt es nicht. So verfällt Milena einmal auf den Gedanken, die Nacht in einem drittklassigen Prager Hotel zu verbringen – sei es, um verrucht zu erscheinen oder um zu testen, ob der Vater überhaupt bemerkt, daß sie nachts nicht zu Hause ist.

Aus der väterlichen Praxis entwendet sie Morphium und andere Drogen, die sie mit den Freundinnen auf ihre Wirkung hin untersucht. Sie wird schwanger, abermals muß der Vater eingreifen und seine Beziehungen spielen lassen. Er hat es nicht leicht mit seiner Tochter. Milena ist ausgesprochen großzügig, mit Geld, mit Dingen und bisweilen auch mit den Menschen. Das Mädchen ist weitgehend sich selbst überlassen, eine Tatsache, die Freiheiten mit sich bringt, die sie voller Ausgelassenheit genießt, und Verlassenheit, die sie mit neuen Aktivitäten bekämpft.

An der Schule gibt es eine Lehrerin, Professorin Albina Honzáková, der Milena 1913 Briefe zu schreiben beginnt. Stürmische, liebevolle Briefe. Einige mit lila Tinte auf fliederfarbenem Papier. Mit affektiert gestochener Schrift, hinter der kein junges Mädchen zu vermuten wäre. Sie berichtet von den Büchern, die sie liest, entwirft das Modell einer Schule nach ihren Vorstellungen und verspricht der Lehrerin, »nichts Geringfügiges zu werden«. Als die Mutter der verehrten Professorin stirbt, schickt Milena ihr einen Kondolenzbrief, in dem sie ihr gelobt, in Zukunft in der Schule mehr aufzupassen und zu lernen. Nach dem Abitur schreibt sie an die geliebte Lehrerin:

»Ich will mich bei Ihnen bedanken. Nicht nur für die Matura. Für all die acht Jahre. Dafür, daß Sie mich niemals verurteilt haben für Dinge, die ich liebe, daß Sie mich als einzige nicht ausgelacht haben für das, was ich lese, und für das, was mir gefällt. Und dafür, daß Sie mir niemals gesagt haben, daß ich überspannt bin, weil ich Musik, Bilder und Bücher gern habe. (...) Das werde ich Ihnen nie vergessen.« Auf Betreiben

des Vaters studiert Milena Jesenská nach der Schule lustlos zwei Semester Medizin. Danach schreibt sie sich am Konservatorium ein, wo man sie indes selten zu Gesicht bekommt. Dafür taucht sie jetzt gern, gemeinsam mit ihren Freundinnen Staša Procházková und Jarmila Ambrožová, in langen, wallenden Gewändern à la Isadora Duncan in den Kaffeehäusern der deutsch-jüdischen Literaten auf, die sich von den exaltierten jungen Damen, welche so überaus europäisch daherkommen, angenehm überrascht zeigen.

Daß Tschechen und Deutsche in Prag miteinander verkehrten, war an sich recht ungewöhnlich, denn die beiden Nationalitäten lebten separat voneinander. Die deutschsprachige Bevölkerung machte dabei nur einen Anteil von fünf Prozent aus; da die Deutschen jedoch überwiegend der Oberschicht angehörten, bildeten sie einen bedeutenden wirtschaftlichen und kulturellen Faktor und verfügten in Prag über eigene Schulen und Universitäten, Theater und Vergnügungsstätten, Sportklubs und Kirchen, Kaffeehäuser und Parkanlagen, Krankenhäuser und Leichenhallen. Innerhalb der deutschsprachigen Bevölkerung gab es wiederum eine starke jüdische Minderheit, die unter der Diskrepanz zwischen ihrer ökonomischen und ihrer sozialen Position zu leiden hatte.

Die deutschsprachigen Literaten, die im Prager Klima so prächtig gediehen, hatten in dieser Völkerkonstellation einen eigenen Standort. Sie verehrten die deutsche Kultur und verabscheuten den Chauvinismus und Antisemitismus der Deutschböhmen. Viele von ihnen traten für die nationale tschechische Bewegung ein, und mancher versuchte eine Brücke zu den tschechischen Dichtern zu schlagen, indem er sie ins Deutsche übersetzte.

Im Café Arco verkehrten damals Max Brod, Oskar Baum, Paul Kornfeld, Otto Pick, Johannes Urzidil, Paul Eisner und Franz Werfel. Hier wurde Milena Jesenská Stammgast, und hier lernte sie 1916 ihre erste große Liebe kennen: Ernst

Pollak, zehn Jahre älter als sie und von Beruf Fremdsprachenkorrespondent der Prager Filiale der Österreichischen Landesbank. Seine wirkliche Profession aber war die Literatur. Er selber schrieb nicht, verfügte jedoch über umfangreiche Literaturkenntnisse, besaß ein sicheres Stilgefühl und wurde so zum Mentor und Berater vieler Prager Schriftsteller.

Pollak war ein distinguierter Mann, ein Frauenheld und ein deutschsprachiger Jude – eine Tatsache, die der antisemitisch und national eingestellte Jesensky als unerhörte Provokation empfand. Obgleich es ansonsten einige Parallelen zwischen den beiden Herren gab – was Milena bestimmt nicht verborgen geblieben war –, setzte der Vater der Liebeswahl seiner Tochter erbitterten Widerstand entgegen. Diese aber ist vernarrt in ihren Pollak. Von Zuhause bringt sie ihm Lebensmittel, aus Parkanlagen und von Friedhöfen Blumen mit. Um es dem Geliebten so schön wie nur möglich zu machen, gibt sie ihr und anderer Leute Geld mit vollen Händen aus, unterzeichnet unbefugt Wechsel. Um dem Treiben ein Ende zu setzen, greift Professor Jesensky schließlich zu einem drastischen Mittel: er läßt seine Tochter in die Nervenheilanstalt Veleslavin einweisen. »Moral insanity« lautet die Diagnose: psychisch krankhaftes Fehlen sittlicher Begriffe und Gefühle.

Neun Monate, von Juni 1917 bis März 1918, verbringt Milena Jesenská in Veleslavin. Man weiß nicht viel über diese Zeit und was der Aufenthalt in der Anstalt für die lebenshungrige, verliebte Zwanzigjährige bedeutet hat. Bekannt ist nur, daß es ihr in den letzten Monaten gelang, das Vertrauen einer Pflegerin zu gewinnen, mit deren Hilfe sie den Ort zeitweise verlassen konnte – um sich mit Pollak zu treffen.

Nach ihrer Entlassung, mittlerweile volljährig, heiratet sie Ernst Pollak. Sie erhält eine ordentliche Mitgift, zu der eine Wohnungseinrichtung gehört, und zieht – auf Verlangen des Vaters – weg von Prag, nach Wien, wohin sich Pollak von seiner Bank versetzen läßt.

Nach dem Zusammenbruch des Habsburgerreiches war

1918 der Kleinstaat Österreich übrig geblieben, ein gebirgiger Landstrich, der seinen Bewohnern keine ausreichende Lebensgrundlage bot. Die wichtigsten Lebensmittel und Rohstoffe hatte man bisher aus den Kronländern bekommen, doch damit war seit der Selbständigkeit der Nachbarländer Schluß. Es herrschten Hunger und Kälte, Fabriken, die ohne Kohle nicht arbeiten konnten, wurden stillgelegt, und die wöchentliche Ration von einem Kilo Kartoffeln, einem halben Liter Petroleum und anderthalb Kilo Brot stand auch nur auf dem Papier. Österreich befand sich am vielzitierten Rande des Abgrunds. Die Lebenshaltungskosten stiegen ins Unermeßliche. Darunter hatten nicht so sehr die Arbeiter zu leiden, deren Löhne nach einem 1919 abgeschlossenen Kollektivvertrag alle zwei Monate den erhöhten Lebensmittelpreisen angeglichen wurden. Schlecht erging es vor allem dem Mittelstand, den kleinen Angestellten und Staatsbeamten, die durch Krieg, Inflation und Börsenkrach um ihr Vermögen gebracht worden waren, und deren mühselig ersparte Rücklage nicht einmal ausreichte, ein Kilo Kartoffeln zu kaufen – sofern es überhaupt welche gab.

Wien hatte einen Kaiser, eine Dynastie und eine Welt verloren, aber es lebte weiter, als wäre nichts geschehen. Die Kaffeehäuser waren voller als vor dem Krieg. Theater und Operette erlebten Zuschauerrekorde. Inmitten des Hungers und des Elends stürzte sich das besiegte Wien ins Vergnügen und legte allerhand hektische Geselligkeit an den Tag. Für viele Tschechen der ehemaligen k.u.k.-Metropole (bei der Volkszählung von 1880 hatte jeder Dritte in Wien zu ihnen gezählt) war es an der Zeit, nach Hause zurückzukehren, um ihre Arbeitskraft in den Dienst des neu gegründeten tschechoslowakischen Staates zu stellen.

Den umgekehrten Weg ging 1918 das Ehepaar Pollak. Dem notorischen Kaffeehausgänger Ernst Pollak dürfte das nicht allzu schwer gefallen sein, der lebte sich schnell in die Wiener Boheme ein und trumpfte weiterhin als Literatur- und Frauenkenner auf. Milena Jesenská jedoch fand sich in Wien gar nicht zurecht. Die Stadt war ihr unheimlich, die Freundinnen fehlten ihr, und sie litt unter der geringen Beachtung, die ihr der Mann schenkte, um den sie so heftig gekämpft hatte. In Prag war sie »die« Jesenská gewesen. Nun war sie Frau Pollak und fühlte sich einsam und ungeliebt. Anfangs war wenigstens noch Geld aus der Mitgift da, aber das zerrann schnell unter den Fingern, so daß sie sich nach Verdienstmöglichkeiten umsehen mußte.

Sie gibt Privatstunden in Tschechisch, schleppt Gepäck auf dem Wiener Westbahnhof und verdingt sich in einem Wiener Haushalt. Hier entwendet sie der Dame des Hauses ein Schmuckstück, versetzt es und kauft sich für das Geld ein elegantes Abendkleid, in dem sie zur Verblüffung ihres Ehemannes abends im Kaffeehaus auftaucht. Der Diebstahl wird entdeckt, die Polizei eingeschaltet, und ein weiteres Mal hat Professor Jesensky für den Schaden aufzukommen.

In ihrer finanziellen Not beginnt Milena Jesenská kleine Texte zu schreiben, die sie an die Redaktionen nach Prag schickt. Am 30. Dezember 1919 erscheint in der *Tribuna* ihr erster Artikel: »Ein Brief aus Wien. Weihnachten in der gebeutelten Stadt.« Sie wird feste Korrespondentin der Zeitung, für die sie sich bald darauf auch als Wiener Modereferentin auf der Frauenseite betätigt. Die *Tribuna* war eine verhältnismäßig kleine, liberale Zeitung der ersten tschechoslowakischen Republik, ein Organ der jüdisch-tschechlschen Assimilanten. Als andere Feuilleton-Schreiber zeichneten Jaroslav Hašek, Egon Erwin Kisch, F. X. Šalda und Maria Pujmanová.

Neben ihrer journalistischen Arbeit versucht sich Milena Jesenská als Übersetzerin eines deutschsprachigen Prager Dichters, dessen Texte sie nachhaltig beeindrucken. Sie will das Werk des bis dahin wenig bekannten Franz Kafka dem tschechischen Leserkreis erschließen. Am 22. April 1920 erscheint »Der Heizer« in der Übersetzung von Milena Jesenská in der tschechischen Literaturwochenschrift *Kmen.* Es ist das erste Mal, daß Kafka in einer fremden Sprache publiziert wird; im Laufe des Jahres folgen noch weitere seiner Erzählungen im *Kmen* und in der *Tribuna.*

Ab Ende des Jahres 1921 schreibt Milena Jesenská auch für die *Národní Listy,* eine bedeutende nationalkonservative Zeitung, die Jan Jesensky zu ihren Lesern zählt. Sie verfaßt Feuilletons und ist auf der Frauenseite als Modejournalistin tätig. Die Arbeit bei dieser Zeitung nimmt sie bald so in Anspruch, daß sie Anfang 1922 ihre Mitarbeit an der *Tribuna* einstellt.

Ihr privates Leben aber verläuft weiterhin unglücklich. Als Anhänger der freien Sexualmoral, die der Psychoanalytiker Otto Groß in diesen Kreisen vertrat, erwartet Pollak, daß Milena Jesenská seine Frauengeschichten duldet. Und das erwartet sie auch von sich selbst, aber sie vermag es nicht. Sie hat sich ihre Ehe ganz anders vorgestellt, und sie liebt ihren Mann. Milena Jesenská sucht Trost im Kokain und unternimmt einen Selbstmordversuch, auf den sie später ironisch in einem ihrer Feuilletons anspielt.

Aus ihrer Übersetzertätigkeit hatte sich ein intensiver Briefwechsel mit Franz Kafka ergeben, der sie immer mehr in seinen Bann zog. Der anfangs freundschaftliche und durch gemeinsame literarische Interessen geprägte Charakter der Briefe hatte sich zunehmend in ein schriftliches Liebesverhältnis verwandelt. Milena Jesenská genoß die Aufmerksamkeit, die ihr der Dichter durch seine täglichen Briefe schenkte. Es tat so gut, ernst genommen und umworben zu werden. Sogar ihre Texte lobte er, die sie ihm nach langem Zögern geschickt hatte. Und er war nicht so weltgewandt und arrogant wie ihr Mann. Er war unerfahren mit den Menschen und ein wunderbarer Schriftsteller.

In welchem Umfang Ernst Pollak von dieser Briefliebe wußte, ist unklar. Die »geschriebenen Küsse« (Kafka) erreichten sie unter dem Decknamen Kramer beim Wiener Postamt 65 in der Bennogasse. Eine Zeitlang hat Milena Jesenská mit ihnen gewiß die Hoffnung verknüpft, aus ihrer unglücklichen Ehe auszubrechen. Sie ist es auch, die auf ein persönliches Treffen drängt, dem Kafka sich lange Zeit zu entziehen versucht. Aber schließlich kommt er doch, und sie verbringen vier Tage zusammen in Wien, wunderbare Tage, in denen er nicht das Gefühl bekommt, versagt zu haben.

Möglicherweise hat Milena Jesenská erst in diesen Tagen das Ausmaß seiner Angst begriffen, auch wenn oder gerade weil es ihr gelang, diese für kurze Zeit zu verscheuchen. Und vielleicht schon in diesen Tagen oder spätestens nach ihrem vergeblichen brieflichen Flehen, der Freund möge für einen Tag zu ihr nach Wien kommen – dem Kafka nicht nachkommt, weil er es nicht wagt, seinen Vorgesetzten um einen Tag Urlaub zu fragen – muß sie erkennen, daß Kafka nicht der Mann ist, dessentwegen sie Pollak verlassen wird.

Den Dichter andererseits hat längst die Angst wieder eingeholt, und sie läßt ihn nicht mehr los; was er an Milena Jesenská einst so liebte, ihre Sinnlichkeit und Tatkraft, wird ihm zur immer stärkeren Bedrohung. Die Brieffreundin weiß davon und von den möglichen Konsequenzen. Jahre später schreibt sie an Kafkas Freund Max Brod:

»Wäre ich damals mit ihm nach Prag gefahren, so wäre ich ihm die geblieben, die ich ihm war. Aber ich war mit beiden Füßen unendlich fest mit dieser Erde hier zusammengewachsen, ich war nicht imstande, meinen Mann zu verlassen, und vielleicht war ich zu sehr Weib, um die Kraft zu haben, mich diesem Leben zu unterwerfen, von dem ich wußte, daß es strengste Askese bedeuten würde, auf Lebenszeit. In mir aber ist eine unbezwingbare Sehnsucht, ja eine rasende Sehnsucht nach einem ganz anderen Leben, als ich es führe und als ich es wohl je führen werde, nach einem Leben mit einem Kinde, nach einem Leben, das der Erde sehr nahe wäre. Und das hat also wohl in mir über alles andere gesiegt, über die Liebe, über die Liebe zum Flug, über die Bewunderung und nochmals die Liebe.«

KMEN

LITERÁRNÍ TÝDENNÍK

ROČNÍK IV. V Praze, dne 22. dubna 1920. ČÍSLO 6.

Franz Kafka: Topič

Fragment

Se svolením autorovým přeložila Milena Jesenská

Když 16letý Karel Rosman, který byl svými chudými rodiči poslán do Ameriky, poněvadž ho svedla služka a měla s ním dítě, vjel již v zpomaleném parníku do newyorského přístavu, spatřil sochu Svobody, kterou již dávno pozoroval, jakoby ve světle náhle prudším. Její paže s mečem trčela jaksi nově vstříc a kolem její postavy vanul volný vzduch.

»Tak vysoko,« řekl si, a v tom, vůbec nemysle na odchod, byl stále rostoucím množstvím nosičů pomalu posunut až k zábradlí.

Jakýsi mladý muž, s nímž se byl při jízdě povrchně seznámil, řekl, předcházeje ho: »Nu, což pak nemáte pražádné chuti, abyste vystoupil?« »Jsem přece již hotov,« řekl Karel usmívaje se, a zdvihl z dobré nálady a poněvadž byl silný chlapec, kufr na ramena. Když však pohlédl za svým známým, který se již vzdaloval s ostatními a mával při tom hůlkou, s úlekem zpozoroval, že zapomněl dole v lodi svůj deštník. Rychle poprosil známého, aby mu laskavě u jeho zavazadla okamžik posečkal, čímž muž nebyl příliš obšťastněn, přehlédl ještě situaci, aby se při návratu vyznal, a pospíchal pryč.

S lítostí nalezl dole zavřenu chodbu, která by jeho cestu byla velice zkrátila, což patrně souviselo s vyloďováním cestujících, a bylo mu namáhavě si hledati cestu nesčetnými malými místnostmi, po krátkých schodech, které stále za sebou následovaly, korridory, neustále se zahýbajícími, prázdným pokojem s opuštěným psacím stolem, až skutečně, poněvadž touto cestou šel teprve jednou nebo dvakrát a vždy ve větší společnosti, úplně zabloudil. Ve své bezradnosti, poněvadž nepotkával lidí a slyšel jen nad sebou šoupání tisíce lidských nohou a pozoroval z dálky jakoby dech, poslední pracování již zastavovaných strojů, počal bez přemýšlení tlouci na první malá dvířka, na která při svém bloudění narazil.

»Vždyť je otevřeno,« ozvalo se uvnitř a Karel otevřel dvéře s poctivým oddechnutím. »Proč tlučete tak zběsile do dveří?« řekl ohromný člověk a skoro se po Karlovi ani neohlédl. Jakýmsi malým, svrchním oknem padalo ponuré, nahoře na lodi již dávno opotřebované světlo v žalostnou kabinu a v ní stáli těsně vedle sebe postel, skříň, židle a muž, jakoby složeni ve skladišti. »Zabloudil jsem,« řekl Karel, »ani jsem toho tak za jízdy nepozoroval, ale to je strašně veliká loď.« »To je pravda,« řekl muž s jistou pýchou, nepřestav se při tom nimrati se zámkem malého kufru, který oběma rukama vždy znovu přitlačil a čekal při tom na sklapnutí závory. »Ale pojďte přece dovnitř,« pokračoval muž, »nebudete přece státi venku.« »Nevyrušuji?« ptal se Karel. »Ale jak pak byste rušil?« »Jste Němec?« pokusil se Karel zabezpečiti, poněvadž mnoho slyšel o nebezpečí, které hrozí v Americe nově příchozím, obzvláště od Irů. »I jsem, jsem,« řekl muž. Karel ještě váhal. Tu muž náhle uchopil kliku a přisunul dveřmi, které rychle zavřel, Karla k sobě dovnitř. »Nemohu vystát, dívá-li se sem

Nach monatelangem erregten Briefwechsel treffen sich die beiden noch einmal für einen Tag an der österreichisch-tschechischen Grenze, ein Tag, der ihnen kein Glück beschert. Der Briefwechsel verliert an Intensität, bis er später langsam verebbt.

In den letzten zwei Jahren ihrer Wiener Zeit gelingt es Milena Jesenská etwas besser, das Leben zu meistern. Nach ihrer endgültigen Trennung von Pollak richtet sie in ihrer Wohnung eine Pension mit Mittagstisch ein und beschäftigt eine Haushälterin. Einer ihrer Untermieter ist Xaver Graf Schaffgotsch, mit dem sie sich bald anfreundet.

Schaffgotsch ist ein ehemaliger k.u.k.-Offizier, der in Rußland zum Bolschewisten wurde. Milena Jesenská beginnt sich für den Sozialismus zu interessieren, übersetzt Leonhard Frank und verbringt 1925 gemeinsam mit Schaffgotsch einige Monate bei ihrer alten Schulfreundin Alice Rühle-Gerstel, die mit ihrem Mann in der Nähe von Dresden wohnt. Otto Rühle, Mitbegründer der KPD und 1920 als Rätekommunist aus deren Reihen ausgeschlossen, führte zusammen mit seiner Frau den Verlag »Am anderen Ufer«, in dem er vorwiegend eigene pädagogische Schriften herausgab. Mit diesem ausgedehnten Ausflug beendet Milena Jesenská ihren siebenjährigen Auslandsaufenthalt und kehrt – gemeinsam mit Schaffgotsch – nach Prag zurück.

Als Milena Jesenská Wien verließ, lag eine fünfjährige rege journalistische Tätigkeit hinter ihr. Die meisten ihrer Arbeiten hatten sich mit Modefragen befaßt, Gelegenheitsartikel, die zeitweise täglich auf der Frauenseite Platz fanden. Anfänglich mit M. P. gezeichnet, bald mit M.J., bis ihr »Milena« aus den Modespalten nicht mehr wegzudenken war.

Ihre Feuilletons, vorwiegend auf den ersten Seiten plaziert, drehten sich in der *Tribuna* vor allem um Wien und die Nachkriegssituation, während sie in der *Národní Listy* ab

1923 auch gerne programmatische Themen wie »Pflicht zur Freude«, »Der Weg zur Einfachheit« oder »Zur Psychologie der neuen Gesellschaft« aufgriff, tagesphilosophische Erörterungen mit unverkennbarem Hang zum Harmonisieren und einer mitunter etwas eigenen Logik wie dieser:

»Wer einmal Maßhalten im tiefsten Sinne des Wortes erlernt hat, wird zum Beispiel nie falsche Perlen lieben. Aber noch mehr als das: es wird ihm nicht einmal einfallen, daß er sie lieben könnte, und er wird auch nie stolz darauf sein, daß er sie nicht liebt. Es wird für ihn so selbstverständlich sein, sie nicht zu lieben, daß sie für ihn gar nicht existieren.« (Weg zur Einfachheit)

Die schönsten Artikel Milena Jesenskás allerdings sind solche jenseits von Mode und Programmatik, Texte, die von der Intensität ihrer emotionalen Wärme und intellektuellen Brillanz zeugen: soziale Beobachtungen, groteske Situationen, der Blick fürs Detail, Filmkritiken, intuitive Schilderungen. Ihre feuilletonistischen Arbeiten sind anfänglich ebenfalls mit M.P. gezeichnet, darauf abwechselnd mit Milena Jesenská und dem Pseudonym A.X. Nessey oder verschiedenen Kürzeln wie js., m., M.J. oder AXN.

In den Wiener Jahren tauchte sie in den Zeitungen auch wiederholt als Übersetzerin auf. So übertrug sie, die neben ihrer Muttersprache eigentlich nur das Deutsche beherrschte, aus dem Französischen Guillaume Apollinaire, Henri Barbusse, Paul Claudel, Romain Rolland und Jules Laforgue; aus dem Englischen G.K. Chesterton, R. L. Stevenson und Jonathan Swift; aus dem Russischen Maxim Gorki und aus dem Deutschen neben Franz Kafka Gustav Meyrink, Heinrich Mann, Franz Werfel, Leonhard Frank und Rosa Luxemburg.

Im Gegensatz zu Wien erlebte Prag nach dem Ersten Weltkrieg eine Blütezeit. Nach drei Jahrhunderten Habsburger Herrschaft hatten die Tschechen und Slowaken nationale Souveränität erlangt, und Prag war die Hauptstadt der er-

ŽENA, DOMACNOST A RODINA

Vlastnost podivná, ale více méně všeobecná.

Milena

Dopis Pařížanky.

Na jih nebo do mrazu.

Srdečně Vás zdraví Vaše Zdenka Pospíšilová.

Marie CALMA:

Jednotě slovanských žen!

Ze zákulisí filmových hvězd.

Zelený pás kolem Prahy.

Milena.

Domácnost.

Elektrické samovařiče.

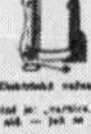

Elektrický vařič.

Nádobí do elektrické vařáku.

sten tschechoslowakischen Republik geworden. Die plötzlich erlangte staatliche Selbständigkeit hatte in der Bevölkerung Hoffnungen und Illusionen geweckt, und der junge Staat war bemüht, der Nation zu einem politischen und kulturellen Selbstbewußtsein zu verhelfen. Gegen den deutschen Einfluß, unter dem man so lange gestanden hatte, wurde in diesen Jahren verstärkt der »westliche« Geist gesetzt. Masaryk, Begründer und erster Präsident der Republik, verheiratet mit einer Amerikanerin, war ein Verehrer der angelsächsischen Welt; Benesch, der Außenminister, ein großer Freund Frankreichs, das übrigens als erstes Land die neue Republik anerkannt hatte. So standen die zwanziger Jahre in der Tschechoslowakei ganz unter dem Zeichen des »Sich-Öffnens zur Welt« und dem Wunsch, sich vom alten österreichischen Provinzialismus zu befreien; was sich allerorten tat und regte, in Prag wurde es vernommen.

Die Emanzipationsbestrebungen der Tschechen erstreckten sich auch auf die Frauen. Zum Selbstbewußtsein vieler Tschechen gehörte es nun, »eine gebildete Frau zu haben«. Auch hier war Staatspräsident Masaryk Vorbild, dessen Frau Abhandlungen über Smetana schrieb und dessen Tochter das Minerva-Gymnasium besucht hatte. Die Regierung gewährte vielen jungen Frauen Stipendien im Ausland, damit diese Neues und Anregendes aus Literatur, Philosophie, Kunst und Mode mit nach Hause brachten.

In dieser Phase kam Milena Jesenská nach Prag zurück, wo sie freudig in die Gesellschaft aufgenommen wurde. Als Journalistin hatte sie sich inzwischen einen Namen gemacht, und man bewunderte allgemein ihren »Wiener Chic« – einen Chic, den in Wien niemand wahrgenommen hatte. Ihre Frauenseite in der *Národní Listy* wurde immer populärer, und sie verfügte jetzt über einen Stab von Mitarbeiterinnen, scherzhaft »Milenas Team« genannt, Frauen, die typisch für diese Periode der ersten Republik waren: Jaroslava Vondrácková, die in Paris und Berlin studiert hatte, an mehreren Ausstellungen von

Innenarchitektur beteiligt war und Fachaufsätze zu Fragen von Textil und Design verfaßte; Béla Friedländerová, die 1920 mit Hilfe eines Stipendiums in den USA gewesen war, nach ihrer Rückkehr eine Gymnastikschule gegründet hatte und bei internationalen Sportwettkämpfen im Schwimmen, Skilaufen, Leichtathletik und Reiten startete; Milča Majerová, Schülerin des Tanzpädagogen Laban, die in Prag ein Tanzstudio eröffnet hatte, in dem Theater-Musik-Kreationen erarbeitet wurden; Zdenka Watterson, eine Journalistin, die aus den USA informative Artikel über das neue Amerika sandte.

Eine schöne Zeit bricht an. Die Frauen korrespondieren rege miteinander, diskutieren die neuesten Trends aus Paris und New York, treffen sich tagsüber in Kaffeehäusern und amüsieren sich abends in Nachtlokalen, in die der Jazz gerade Einzug hält. Milena Jesenská hat alle Hände voll zu tun, die täglichen Rubriken der *Národní Listy* zu füllen. Sie schmeichelt, preßt, lockt und scheucht die Artikel aus den Freundinnen heraus. Feuilletons wie in Wien schreibt sie kaum mehr. Eine Auswahl ihrer alten Artikel erscheint 1926 in Prag unter dem Titel »Der Weg zur Einfachheit« in Buchform.

Sie ist wieder »die« Jesenská in Prag. Von Schaffgotsch ist immer weniger zu sehen und zu hören, bis er eines Tages ganz von der Bildfläche verschwindet. Milena Jesenská verkehrt jetzt bevorzugt in den Kreisen des »Devětsil«, einem Zusammenschluß linker avantgardistischer Intellektueller. Die Gruppe war 1920 ins Leben gerufen worden und setzte sich – unter dem Eindruck der Katastrophe des Ersten Weltkriegs – für eine radikale Erneuerung des geistigen Lebens ein. Sie proklamierte die Synthese aller zeitgenössischen avantgardistischen Strömungen, insbesondere der französischen und der sowjetischen. Traditionelle Schranken zwischen einzelnen Kunst- und Geistesrichtungen fielen; im »Devětsil« sammelten sich Dichter und Architekten, Maler und Filmregisseure, Kabarettisten und Typografen, Musiker und Soziologen. Erklärtes Ziel war die Verbindung von

Kunst und Lebenspraxis, die Einheit von Ästhetischem und Funktionalem, von Poetischem und Proletarischem. Die Bewegung wurde von programmatischer Fröhlichkeit getragen, die »Baumeister der neuen Welt« setzten optimistisches Vertrauen in die Schönheit der Welt, zeigten sich fasziniert von den Produkten der technischen Entwicklung wie Flugzeugen und Wolkenkratzern und verscheuchten alle traurigen Gedanken, die ihrer Meinung nach nur die Seele belasteten. Bedeutendster Theoretiker und Hauptakteur des »Devětsil« war Karel Teige, der – ganz im Sinne der Gruppe – ein Allroundkünstler war: Architekt, Schriftsteller, Maler, Verfasser von Collagen und Bildgedichten.

In diesem Umfeld lernt Milena Jesenská 1926 den jungen Architekten Jaromír Krejcar kennen. Er gehört zur Gruppe um das Dessauer Bauhaus und hatte sich 1923 durch den Bau des achtstöckigen Büro- und Geschäftshauses »Olympic« in Prag hervorgetan. Die beiden scheinen ein ideales Paar zu sein, sogar Professor Jesensky ist zufrieden. Ein Jahr später wird geheiratet, und in der im Bauhausstil eingerichteten Wohnung versammeln sich fortan Literaten und Künstler der tschechischen Avantgarde. Eine weitere Aufsatzsammlung mit Modeartikeln erscheint – »Leute machen Kleider« – und Frau Krejcarová trägt ihr Haar jetzt kurz à la mode.

Journalistisch ist sie mittlerweile fast nur noch auf Frauenseiten tätig; ein wenig verwunderlich, wenn man bedenkt, daß sie die Modeartikel verabscheute und sie allein aus finanziellen Gründen verfaßte. Doch am glücklichen Ehehimmel hängen Geldsorgen.

Krejcar ist ein aufstrebender Architekt – darüber sind sich alle einig, aber er steht am Anfang seiner Karriere und braucht Geld für sein Büro. So beschäftigt Milena Jesenská weiterhin ihr Team und produziert selbst Texte am laufenden Band.

In ihren Modeartikeln spiegelt sich der euphorische Geist der damaligen Zeit. Zusammen mit der k.u.k.-Monarchie

Milene:

Weekend.

Kreslil A. Hoffmeister.

Být pilným je asi tak krásné, jako při východu slunce cvičit svaly systematickými dřepy. Tyto dřepy, o sobě vlastně nezábavné, budí v nás jistou ctižádost, pokud je děláme, a prudkou rozkoš, jakmile je přestaneme dělat. Vypracované tělo dostane se při posledním pohybu do krásné, nádherné spokojenosti dobrého svědomí, neboť mít dobré svědomí znamená mít vykonáno, co jsme si předsevzali. A toto dobré svědomí dává nám nyní naprostou a dokonalou svobodu naprosté a dokonalé volnosti.

Sobota poledne je slavný okamžik — právě dokončených dřepů. Vědomí, že v tomto městě tisíce lidí úderem této hodiny vykonalo pohyb své práce současně s vámi naposled, je jako veselý pozdrav. Celý týden lilo a neviděli jsme toho ani. V sobotu dopoledne tisíce nás měří rychlost pluti obláčků. Radost je tím větší, čím více je účastno srdcí, ale zklamání není menší, je-li nás mnoho.

Červen je měsíc uprostřed roku a je požehnaný všemi bohy. V červnu je každá mez krásná, každé pole slavně chlebovou vůní rozkvetlých klasů, každé pole jetele, stračky nebo řepky je zázrak radosti. Chudé české strže akátů, v létě tak sprahlé a ubohé, jsou v červnu v slavnosti. Aleje lip voní a řeka nad jezem z rána doutná bílou parou a za večera dýchá vrbinami. Země je jako prapor, všecka pole vlají, všecky louky vlají, kraj kolem dokola je jako náruč široký, vysoko v nebesích křičí skřivan a vůně schnoucího sena dává ti přivírat oči. Kolem řeky se tiše vracejí lidé v podvečer a zpívají. Silnice je krásná, svěží, a příkop kolem ní je ještě jako park plný kytek. V horkém slunci letí chvějícím se vzduchem dvě libely, spojené láskou a u řeky navečer sněží jepice.

V sobotu v poledne je čas váš a do neděle večera plyne dvojnásobnou rychlostí, je to vzácný čas a nikdy už se nevrátí. Je to jediný čas, kdy život dostává smysl svobody: pro sobotu odpoledne máme hezké šaty a nové střevíce, v sobotu odpoledne má smysl láska a má smysl zpívat si. V sobotu odpoledne musíme mít peníze, musíme být zdraví, veselí a šťastní. V pondělí ráno končí svoboda.

Z města vede silnice bílá a prázdná ve všední den. Vedle ní leží koleje a za nimi plyne řeka. V sobotu v poledne tudy utíkáme všichni, město se hýbe, zastavily se stroje a páky, mašiny, zavřely se kanceláře, město se vylidňuje. Když se nám tehdy zavřely přes silnici na dvě minuty závory, aby mohl přejet vlak, nastavělo se za ty dvě minuty před závorami přes třicet aut, motocyklů, kola, slavný hladový průvod, demonstrační průvod vyznavačů weekendu. Vlak, který přejel, byl plničký lidí a řekou dole vezlo se na sta kanoí, maňásků, plachetek a na sta naháčů vroubilo břehy. Všichni jsme táhli - směrem od města k lesům a vozidla, která nás vezla, hulákala hymnu weekendu.

Na kraji silnic jsou limonádové budky se studenými buřty, novinami, pohlednicemi a barevnými cukrátky. Dál za městem je už jen silnice a na ní tu a tam stojí prázdný side-car. Blízký palouk s kopretinami je nádherným salonem. Děvčata na motocyklech jsou skorem všechna krásná. Jsou mladá, zdravá, krátkovlasá, pružná, a v zatáčce se kloní v křivém úhlu k zemi jako pruty. Před lesem stojí několik vozů a v jehličí leží mladí lidé hrající na gramofon. Před vzdálenějšími restauracemi je už jen řada prázdných vozů, čekajících na lidi uvnitř. Za nimi je pak už jen les a louka, louka a les, nebe, řeka, automobily rozrytá vesnice, selský pecen chleba, podmáslí a hup, už do řeky. S kopce jede na voze rozkročmo krásný selský synek, houká na koně a práská bičem. Město je daleko, práce je daleko. Dostaneš na den a noc neznámý pokoj s oknem plným květů a když je rozevřeš, šumí ti les a řeka tmou až k srdci. Ráno se vzbudíš a pět much tančí kolem prázdného háku uprostřed pokoje divý, klikatý tanec, na dvoře voní ráno a křičí neznámé zvuky. Tráva je mokrá rosou, na každé kytce je kapička rosy, rosa ti chladí nohy a slunce leží na řece jako rozlité zlato.

Za městem jsou strmé, chudé stráně nad komíny. Praha v neděli nekouří a vzduch je tu křišťálově čistý a vlahý, město dole zlcté a tu a tam se vlní pole. Pod strání jsou červenavé lomy a v dálce ohyb řeky. Po svahu rozseta jsou křoviska, sporá útočiště polibků. Ti, kteří neodjeli z města, vyšli sem v neděli. Ženy tu sedí, háčkujíce, a malé děti batolí se kolem. Rodinka se zula, rozvěsila šaty na křoví a hřeje se i s kozou. Dědeček čte noviny, ve všední den tu budou poletovat jako smutný, zmoklý praporek. Dole na silnici proudí ti pohyblivější a dychtivější v zástupech z města. Tady je klid a mír, žluté slunce, žluté město, besedování, chudé stráně, chudé lásky. Za večera hvězdnaté nebe dejž jim, o Pane.

glaubte man noch einige andere alte Zöpfe abgelegt zu haben. Etwa die Tyrannei der Mode, gegen die Milena Jesenská vehement zu Felde zog. Einfach, gerade, zweckmäßig, glatt, bequem und praktisch lautete die Devise. Die Zeit des Sich-Herausputzens war passé (»Wir haben keine Zeit für Unsinn. Wir haben es geschafft, uns abzugewöhnen, Mund, Nase und Wangen anzumalen und überflüssige Dinge wie Ringe und Clips zu tragen«). Flitter, Tand, Rüschen, Bordüren und Schnallen waren verpönt. Es lebe das einfache Kleid des täglichen Bedarfs, dessen unentbehrliches Detail der kleine weiße Kragen ist. Und sie singt das Hohe Lied Englands. Lobt seine Bekleidung (»Ein englisches Kostüm hält Jahre und sieht nie ärmlich aus«); seine Hygiene (»Die Engländer sind auf dem Gebiet der Körperpflege die kultiviertesten Menschen Europas«); seine Kosmetik (»weil sie in einfachen Blechdosen steckt und nicht wie der deutsche Schmäh in geschliffenen Gläsern«). Sie predigt Bescheidenheit (»Mehr Kleider zu besitzen als man braucht, ist kulturelle Barbarei«) und Abhärtung (»Fangen Sie im Sommer an, sich am offenen Fenster mit kaltem Wasser zu waschen. Machen Sie das täglich, kommt der Herbst, ohne daß Sie ihn bemerken, und plötzlich stehen Sie mitten im Winter am offenen Fenster ohne zu frieren«). Sie propagiert die Vorzüge von Sport, guter Ernährung, Seife, Luft und geißelt den Genuß von schwarzem Kaffee, Zigaretten und nächtlichen Ausschweifungen. Sie gibt Ratschläge für alle Lebenslagen (»Statt mit zehn Kartons, einem Vogelbauer und einer Schüssel mit Dampfnudeln auf Reisen zu gehen, sollte man einen praktischen englischen Koffer benutzen, der in seinem Inneren Dutzende von Abteilungen, Fächern und Taschen hat«); sie zeigt soziales Engagement auch in Modefragen (»Wenn ich die wunderschöne gestickte Seidenunterwäsche sehe, muß ich immer an die zerstochenen Finger der Schneiderin denken, die sie für ein paar Groschen genäht hat, während sie jetzt Hunderte und Tausende kosten«) und sie versteigt sich zu modephilosophischen Aussagen (»In einem schönen Kleid liegt eine tiefe Moral«).

Gemeinsam mit ihrer alten Freundin Staša Jílovská übernimmt sie 1927 die Redaktion der neugegründeten Illustrierten *Pestrý Týden,* einer avantgardistischen Zeitschrift von hohem Niveau mit zahlreichen großflächigen Abbildungen. Sie selber wird bevorzugtes Modell der beiden tschechischen Karikaturisten V. H. Brunner und Adolf Hoffmeister, mit denen sie eine tiefe Freundschaft verbindet. Nach Ablauf eines Jahres müssen die beiden Frauen jedoch aus der Redaktion ausscheiden, da sich der erwünschte finanzielle Erfolg der Zeitschrift nicht eingestellt hat.

Das eheliche Glück scheint vollkommen, als Milena Jesenská ein Kind erwartet. Doch die Schwangerschaft verläuft kompliziert. Und als nach wochenlangem Liegen und schwerer Geburt im August 1928 ein Töchterchen zur Welt kommt, verschlimmert sich der Zustand der Mutter. Ein Bein droht gelähmt zu bleiben. Professor Jesensky, der alle erreichbaren Spezialisten zu Rate zieht, bleibt schließlich nichts anderes übrig, als das Morphium zu besorgen, ohne das seine Tochter die Schmerzen nicht erträgt.

Nahezu ein Jahr verbringen Mutter und Kind nach der Geburt in einem Sanatorium. Von dort aus versucht Milena Jesenská ihre journalistische Arbeit fortzusetzen, ihr Team zusammenzuhalten. Doch sie scheint das Ausmaß der Katastrophe zu ahnen. An ihre Freundin und Mitarbeiterin Jaroslava Vondráčková schreibt sie in dieser Zeit:

»Ich liege weiterhin im Bett, und das Bein tut immerfort weh. Die Besserung schleppt sich im Schneckentempo dahin, und meine ganze Geduld schöpfe ich aus den Morphiumphiolen. Manchmal kommt es mir vor, als läge ich ganz unten auf dem Grunde, auf dem Grunde von etwas, das ich gar nicht mehr überblicken kann. Ich weiß nicht einmal mehr, wie die Welt aus vertikaler Position aussieht. Unglücklich ist nicht das richtige Wort, vernichtet komme ich mir vor und bin es

auch. Ich wäre unermeßlich glücklich, wenn ich an meine Gesundung glauben könnte.«

Zurück nach Prag kommt sie als Schatten ihrer selbst: schwerfällig hinkend, morphiumsüchtig, gedrungen. Ihre Ehe sollte diese Belastungsprobe nicht aushalten. Milena Jesenská verliert ihren Posten bei der *Národní Listy* und scheidet aus einem Freundes- und Gesellschaftskreis aus, zu dessen strahlendem Mittelpunkt sie zwei Jahre zuvor noch gehört hatte. Sie unternimmt den Versuch einer Entziehungskur, leidet große finanzielle Not und verfaßt Artikel für verschiedene Zeitungen, unter anderem für die *Lidové Noviny,* in der sie die Baby-Rubrik übernimmt.

In dieser Periode ihres Lebens beginnt Milena Jesenská Kontakte zur Kommunistischen Partei zu knüpfen, deren Mitglied sie bald darauf wird. Sie schreibt jetzt für verschiedene Parteiorgane wie *Rudé Právo, Svét Práce* und *Tvorba.* Voller Enthusiasmus stürzt sie sich in ihre neue Aufgabe, und innerhalb kürzester Zeit beherrscht sie das dazu nötige Vokabular. So geißelt sie die kleinbürgerliche Ideologie der Herren von der liberalen Presse. Propagiert die These: je mehr Elend und Arbeitslosigkeit, desto mehr revolutionäre Massen. Schwärmt vom anderen Ufer, an dem die sowjetischen Arbeiter stehen. Bescheinigt der kapitalistischen Demokratie, sie verhalte sich zum Faschismus wie die Tür zum Zimmer. Preist das Leben der Kinder in der UdSSR, die sich in der freien Atmosphäre des proletarischen Staates entwickeln könnten.

Privat sucht sie in dieser Zeit Zuflucht bei ihrer kleinen Tochter und – ein weiteres Mal – bei Drogen. Als sie den Parteiauftrag erhält, sich um einen kranken Genossen zu kümmern, findet sie in ihm ein neues Objekt ihrer Fürsorglichkeit und, als Evžen Klinger sich zu ihrer Verwunderung in sie verliebt, einen neuen Lebensgefährten. Mit den Jahren beginnt bei beiden der Glaube an die Partei zu bröckeln, wozu die Ereignisse in Spanien und die Moskauer Prozesse das ihre tun.

Sie übersetzt wieder – diesmal mit Klinger aus dem Ungarischen – und kommt für kurze Zeit unter Pseudonym in der sozialdemokratischen *Právo Lidu* unter.

Eine entscheidende Wendung erhält ihr Leben, als Ferdinand Peroutka, der Chefredakteur der angesehenen liberaldemokratischen Wochenzeitschrift *Přítomnost* (Gegenwart) Milena Jesenská im Jahre 1937 zur Mitarbeit heranzieht. Peroutka kannte sie aus gemeinsamer *Tribuna*-Zeiten und den Kaffeehaus- und Literatenkreisen der Prager Intelligenz. Nach seiner Tätigkeit bei der *Tribuna* war er politischer Leitartikler der *Lidové Noviny* geworden, dem bedeutendsten Blatt der ersten Republik. Hier hatte der 28jährige Publizist den 74jährigen Staatspräsidenten Masaryk kennengelernt und im Rahmen dieser Bekanntschaft den Plan einer unabhängigen Wochenzeitschrift entwickelt, die er leiten und Masaryk finanziell ermöglichen sollte. Bald darauf, am 17. Januar 1924, erschien die erste Nummer der *Přítomnost* mit Peroutkas Leitartikel »Unsere Krise des Denkens – eine Betrachtung anstelle eines Programms«. Masaryks Beitrag bestand in einer hohen Geldsumme.

Das Wochenblatt erlangte innerhalb kurzer Zeit hohes Ansehen und seine Auflage stieg von Jahr zu Jahr. Fünfzehn Jahre lang – bis zur erzwungenen Einstellung durch Nazi-Deutschland – leitete Ferdinand Peroutka die *Přítomnost,* und es gelang ihm, das Blatt weitgehend aus politischem Parteigezänk herauszuhalten und bedeutende Vertreter aus verschiedenen politischen Lagern als Autoren zu gewinnen. Die Schriftsteller Karel und Josef Čapek, die Ökonomen und Politiker Jaromír Nečas, V.J. Klofáč, Vavro Šrobar und Jaroslav Stránský; die Historiker Josef Pekař- und Josef Šusta, den Literaturwissenschaftler Arne Novák. Deutschsprachige Prager wie Johannes Urzidil, Willy Haas und Paul Eisner kamen hier zu Wort, Sudetendeutsche wie Wenzel Jaksch fanden Gehör. Nach 1933 stand die *Přítomnost* auch deutschen Emigranten wie Arthur Koestler, Heinrich Mann und Willi Schlamm offen.

Peroutka, der sich vor allem mit der politischen Linie des Blattes und außenpolitischen Fragen befaßte, stand der Sowjetunion und somit der tschechischen KP äußerst kritisch gegenüber, in deren Parteiorganen er immer wieder als kleinbürgerlicher Liberaler verhöhnt wurde. Er war jedoch ein zu freier Geist, als daß ihm die Tatsache, daß Milena Jesenská eine Zeitlang mit in dieses Geheul eingefallen war, etwas anhaben konnte. Er erinnerte sich ihrer Beiträge aus der *Tribuna* und versprach sich von ihrem Feuilletonstil eine Auflockerung seines Blattes.

Für Milena Jesenská bedeutete die Mitarbeit an der *Přítomnost* einen wahren Segen. Nicht nur, daß sie ihr über die schlimmsten ökonomischen Sorgen hinweghalf, sie brachte vor allem ein neues Betätigungsfeld und eine Aufgabe mit sich, deren Verantwortung sie sich schnell bewußt wurde. Seit Mitte der zwanziger Jahre hatte sie – bis auf wenige Ausnahmen – nur Gelegenheitsartikel verfaßt, Frauenrubriken gefüllt, über dieses und jenes räsoniert, um schließlich, nach eigenen Worten, in der KP-Presse die Fähigkeit zu schreiben fast völlig einzubüßen.

In der *Přítomnost* beginnt sie ihre Artikel wieder mit ihrem Mädchennamen zu zeichnen; später kommt noch das Pseudonym Maria Kubešová hinzu. Anfänglich noch über allgemeine Themen schreibend, entwickelt sie sich unter dem Gang der Ereignisse immer mehr zu einer sensiblen Kommentatorin des tschechoslowakischen Geschehens. Sie berichtet vom Schicksal deutscher Emigranten in Prag, schildert das Aufkommen einer Pogromstimmung gegen die Juden und verfaßt Reportagen über die Situation in den tschechischen Grenzgebieten, wohin sie mehrere Reisen unternimmt. Sie schreibt, erfährt Resonanz und verfügt wieder über einen großen Bekanntenkreis. Peroutka wird ihr väterlicher Freund, der ihr einen Arbeitszusammenhang gibt, sie fordert und ihr gleichzeitig viel Raum läßt. Die Beziehung zu Evžen Klinger hat sich stabilisiert und Tochter Honza erfährt die Welt jetzt zeitweise wie ein ganz normales Kind.

Milena Jesenská scheint festen Boden unter die Füße bekommen zu haben, und in dieser Situation beschließt sie, ernsthaft ihre Drogensucht anzugehen. In einem vierzehntägigen Gewaltakt befreit sie sich von ihrer Morphiumsucht, unter der sie nahezu zehn Jahre gelitten hat. Erschöpft, aber voller Tatendrang kehrt sie in die Redaktion zurück.

Die Lage in den tschechischen Grenzgebieten wurde immer bedrohlicher. Bei Ausrufung der Tschechoslowakischen Republik im Oktober 1918 bestand der Vielvölkerstaat aus 6,5 Millionen Tschechen, 3,3 Millionen Deutschen, 2,5 Millionen Slowaken und 1,4 Millionen Ungarn, Ruthenen und Polen. Masaryks ursprünglicher Plan einer kantonalen Aufgliederung nach eidgenössischem Vorbild – eine »osteuropäische Schweiz« mit Deutsch als zweiter Landessprache – scheiterte an den Politikern der ersten Regierung, die den seit 1848 gehegten Traum eines großtschechischen Staates Wirklichkeit werden lassen wollten. Zu tief war der historische Graben zwischen Deutschen und Tschechen, die sich selbst nach dem Ersten Weltkrieg als Sieger und jene als Besiegte ansahen und nicht bereit waren, das Territorium ihres Staates, zu dem auch die von deutschen Volksgruppen besiedelten Gebiete gehörten, zur Disposition zu stellen. Um eine ausreichende Mehrheit im Parlament zu haben, verbündeten sich die Tschechen mit den Slowaken und verabschiedeten 1920 die Verfassung des jungen Staates, die auf dem Prinzip einer tschechoslowakischen Einheit basierte, und – auf Druck des Völkerbundes – allen anderen Nationalitäten einen Minderheitenschutz gewährte.

So standen die Deutschböhmen – oder Sudetendeutschen, wie sie sich jetzt nannten –, die auf das Selbstbestimmungsrecht der Völker gepocht hatten, dem neugegründeten Staat

Po konfiskaci nové opravené vydání

Přítomnost

22

ROČNÍK XV | V PRAZE 1. ČERVNA 1938 | ZA Kč 2.—

Anšlus nebude — MILENA JESENSKÁ

Chamberlain nebo Eden? — JAN MÜNZER

Naše „komunistické nebezpečí" — PAVEL VILEMSKÝ

Obývatelné město — KAREL HONZÍK

Pittsburská dohoda na Slovensku

Das englische Schuldkonto — ZD. SMETÁČEK

Kritická noc — Druhé kolo voleb skoro jako první

Ulice a J. Stříbrný — Pobuřující zprávy — Sociální demokracie ve volbách

von Anbeginn feindselig gegenüber. Und obwohl sich im Laufe der zwanziger Jahr eine Kooperation zwischen tschechoslowakischen und deutschen Politikern ergab, kam es doch nie zu einem beide Seiten zufriedenstellenden Verhältnis.

Hitlers Machtergreifung im Jahre 1933 stellte somit eine schwere Belastungsprobe für die tschechoslowakische Republik dar. Die Prager Regierung antwortete mit der Auflösung der sudetendeutschen National- bzw. nationalsozialistischen Partei. Daraufhin gründete der Turnlehrer Henlein die sudetendeutsche Heimatfront, die bald darauf in Sudetendeutsche Partei (SdP) umbenannt wurde und sich immer mehr an Nazi-Deutschland orientierte, wozu die verheerende wirtschaftliche Lage der Tschechoslowakei Mitte der dreißiger Jahre beitrug.

Benesch, der nach Masaryks Tod im Jahre 1935 Staatspräsident geworden war und als langjähriger Außenminister großes Vertrauen in die Diplomatie setzte, ergänzte das seit 1924 bestehende Bündnis mit Frankreich 1935 durch einen Beistandspakt mit der Sowjetunion. Da Großbritannien seinerseits wiederum mit Frankreich vertraglich verbunden war, glaubte Benesch den Bestand der Republik gesichert. Das Münchener Abkommen, das im September 1938 zwischen deutschen, französischen und englischen Politikern ausgehandelt wurde, riß Benesch aus seinen diplomatischen Träumen und stürzte das Land in tiefe Verzweiflung und Wut ob des Treuebruchs seiner Verbündeten. Die Tschechoslowakei verlor ein Drittel ihres Gebietes, einen Landstrich, der reich an Industrie und fruchtbarem Boden war, und stand nun schutzlos den Expansionsbestrebungen Nazi-Deutschlands gegenüber.

Mit illusionsloser Klarsicht kommentiert Milena Jesenská in ihren *Přítomnost*-Beiträgen die Ereignisse in der Tschechoslowakei nach dem Münchener Abkommen. Sie schreibt, reist umher, scheint unermüdlich. Die innere Ruhe, die sie in ihrem Leben so schwer fand, findet sie jetzt in den Jahren äußerer Unruhe. Sie erledigt ein immenses Pensum: sie verfaßt Artikel, übersetzt, führt den Haushalt, kümmert sich um Leute und findet darüber hinaus genügend Zeit, ins Kaffeehaus oder ins Kino zu gehen – in letzteres bisweilen mehrmals täglich.

Die Hitler-Truppen trafen bei ihrem Einmarsch in Prag am 15. März 1939 auf ein deprimiertes Volk, das sich nicht mehr entscheidend zu wehren wußte. Die Redaktion der *Přítomnost* bemühte sich in dieser Situation, dem drohenden Verbot der Zeitung zu entgehen und formulierte ihre Beiträge äußerst behutsam. Manche Leser zeigten sich von diesem Verhalten enttäuscht, da sie hinter dem geschickten Taktieren nichts anderes als eine »Anpassung an die gegebene Situation« sahen. Leser, die sich nach Milena Jesenskás Worten wünschten, »der Journalist möge sich mit einer Axt bewaffnen und damit im luftleeren Raum herumfuchteln.«

In fast sanften nationalen Tönen vertritt sie die Auffassung, daß die im Stich gelassene Tschechoslowakei nicht den Kampf mit der Waffe gegen das übermächtige Nazi-Deutschland aufnehmen könne, sondern es darauf ankomme, die nationale Selbständigkeit zu erhalten und zu überleben.

Zur gleichen Zeit, in der sie sich so verhalten äußert, beginnt Milena Jesenská Kontakt zu Widerstandsorganisationen aufzunehmen. Sie schreibt für die illegale Zeitung *V Boy* (Auf zum Kampf) und wird Mitglied einer Gruppe, die gefährdeten Menschen, vor allem Juden, sowie tschechischen Offizieren, die vom Ausland aus gegen Deutschland kämpfen wollen, über die grüne Grenze nach Polen zur Flucht verhilft.

Die kleine private Widerstandsgruppe besteht aus Tschechen, Deutschen und Engländern, die mit ihrer unmittelbaren und praktischen Aktion zur Bekämpfung des Nationalsozialismus beitragen wollen. Der junge deutsche Medizinstudent und Autobesitzer Graf Joachim von Zedtwitz erweist sich als couragierter Chauffeur. Milena Jesenská stellt den Fluchtwilligen ihre Wohnung zur Verfügung, in der sich jetzt manchmal bis zu zehn Menschen um sie scharen. Von der Morphiumsucht geheilt, aber mittlerweile unter ständigem Einfluß von Beruhigungspillen, in Mengen, die ein Pferd betäuben würden, hat sie alles fest im Griff. Sie kocht für die Flüchtenden, vertreibt ihre Sorgen und ist unübertrefflich in guten Ratschlägen. So verhilft sie vielen zur Flucht – auch ihrem Freund Evžen Klinger, der als Jude die Republik verlassen muß. Seine und anderer Freunde Bitten, selbst zu emigrieren, stoßen bei ihr auf taube Ohren. Sie will Prag nicht verlassen, wo sie sich gebraucht fühlt und wo es so viel zu tun gibt. Was soll sie in fremden Ländern, deren Sprache sie nicht versteht? Das Schicksal der Emigranten kennt sie zur Genüge. Die Zeit in Wien kommt ihr in den Sinn. Wie würde es ihr erst in England oder gar Amerika ergehen? Nein, sie will in Prag bleiben, wo sie einen Kampf aufgenommen hat, dem sie sich gewachsen fühlt.

Im August 1939 wird die *Přítomnost* eingestellt, im September Peroutka verhaftet. Milena Jesenská muß jetzt wöchentlich zu Verhören zur Gestapo. Immer wieder gelingt es ihr, durch geschicktes taktisches Verhalten die gegen sie erhobenen Vorwürfe zu entkräften. Aber im November 1939 hat es damit ein Ende. Sie wird verhaftet und ins Prager Pankrac-Gefängnis gebracht, von wo aus sie jeden Morgen ins Gestapobüro zum Verhör gefahren wird. Kurz darauf überführt man sie in das Lager für »Jüdisch-Versippte« nach Beneschau und von dort in das Untersuchungsgefängnis nach Dresden, wo ihr der Prozeß gemacht wird. Die Anklage lautet auf Mitarbeit an illegalen Zeitungen. In dem Prozeß, bei dem juristisch formal vorgegangen wird und die Angeklagte sich selbst verteidigt, kommt es zu einem Freispruch mangels Beweisen.

Zurück in Prag muß Milena Jesenská von der Gestapo erfahren, daß sie in präventive Schutzhaft genommen und aus »Umerziehungsgründen« ins Konzentrationslager Ravensbrück geschickt wird. Vor ihrem Abtransport gestattet man ihr, Vater und Tochter noch einmal zu sehen.

Ravensbrück bei Fürstenberg in Mecklenburg, 80 Kilometer nordöstlich von Berlin. Innerhalb fünf Meter hoher Betonmauern, umspannt mit elektrischem Draht, stehen Baracken, anfangs sechzehn, später mehr, die durch eine breite Straße voneinander getrennt sind. Die einstöckigen Holzbaracken werden durch einen langen Gang in zwei Hälften geteilt, die aus je einem Wohn-, Schlaf- und Waschraum sowie fünf Toiletten bestehen. Die für 60 bis 80 Menschen vorgesehene Behausung wurde von 200 bis 300, zum Schluß von über 500 Häftlingen bewohnt.

Im Jahre 1940 befanden sich 5000 Frauen in Ravensbrück. Gegen Kriegsende lebten 30000 auf der Fläche von einem halben Quadratkilometer. Die Neuzugänge wurden durchnumeriert. Als das Lager im April 1945 von Angehörigen der Roten Armee befreit wurde, war man bei über Hunderttausend angelangt. Die Häftlinge waren aus zahlreichen Ländern ins Lager gekommen, in der Reihenfolge, in der die Truppen Hitlers über diese hergefallen waren. Eingestuft wurden sie in Politische, Jüdinnen, Religiöse, Zigeunerinnen, Kriminelle und Asoziale.

Das ursprünglich als Aussonderungs- und Umerziehungslager eingerichtete KZ Ravensbrück wandelte sich im Verlauf des Zweiten Weltkrieges immer mehr in eine Produktionsstätte für Bekleidung (Herstellung von SS-Uniformen) und Rüstung (Siemens-Filialwerk). Der Überfüllung des Lagers half man seit dem Jahre 1942 mit sogenannten »Krankentransporten« ab. Die Lastwagen kamen tags darauf mit Kleidern und Wertgegenständen wie Zahnprothesen und Brillen zurück. Unzählige Häftlinge starben an Ort und Stelle eines »natürlichen Todes«, an allen möglichen Krankheiten wie Typhus, Scharlach, Diphterie oder Diarrhoe. Viele starben aus Hunger und vor Kälte, manche aus Angst und Schwäche, einige, weil sie dieses Leben nicht ertragen konnten. Im Winter 1944/45 wurde Ravensbrück zu einem Vernichtungslager.

Milena Jesenská kommt in sehr schlechter körperlicher Verfassung nach Ravensbrück. Im Dresdner Untersuchungsgefängnis war sie infolge von Unterernährung auf Haut und Knochen abgemagert und hatte sich in der feuchtkalten Zelle einen Gelenkrheumatismus zugezogen, der sie schmerzhaft quälte. Die Haut sollte nicht mehr ihre graue Farbe verlieren. Ihre Hände sind ständig geschwollen, sie friert entsetzlich und kann auch nachts unter der Decke keine Wärme finden. Während der Zeit ihres Lageraufenthaltes arbeitet sie in der Schreibstube des Krankenreviers, wo sie die Kartei der Geschlechtskranken führt, die sie des öfteren zum Vorteil der Gefangenen fälscht. Solange ihre Kräfte reichen, versucht sich Milena Jesenská gegen die Demütigungen des Lagerlebens zur Wehr zu setzen. Ihre ungebrochene Haltung bestärkt viele Lagerinsassinnen in ihrem Kampf gegen Resignation und körperliche Gebrechen.

Einmal im Monat ist es den Häftlingen erlaubt, einen 16zeiligen Brief zu schreiben und einen ebenso langen zu erhalten. So wechseln spärliche Nachrichten zwischen ihr und dem Vater, die sich hauptsächlich um das Schicksal der kleinen Honza drehen, die dem Großvater davongelaufen war, um ihr Glück bei verschiedenen Pflegeeltern zu suchen.

In Ravensbrück gab es eine große Anzahl von Tschechinnen, viele davon aus Prag, darunter einige Bekannte. Ein weiteres und letztes Mal befindet sich Milena Jesenská im Kreise von Repräsentanten des um die Jahrhundertwende geborenen tschechischen Frauentypus. Nina Jirsíková, die Tänzerin und Choreographin; Milena Balcerová, Schriftstellerin, Schauspielerin und Rundfunkansagerin; Jiřina Svobodová, die sie noch aus *Národní Listy*-Zeiten kennt; die Ärztin Zdenka Nejedlá-Nedvédová; Tomy Kleinerová vom Christlichen Verein Junger Frauen sowie Vertreterinnen der jüngeren Generation wie Marie Svédiková und Anička Kvapilová, die ehemalige

Leiterin der Musikabteilung der Prager Staatsbibliothek. In den seltenen Stunden des Beisammenseins werden Erinnerungen ausgetauscht, wird über Theater, Kunst und Bücher debattiert und von Prag geträumt.

Tiefe Freundschaft verbindet sie mit einer Deutschen, Margarete Buber-Neumann, deren Schicksal das Interesse der Journalistin Milena Jesenská erregt hatte. Gemeinsam mit ihrem Mann, dem kommunistischen Parteifunktionär Heinz Neumann, war sie in die Sowjetunion emigriert, dort 1938 verhaftet und zu fünf Jahren Zwangsarbeit verurteilt worden. Nach zweijährigem Aufenthalt im sibirischen Lager wurde sie 1940 an die Gestapo ausgeliefert, die sie ins Konzentrationslager Ravensbrück deportierte. Die Beziehung zwischen den so gegensätzlichen Frauen ist den beiden Erlebnis und Stütze während ihrer Haftzeit. Das Buch, das Margarete Buber-Neumann der Freundin widmete, gibt davon Zeugnis.

Diese Freundschaft sowie ihre politische Einschätzung der Sowjetunion ziehen Milena Jesenská die Feindseligkeit der tschechischen Kommunistinnen in Ravensbrück zu, eine Tatsache, die sie zuletzt ohne größere Gefühlsregung hinnimmt. Sie hat eine Nüchternheit in der Beurteilung der politischen Situation erreicht, die jedweder Flucht vor der Realität, diesem verbreiteten Häftlingssyndrom, eine Absage erteilt. Aber eine solche Haltung verlangt Kraft und Entschiedenheit und schließt den Skeptiker aus der Gemeinschaft der Zuversichtlichen aus.

Milena Jesenskás körperliche und seelische Widerstandskraft läßt nach. Der ständige Hunger, die Kälte, der nicht zu entgehen ist, die furchtbaren rheumatischen Schmerzen und die Sehnsucht nach den Angehörigen schwächen ihren Körper zusehends. Mit dem Vater, der sich standhaft gegen die deutschen Okkupanten verhielt, schließt sie einen späten, sillen Frieden. Die Sorge um das Kind, die sie mit so vielen Häftlingen teilt, geht ihr nicht aus dem Sinn. Eine eitrige Nierenentzündung erfordert im Januar 1944 eine Operation, die der

KZ-Arzt Dr. Treite durchführt, der während seines Medizinstudiums in Prag Vorlesungen bei Professor Jesensky gehört hatte. Aber die Patientin kann sich nicht mehr vom Krankenlager erheben, und kurze Zeit darauf wird die zweite Niere angegriffen.

Milena Jesenská, der Franz Kafka einmal bewundernd geschrieben hatte, »Die Du Dein Leben bis in solche Tiefen lebendig lebst«, stirbt am 17. Mai 1944 im Alter von 47 Jahren in Ravensbrück.

Frankfurt am Main, 1984